DROEMER

VINCENT KLIESCH

Nach einer Idee von
SEBASTIAN FITZEK

AURIS

THRILLER

DROEMER

Besuchen Sie uns im Internet:
www.droemer.de

FSC
www.fsc.org
MIX
Papier aus verantwortungsvollen Quellen
FSC® C083411

Originalausgabe Mai 2019
Droemer Taschenbuch

Ein Imprint der Verlagsgruppe
Droemer Knaur GmbH & Co. KG, München
Ein Projekt der AVA International GmbH
Autoren- und Verlagsagentur
www.ava-international.de

Redaktion: Boris Heczko
Covergestaltung: ZERO Werbeagentur, München
Coverabbildung: © FinePic unter Verwendung von Motiven von shutterstock
Satz: Adobe InDesign im Verlag
Druck und Bindung: CPI books GmbH, Leck
ISBN 978-3-426-30718-2

9 11 12 10 8

DER TAG, AN DEM ER ZWEIMAL STARB, HATTE GERADE ERST BEGONNEN …

Nun, dieser Satz hat zwar überhaupt nichts mit dem zu tun, was jetzt gleich folgt, aber ich wollte nicht, dass Sie dieses Buch sofort entnervt wieder in die Ecke schmeißen, nur weil es mit so etwas Langweiligem wie »Vorwort« oder »Wie dieser Thriller entstand« beginnt. Dann hätten wir ja gleich »Schlaftablette« und nicht »AURIS« aufs Cover schreiben können. Was übrigens das lateinische Wort für »Ohr« ist. (Auch kein fesselnder Thriller-Einstieg, ich weiß, ich weiß.)

Aber es ist mir ein dringendes Bedürfnis, darauf hinzuweisen, wie es dazu kam, dass Sie AURIS jetzt in der Hand halten. Und wieso da zwei Autorennamen vorne draufstehen. Der eine, Vincent Kliesch, zu Recht an erster Stelle.

Alles begann mit einer Funkstörung. Ich versuchte während einer Autofahrt auf der A24 zu telefonieren (keine Sorge, natürlich über Freisprecheinrichtung). Und ich weiß nicht, weshalb wir es zwar schaffen, millimetergenau an die ISS anzudocken, Funkmasten aber nicht so aufstellen können, dass keine Sendelöcher von mehreren Quadratkilometern Größe zwischen ihnen entstehen. Wie so oft hörte ich nämlich meinen Gesprächspartner entweder gar nicht oder wie durch ein verzerrtes Megafon.

Und ich dachte mir: »Autobahngespräche sind nur etwas für Stimmen-Profiler. Menschen, die aus dem Husten eines Verdächtigen sein Geschlecht, Alter, seine

Herkunft und Bildung und die Schuhgröße heraushören können.«
Sofort fragte ich mich, ob es solche Profis wirklich gibt. Und tatsächlich – die forensische Phonetik ist eine anerkannte kriminalistische Disziplin, die allerdings nicht von sehr vielen Experten beherrscht wird. Diese Erkenntnis brachte mich auf eine Idee. Nicht zu einem Buch, wie ich gestehen muss, sondern zu einem Hörspiel. (Wenn Ihnen das zu un-hip ist, können Sie auch Audioplay dazu sagen.) Denn wie könnte man einen akustischen Profiler besser erlebbar machen als mithilfe des akustischen Kopfkinos, das ein Hörspiel erzeugt? Stimmen, Geräusche, Dialekte, Betonungen, Atmosphäre.
Da ich wusste, dass ich kein Hörspielautor bin, rief ich jemanden an, der sich damit auskennt: Michael Treutler, ein hohes Tier beim Hörbuchverlag Audible. Es war gegen 5.00 Uhr morgens, ich war wie immer beim Joggen (bisher finden sich zwei Lügen in diesem Satz), aber er war sofort begeistert. (Keine Lüge, glaube ich. Oder er hat sehr gut geschauspielert, als er sagte: »Das klingt super!«)
Michael habe ich übrigens sehr viel zu verdanken. Er war der Erste, der meinem Debüt »Die Therapie« eine Chance auf dem Hörbuchmarkt gab, als noch keiner daran glaubte. Und er hat Simon Jäger als Sprecher ausgewählt; also hey, wer, wenn nicht er, hat eine Anstecknadel als CEO-CFFO des Monats verdient? (Oder was immer du da bist.)
Ich arbeitete ein etwa 40 000-seitiges Papier aus, wie ich mir die Geschichte von AURIS vorstellte (können auch nur 40 Seiten gewesen sein, bin mir da jetzt nicht mehr

so sicher), und Treutler machte sich daran, ein Hörspielteam zusammenzustellen. An dieser Stelle muss Steffen Wilhelm ganz besonders erwähnt werden, dessen dramaturgisch genialer Geist den spannenden Kern dieser Geschichte erst so richtig freigelegt hat.

Parallel zur Hörspielentwicklung konnte ich Quatschtante natürlich mal wieder meinen Mund nicht halten und habe allen, die davon nichts hören wollten, von der Story um Hegel und Jula (ja, ohne i, kein Druckfehler) erzählt. Einer, der nicht schnell genug weggelaufen ist, war mein Freund und Autorenkollege Vincent Kliesch. Als Thriller-Fan kennen Sie ihn, er hat den Bestseller »Die Reinheit des Todes« geschrieben. Auch er war sofort begeistert und sagte mir, er wolle unbedingt einen Roman aus dieser Idee machen.

Tja, und so kam es, dass einem Funkloch auf der A24 gleich zwei Originale zu verdanken sind: ein Original-Roman und ein Original-Hörspiel. Beide basieren auf meinen Ideen. An beiden habe ich mitgewirkt, gefeilt, geplottet. Geschrieben aber hat diesen Thriller hier Vincent. Roman und Hörspiel unterscheiden sich zwangsläufig, tragen sie doch unterschiedliche Handschriften. Das macht sie zu eigenständigen, unabhängig voneinander funktionierenden Werken, wie ich finde. Und wenn Sie eins davon nicht mögen, dann geben Sie mir nicht die Schuld dafür. Dafür müssen schön die Hörbuchfritzen und Vincent ihren Kopf hinhalten. Wenn Sie aber eine positive Kritik schreiben wollen, dann natürlich gerne unter fitzek@sebastianfitzek.de.

Scherz beiseite (Habe ich wirklich so etwas Antiquiertes wie »Scherz beiseite« geschrieben? Na ja, wird der

Lektor schon rausstreichen) – ich finde, Vincent hat einen großartigen Job gemacht, und ich hoffe, Sie haben am Ergebnis wenigstens halb so viel Freude wie ich an der Zusammenarbeit mit ihm. Es ist dein Buch, Vince. Ohne dich wären meine Ideen bis in alle Ewigkeit nur als Loseblattsammlung durch meine unaufgeräumten Gedankengänge geflattert.
Wow. Das war doch mal ein Satz. Hoffentlich werden die nachfolgenden spannender.
Aber ja, die schreibt ja Vincent van Kliesch. (Sorry, der musste sein. Wegen des Ohrs. Du verstehst?)

Viel Spaß und gute Unterhaltung mit AURIS wünscht Ihnen

Ihr
Sebastian Fitzek

KAPITEL 1

Das Sonnenlicht fiel aus einem kinderbuchblauen Himmel auf die Ziegeldächer der Spandauer Neubausiedlung und ließ die Tragödie, die sich im Inneren des Einfamilienhauses abspielte, noch schrecklicher erscheinen.

Bei Regen, mitten in der Nacht und in Eiseskälte wäre es leichter zu ertragen, dachte Matthias Hegel beklommen, während er das Einsatzfahrzeug bestieg.

Man erwartete das Böse nicht am ersten warmen Tag des Jahres in Berlin, der an diesem Morgen wie ein wolkenloses Versprechen auf einen langen, glücklichen Sommer angebrochen war. Die kastaniengesäumte Einbahnstraße war für sorglos abgestellte Kinderfahrräder geschaffen, für verschiedenfarbige Tonnen der mülltrennenden Nachbarn, für Flugblätter an der Baumrinde, die den nächsten Gemeindeflohmarkt ankündigten. Nicht für einen Tross von Polizisten, Rettungssanitätern und Fotografen, die in Wartestellung hinter einem Absperrband der weiteren Ereignisse harrten. All das wirkte auf Hegel ebenso fehl am Platz wie das Foto eines lachenden kleinen Mädchens unter der Schlagzeile *Sie wurde nur sieben Jahre alt.*

Als Professor Hegel den Einsatzwagen betrat, hob die verhandlungsführende Psychologin ihren Blick von dem Laptop, auf dem sie alle relevanten Informationen aus ihrem kurz zuvor geführten Gespräch mit dem Geiselnehmer festgehalten hatte. Hegel erkannte, dass er irgendwann schon einmal mit ihr gearbeitet hatte, viel Eindruck konnte sie dabei jedoch nicht auf ihn gemacht haben. Immerhin konnte er sich nicht einmal mehr an ihren Namen erinnern. Verlegen griff er sich an die Stirn, wobei er feststellte, dass sein zweiwöchentlicher Fünfzig-Euro-Haarschnitt wieder einmal fällig war.

»Also gut, was haben wir?«

Die Polizeipsychologin setzte ihr Headset ab und lächelte müde. Der Einsatz dauerte zwar erst zwei Stunden, doch wenn Kinder im Spiel waren, empfanden selbst hartgesottene Profis jede Minute wie eine Ewigkeit.

»Der Verdächtige ist männlich, Identität noch unbekannt. Er hat sich Zugang zum Haus verschafft und im hinteren Bereich des Wohnzimmers zwei Kinder als Geiseln in seine Gewalt gebracht. Lana ist acht, Jonas sechs Jahre alt.«

Der Spezialistin perlte Schweiß von der Stirn, obwohl die Klimaanlage den Einsatzwagen auf optimale Arbeitstemperatur gekühlt hatte.

»Die Kinder sind mit dem Geiselnehmer allein?«

»Ja!«

Hegel deutete auf einen der drei Überwachungsmonitore, die in dem fensterlosen Kastenwagen montiert waren. Dieser zeigte die rechte Zufahrt zu dem schmucklosen Fertigbau, den seine Eigentümer vermutlich noch zwanzig Jahre lang würden abbezahlen müssen. Als Hegel an der Limousine der Kriminalpolizei vorbeigekommen war, hatte er darin einen Mann auf der Rückbank gesehen, der mit starrem Blick eine weinende Frau im Arm gehalten hatte.

»Sind das die Eltern?«

»Ja, die Mutter war nur ganz kurz einkaufen. Brötchen und Saft fürs Frühstück. Sie hat die Kinder nicht mitgenommen, weil der Laden gleich um die Ecke liegt. Der Vater ist sofort nach unserem Anruf von der Arbeit gekommen. Die beiden können sich nicht erklären, wie der Mann ins Haus eingedrungen ist.«

»Stellt der Geiselnehmer Forderungen?«

Die Psychologin zuckte mit den Achseln.

»Bisher nicht, aber er ist bewaffnet.« Sie vergrößerte den Bildausschnitt auf dem mittleren Monitor. Der Vorgarten verschwand dabei aus dem Blickfeld, stattdessen rückten die gläsernen Schiebetüren näher ins Bild, die das Wohnzimmer von einer kleinen Terrasse trennten.

»Wie Sie sehen, sind die Lamellenvorhänge zugezogen. Aber vor vierundzwanzig Minuten hat der Mann sich kurz mit einem Messer in der Hand gezeigt, als er nach draußen geguckt hat.«

»Interessant.« Hegel schloss für einen Moment die Augen. »Können Sie eine Telefonverbindung zu ihm herstellen?«

»Leider nicht, aber wir haben eine Aufzeichnung.«

»Das ist gut. Sehr gut!«

Matthias Hegel war forensischer Phonetiker. Einer von gerade mal einer Handvoll Experten in ganz Deutschland, die sich auf akustische Beweisführung spezialisiert hatten. Die meisten seiner Kollegen bei der Kriminalpolizei versuchten, anhand von Fingerabdrücken, Speichelproben, Zeugenaussagen und am Tatort zurückgelassenen Stoff- oder Haarresten das Puzzle einer Tat zusammenzusetzen. Hegel hingegen hatte sich auf die akustische Spurensicherung spezialisiert. Auf die phonetische DNA, die jeden Täter unverwechselbar machte: Dialekte, Klangfarben, Stimmfrequenzen, Sprachfehler. Hegels nahezu fledermausartiges absolutes Gehör hatte ihm unter seinen Kollegen den Spitznamen *Auris* eingebracht, was von dem lateinischen Wort für *Ohr* abgeleitet war. Wobei es keiner von ihnen wagte, ihn in seiner Gegenwart so zu nennen. Immerhin, die Spaßvögel in der Personalabteilung des BKA hatten ihm tatsächlich einen *Toyota Auris* als Dienstwagen gestellt!

Doch das war Hegel egal. Denn er wusste, wenn dieser Einsatz hier erledigt war, würde er ihn ohnehin nie wieder fahren dürfen.

»Spielen Sie mir die Aufzeichnung bitte vor.«

Die Psychologin griff eilig nach der Maus, und nach einigem Scrollen und Klicken erklang schließlich eine Aufzeichnung.

»Hallo, hallo?«

Ein Junge, vermutlich Jonas, flüsterte in das Telefon. Er hatte den Notruf gewählt, nachdem er offenbar unbemerkt an den Hausapparat gekommen war. Falls er nicht sogar schon ein eigenes Handy besaß.

Zu Hegels Erleichterung hatte die Psychologin den Teilnehmer der Notrufzentrale bereits aus der Aufzeichnung herausgeschnitten.

»Sie müssen kommen. Bitte. Er, er … ich weiß nicht. Er ist böse.«

Schluchzen, schleimgefüllte Nasenlöcher, die die Mitten wegdrücken, eine Frequenzverengung aufgrund der Panik. Die pure Angst. Nichts Ungewöhnliches für einen Sechsjährigen in so einer Situation.

Doch das eigentlich Interessante, das, weswegen die Kollegen Hegel überhaupt erst zu diesem Einsatz gerufen hatten, erklang erst fünf Sekunden später. Wenn auch leider nur entfernt aus dem Hintergrund.

»Wooooo?«

Es war nur ein einziges Wort, mehr gegrölt als gelallt.

Der erwachsene Mann klang betrunken und verängstigt. Mehr konnte Hegel zu diesem Zeitpunkt noch nicht sagen, doch schon bald darauf vernahm er weitere, höchst interessante phonetische Informationen. Der Geiselnehmer trat näher und schien dem Jungen das Telefon aus der Hand zu winden. Es kratzte und zerrte in der Leitung, dann sagte er:

»Wo hasscht du disch verschteckt?« Das Weinen des Jungen klang jetzt nur noch im Hintergrund. Der Unbekannte hingegen nuschelte weiterhin mit stark belegter Stimme: »Wie schafft ihr dasch ... ihr Monschter?«

Dann knackste es in der Leitung, und das Gespräch riss ab. Hegel sah die Psychologin an.

»Das ist alles?«

»Ja, das ist alles!«, erklang eine feste Männerstimme.

Hegel wandte sich um. Hans Struck, der Leiter des Einsatzes, hatte sich in voller Montur in den Wagen gezwängt. Er war es auch gewesen, der Hegel zum Tatort bestellt hatte. Hegel hatte es zwar gehört, dass Struck die Tür hinter ihm geöffnet hatte, diese unbrauchbare akustische Information aber sogleich ausgeblendet, um sich nur auf die Stimme des Täters konzentrieren zu können. Er würdigte den Einsatzleiter keines Wortes. Stattdessen wandte er sich an die Psychologin:

»Können Sie die Aufnahme bitte noch einmal abspielen?«

Jetzt setzte Hegel sich Kopfhörer auf und schloss die Augen.

»Und, was denken Sie?« Die Kollegin sah ihn mit großen Augen an, nachdem er sich das Audiofile ein zweites Mal angehört hatte.

»Wir sollten stürmen!« Struck hatte Hegel keine Gelegenheit gelassen, die Frage zu beantworten. Er legte seine rechte Hand auf den Gürtel mit den Blendgranaten daran.

Ohne die Aufschrift POLIZEI auf dem Rücken würden er und seine Leute in ihrer pechschwarzen Einsatzkleidung auch als Bankräuber durchgehen, dachte Hegel.

»Das kann ich mir vorstellen«, murmelte er eher zu sich selbst, während er die Kopfhörer wieder abnahm. »Wie heißt es so schön? Wenn man als einziges Werkzeug einen Hammer besitzt, wird jedes Problem zu einem Nagel.«

»Bitte?« Struck stemmte die Hände in die Hüfte, während er Hegel mit festem Blick ansah.

Seine Leute waren auf Einsätze wie diesen jahrelang trainiert worden, und sie gierten geradezu danach, ihre hart erarbeiteten Fähigkeiten und ihre körperliche Überlegenheit endlich einmal im Einsatz demonstrieren zu können. Im Grunde war daran auch nichts auszusetzen, schließlich ging es hier darum, zwei Kinder aus der Gewalt eines bewaffneten Geiselnehmers zu befreien. Doch Hegel hatte bereits einen besseren Plan gefasst.

»Erwarten die Eltern einen Handwerker?«

Die Psychologin sah Hegel verwundert an und presste dabei die Lippen aufeinander. Sie griff zu ihrem Handy, tätigte einen kurzen Anruf und schüttelte dann den Kopf.

»Nein. Kein Handwerker, kein Besuch. Warum fragen Sie?«

»Es ist die Lunge des Täters.« Hegel erntete ratlose Blicke. »Sie ist angegriffen. Haben Sie das Rasseln nicht gehört?«

»Wen interessiert seine verdammte Lunge?« Struck atmete schneller. Er war nicht daran gewöhnt, ignoriert zu werden. »Dieser Nuschelheini ist komplett irre. Quatscht von Monstern. Der ist nicht berechenbar! Jede Sekunde, die wir abwarten, könnte er den Kindern etwas antun.«

»Schon möglich.« Hegel griff zu seinem Handy und startete eine Google-Anfrage. Dazu gab er die Adresse und das aktuelle Datum in das Suchfeld ein. »Unser Täter ist etwa einen Meter siebzig groß, maximal eins fünfundsiebzig«, sagte er, ohne von seinem Smartphone aufzublicken. »Seine Stimme hört sich an wie die eines großen Kerls, aber er ist stark depressiv. Das dehnt die Stimmbänder, und die Bassfrequenzen lassen sich deutlicher wahrnehmen. Ich schätze ihn auf maximal vierzig Jahre, vom Brustumfang eher übergewichtig. Ein großer, gepolsterter Resonanzkorper. Und er hat sein Leben lang mit den Händen gearbeitet.«

»Woher wollen Sie *das* denn wissen?« Struck sah auf die Uhr, während er dabei von einem Fuß auf den anderen trat.

»Also, die äußere Beschreibung stimmt schon mal!« Die Psychologin hatte auf dem Rechner das Foto geöffnet, das zu dem Zeitpunkt aufgenommen worden war, als der Geiselnehmer sich mit dem Küchenmesser in der Hand für einige Sekunden am Fenster gezeigt hatte. Das Bild war unscharf, und das Gesicht des Mannes war nicht zu erkennen. Dennoch war deutlich zu sehen, dass er tatsächlich eher klein, gedrungen, stark übergewichtig und etwa Ende dreißig war.

»Das Rasseln lässt auf eine chronische Bronchitis schließen, aber es ist kein Raucherhusten. Der wäre trockener. Unser Mann hat oft in feuchten Räumen gearbeitet, auf Baustellen oder in Kellern. Daher meine Frage, ob er Handwerker ist. Aber das hat sich erledigt.« Hegel steckte sein Handy mit einem leisen Lächeln wieder ein.

»Warum?«

»Weil ich jetzt weiß, mit wem wir es zu tun haben. Schicken Sie der GASAG ein Foto des Mannes und fragen Sie, ob sie uns einen Kontakt zu dem Hausarzt ihres Mitarbeiters herstellen können.«

»Die GASAG?« Strucks Stimme überschlug sich fast. »Was soll ausgerechnet der Berliner Gasversorger mit diesem Einsatz zu tun haben?«

Hegel wandte sich zum Einsatzleiter um.

»Ich verwette mein Wochenendhaus, dass der Kerl heute in dieser Gegend den Zählerstand ablesen sollte. Das würde auch erklären, wie er reingekommen ist. Die Kinder haben ihm vermutlich einfach die Tür geöffnet, er kommt ja jährlich vorbei. Vielleicht kennen die beiden ihn sogar.«

Struck griff zu seinem Funkgerät und gab die Information mit steinernem Gesicht weiter.

»Also gut, Auri…, äh, Hegel. Nehmen wir mal an, Sie liegen richtig. Dann haben wir trotzdem keine Zeit, so lange zu warten, bis uns der Psychiater dieses Irren erklärt, dass sein Patient heute früh nur vergessen hat, seine Schizo-Pillen zu nehmen.«

»Er ist nicht schizophren. Und Sie müssen auch nicht stürmen.«

Struck lachte grimmig auf.

»Sondern?«

»Verschieben Sie Ihre Einsatzkräfte.«

»Verschieben? Haben Sie den Verstand verloren? Wir sollen abziehen, oder was?«

»Nein, nicht abziehen. Es reicht, wenn Sie alle Männer und Einsatzfahrzeuge zwanzig Meter nach rechts verlegen.«

Struck blieb das Lachen im Halse stecken.

»Zwanzig Meter nach rechts? Sind Sie betrunken?«

»Machen Sie einfach, worum ich Sie bitte. Sie stehen auf der falschen Seite.«

Struck hätte ihn vermutlich ebenso fassungslos angestarrt, wenn Hegel ihm vorgeschlagen hätte, das Haus im Tütü zu stürmen.

»Haben Sie mal rausgeschaut, Hegel? Die Ecke hier ist offen einsichtig. Wegen der weitläufigen Rasenfläche im Vorgarten hat der Kerl aus dem Wohnzimmer raus Sichtachsen bis zum Fernsehturm. Wir können uns nicht verstecken. Und überhaupt, warum sollten wir das machen?«

»Sie haben selbst gesagt, dass wir keine Zeit zu verlieren haben.« Hegel blieb ruhig, und seine Stimme klang aufmunternd. »Also, vertrauen Sie mir bitte und verlegen Sie alle Ihre taktischen Einheiten – inklusive dieses Wagens hier – von uns aus gesehen so weit wie möglich nach rechts. Ich erkläre Ihnen den Grund danach.«

»Wonach?«

Hegel schloss seine Jacke und trat an die Tür des Einsatzwagens.

»Nachdem ich die Kinder da rausgeholt habe.«

KAPITEL 2

Es zählte zu Hegels Privilegien, dass seine Vorgesetzten ihn für solche Einsätze mit besonderen Befugnissen ausgestattet hatten. Seine bahnbrechenden Erfolge, gerade bei Suizid- und Geiselinterventionen, hatten die anfängliche Skepsis seiner Kollegen gegenüber dem *Stimmendeuter* vielleicht nicht gerade in Bewunderung, aber doch wenigstens in professionelle Anerkennung umschlagen lassen. Selbst bei Struck, auch wenn er sich gerade in einem mentalen und hormonellen Ausnahmezustand befand, der es ihm im Ernstfall ermöglichte, sofort und unter Eingehung sämtlicher Lebensrisiken das Haus zu stürmen. Doch Struck war kein verblendeter Cowboy. Obwohl ihm die Methoden, mit denen Hegel seine Fälle zu lösen pflegte, mehr als suspekt waren, stellte er sich ihm am Ende dennoch nicht in den Weg.

Nach Rücksprache mit der Einsatzkoordination in der Schaltzentrale wurde Hegels Bitte schließlich entsprochen, und nachdem sämtliche Fahrzeuge um wenige Meter zur Seite verlegt worden waren, näherte sich der Forensiker dem Einfamilienhaus von der Straßenseite her. Der Eingang lag etwas abseits auf der rechten Seite.

Zum Glück!

Zur Verwunderung der Einsatzkräfte, die ihn aus hinreichender Entfernung beobachteten, gab sich Hegel keine Mühe, unentdeckt zu bleiben. Weder beschleunigte er seinen Schritt, noch duckte er sich oder zwängte sich gar durch die Büsche des Nachbarzaunes. Im Gegenteil, er schritt hoch erhobenen Hauptes auf die halb gläserne Haustür zu.

Familie Herzog, stand auf einem tönernen Schild neben der Klingel. Der Mädchenhandschrift nach hatte es die kleine Jana offenbar irgendwann einmal in der Kita gebastelt. Wie Hegel es erwartet hatte, war die Tür zugezogen. Doch dies war kein Problem, hatte er sich doch von den Eltern der Geiseln den Haustürschlüssel geben lassen.

Bedacht darauf, keine Geräusche zu verursachen, steckte er den Sicherheitsschlüssel ins Schloss. Es bedurfte nur einer Vierteldrehung, dann sprang die Tür auf. Auch damit hatte Hegel gerechnet.

Der Kerl steht unter einer enormen mentalen Anspannung. Er ist verwirrt. Verängstigt. Denkt nicht rational und hat daher auch die Tür nicht vollständig verriegelt.

Hegel betrat die Diele, in der es nach Leder und Fußspray roch. Er passierte einen halb offenen Schuhschrank, trat in den Flur und warf einen kurzen Blick auf die nach oben führende Treppe. IKEA-Kunstdrucke hingen an den Wänden, Spielzeug lag auf den Stufen, ein überquellender Wäschekorb stand auf der Kommode im Obergeschoss.

Das normale Chaos einer vierköpfigen Familie, die nicht auf Besuch eingestellt ist.

Hegel vergewisserte sich, dass in der offenen Küche niemand zu sehen war, dann tastete er sich nach links zum Wohnzimmereingang vor. Der Boden war durchgängig mit gräulichen Fliesen ausgelegt, die für Hegels Geschmack zwar etwas zu dunkel waren, sich aber als ein Gottesgeschenk entpuppten, da seine Sneakersohlen darauf so gut wie keinen Laut erzeugten. Er hielt den Atem an und lugte in das Wohnzimmer, das gleichzeitig als Esszimmer genutzt wurde. Trotz seines eingeschränkten Sichtfeldes hatte er mit einem Blick die Situation erfasst: Die Kinder saßen eng umschlungen und zitternd auf einem Kunstledersofa, die Köpfe fest aneinandergepresst. Sie hatten offenbar lange geweint und waren völlig erschöpft. Seitlich von ihnen stand der Geiselnehmer, das Messer in der herabhängenden Hand, den Blick starr auf die zugezogene Fensterfront gerichtet. Er trug einen Blaumann mit der Aufschrift *GASAG,* und die Haare standen ihm wie elektrisiert vom Kopf weg. Hegel konnte das Wohnzimmer betreten, ohne dass einer der Anwesenden ihn bemerkte. Erst, als er nur noch zwei Schritte von dem Gasableser entfernt war, hob das Mädchen den Blick. Die Lippen des Kindes formten ein erstauntes *O,* doch glücklicherweise reagierte die Kleine auf Hegels Zeichen, keinen Mucks von sich zu geben.

Mit dem Finger auf den Lippen ging er noch einen Schritt weiter, wobei er sich dem Täter von schräg rechts näherte. Als er schließlich in Reichweite war, streckte er so bedächtig, wie es ihm möglich war, seinen Arm aus und tippte dem Geiselnehmer auf die linke Schulter. Wie beabsichtigt schnellte dieser ebenfalls nach links und drehte sich entgegen dem Uhrzeigersinn zu Hegel herum. Wie ein Schüler, der seinem Klassenkameraden einen Streich spielen will, bewegte sich auch Hegel, indem er einen Schritt nach rechts auswich.

»Wasschhh …?«

Hegel spürte Gänsehaut am ganzen Körper, als er zum ersten Mal in das Gesicht des Geiselnehmers blickte. Obwohl er mit keinem anderen Anblick gerechnet hatte, war es dennoch selbst für den erfahrenen Forensiker eindrucksvoll, in diese zweigeteilte Fratze zu blicken. Der Geiselnehmer sah aus, als hätte ihm Dr. Frankenstein persönlich die halbe Gesichtshälfte betäubt. Nur eines seiner Augen bewegte sich, das andere hing schlaff in seiner Höhle. Und während einer der Mundwinkel angespannt war, tropfte aus dem anderen unkontrolliert Speichel auf den Boden.

»Wo scheid ihr?!«, brüllte der Mann.

Hegel trat noch einen Schritt weiter nach rechts. Er gab den Kindern ein energisches Handzeichen, dass sie vom Sofa aufstehen sollten. Gerade, als die beiden mit angstgeweiteten Augen der Anweisung Folge leisten wollten, wandte der GASAG-Mann sich in ihre Richtung um. Geistesgegenwärtig löste Hegel seine Uhr und warf sie mit lautem Scheppern in die von ihm aus gesehen linke Ecke des Wohnzimmers. Der Täter schnellte nach rechts, erst der Kopf, dann der gesamte Körper.

Jetzt oder nie!

Hegel stürmte zu den Kindern, griff deren kleine Hände und zog sie hinter sich her, bis sie den Hinterausgang des Hauses erreicht hatten.

»Ihr Monschter ...« Das Brüllen des Geiselnehmers klang nur noch aus der Ferne.

Blitzschnell waren die Kinder in den kleinen Garten gerannt, wo Struck mit seinen Männern bereits wartete. Einsatzbereit hielten sie die Waffen auf die Tür gerichtet, vor der sich aber niemand zeigte.

Der Kerl läuft keinem mehr hinterher!

»Alles okay mit Ihnen?« Struck fasste Hegel an die Schulter und sah ihm in die Augen.

Die völlig verstörten Kinder wurden sofort von einer Polizistin in Sicherheit gebracht. Zurück zu ihren Eltern, die sie voll überschwänglicher Freude in die Arme nehmen würden.

»Es ist alles in Ordnung. Gut, dass ich noch einmal Menschen retten konnte.« Hegel sah den Kindern nach.

»Was können Sie mir über den Täter sagen?« Struck hielt seinen Blick noch immer auf die Hintertür gerichtet.

»Er ist bewaffnet, aber ungefährlich.«

»Wie kommen Sie darauf?«

Hegel seufzte.

»Ich habe jetzt nicht die Zeit, es Ihnen zu erklären. Gehen Sie einfach rein, entwaffnen Sie ihn und halten Sie den Notarzt bereit.«

»Den Notarzt? Ich denke, er ist ungefährlich?«

»Wir müssen das Vivantes-Klinikum vorbereiten, dass wir gleich den Schockraum brauchen. Sonst gibt es heute doch noch einen Toten!«

KAPITEL 3

Und das haben Sie alles aus seiner Stimme rausgehört?« Hegel und Struck saßen auf Klappstühlen vor dem Einsatzwagen. Die Psychologin hatte sich zur Familie der Kinder begeben, um dort ersten seelischen Beistand leisten zu können.

»An seinem Nuscheln. Eindeutig ein rechtsseitiger ischämischer Apoplex.« Hegel lehnte sich erschöpft zurück.

Er schloss die Augen und genoss die warmen Sonnenstrahlen auf seiner Haut. Er wusste, er würde lange warten müssen, bis er sie wieder spüren durfte. *Ein kühles Bier,* dachte er, *würde diesen letzten Moment des Glücks noch vervollständigen.* Doch er musste sich mit stillem Wasser aus einer PET-Flasche begnügen.

»Der Kerl hatte einen Schlaganfall?«, fragte Struck.

»Ganz genau. Der Hirninfarkt muss ganz plötzlich aufgetreten sein. Kurz nachdem die Kinder ihn reingelassen hatten. Der Stroke hat zu einer halbseitigen Gesichtslähmung geführt, die dann wiederum für die charakteristischen Sprachausfälle verantwortlich war. Kein Wunder, dass der Mann so außer sich und verängstigt war. Für ihn muss es sich angefühlt haben, als ob auf einmal eine fremde Macht von ihm Besitz ergriffen hat.«

Struck schüttelte den Kopf. »Und ich dachte, der wäre einfach ein Geistesgestörter. Was sagten Sie, weswegen er Sie nicht sehen konnte?«

Hegel nahm noch einen Schluck aus der Flasche.

»Das war ein *Neglect*, eine Leugnung. Der Schlaganfall im rechten Vorderhirn hat dazu geführt, dass er alles, was links von ihm in seinem Gesichtsfeld war, nicht mehr sehen konnte. Sobald die Kinder links standen, waren sie für ihn verschwunden. Daher hat er sie als Monster bezeichnet. Der arme Kerl hielt das für eine übersinnliche Erfahrung!«

»Also deswegen sollten wir die Autos wegfahren.«

Hegel nickte.

»Der Anblick der Polizei hat ihn verstört. Zwanzig Meter zur Seite, und die Bedrohung war plötzlich unsichtbar für ihn. So wie ich, als ich im Haus immer darauf geachtet habe, nicht in seine rechte Hemisphäre zu treten.«

»Spooky!« Der Einsatzleiter reichte Hegel die Hand. »Aber wirklich gute Arbeit.«

Hegel stellte die Flasche beiseite, drehte sich aus dem Klappstuhl heraus zu ihm herum und ergriff Strucks Hand.

»Sie haben mal wieder was gut bei mir, schätze ich.«

Hegel lächelte, doch Struck entging der niedergeschlagene Ausdruck in seinem Gesicht nicht.

»Was haben Sie eigentlich gerade gemeint, als Sie sagten: *Gut, dass ich noch einmal Menschen retten konnte?*«

Hegel senkte seinen Blick und atmete tief aus, bevor er antwortete.

»Also, wenn ich wirklich etwas gut habe …« Er ließ den Satz in der warmen Sommerluft stehen.

»Was dann?«

»Könnten Sie mir einen Gefallen tun?«

»Worum geht es denn?«

Hegel räusperte sich, bevor er Struck seine Handgelenke entgegenstreckte.

»Bitte verhaften Sie mich!«

»Was?«

Der Einsatzleiter lachte auf, doch das Lachen erstarb sofort, als Hegel hinzufügte:

»Wissen Sie, als ich vorhin Ihren Anruf bekommen habe, da wollte ich gerade die Kollegen verständigen.«

Strucks Wimpern begannen zu zucken.

»Ich verstehe nicht. Warum denn das?«

Hegel richtete seinen Blick ein letztes Mal in den Himmel. Dieser war noch immer strahlend blau, und keine Wolke schien ihn trüben zu wollen.

»Ich habe gestern eine Obdachlose mit einem Aschenbecher niedergeschlagen und danach dreiundzwanzig Mal auf sie eingestochen. Die Leiche liegt bei mir zu Hause. Im Keller.«

KAPITEL 4

BUENOS AIRES, ZWEI JAHRE ZUVOR

Jula ging durch eine Allee des Todes, aber dennoch vermochte sie sich nicht zu erinnern, wann sie das letzte Mal so glücklich gewesen war. Es war bereits kurz vor Mitternacht, doch sie benötigte nicht einmal das dünne Jäckchen, das sie sich um die Hüften gebunden hatte. Noch immer herrschten über fünfundzwanzig Grad, und mit Rock, T-Shirt und Flip-Flops war sie perfekt für ihren nächtlichen Friedhofsbesuch gekleidet. Es war bereits der dritte in diesem Urlaub, doch es würde vermutlich auch der letzte sein. Übermorgen würde sie zu ihrem Bedauern schon wieder zurück nach Berlin fliegen müssen.

»Hier ist es!« Moritz war einige Schritte vorausgegangen und vor dem schwarzen Tor in der Wand eines Mausoleums stehen geblieben.

Der Reiseführer hatte wahrhaftig nicht zu viel versprochen. Der Friedhof *La Recoleta* lag im teuersten Viertel von Buenos Aires und war zu Recht eine der beliebtesten Touristenattraktionen der Stadt. Dass hier einige namhafte argentinische Staatsmänner, Künstler und Sportler ihre letzte Ruhe gefunden hatten, war allein schon an den prächtigen Grabstätten und Denkmälern zu erkennen. Einige der Ruhestätten waren wie kleine Häuser errichtet worden, jedes für sich ein eigenes Kunstwerk.

»Eva Perón«, las Jula auf der Tafel am Mausoleum.

Hier also lag sie, die zweite Frau des Präsidenten Juan Perón, die vielleicht bekannteste Tochter des Landes. Aufgewachsen in bitterer Armut, hatte sie sich aus der Unterschicht zur First Lady emporgekämpft. Vielen Menschen war ihre Lebensgeschichte aus dem Musical *Evita* von Andrew Lloyd Webber bekannt.

»Danke!«

Moritz lachte auf.

»Wofür? Dass ich dir das Grab gezeigt habe?«

Jula schüttelte den Kopf.

»Dafür, dass du mich zu dieser Reise überredet hast.«

Als Moritz seine Schwester gefragt hatte, ob sie Lust hätte, ihn auf eine seiner Geschäftsreisen zu begleiten, hatte Jula zunächst abgelehnt. Moritz war Reisekaufmann und regelmäßig im Auftrag eines großen Pauschalreiseveranstalters unterwegs, um sich direkt vor Ort ein Bild von neuen Hotels, Sehenswürdigkeiten und der Infrastruktur eines Landes zu machen. Was sich wie ein Traumjob anhörte, artete allerdings nicht selten in Stress aus, denn Moritz war gezwungen, Dutzende von Stationen an nur einem einzigen Tag abzuarbeiten und während eines einwöchigen Trips nicht weniger als sieben Mal das Hotel zu wechseln.

Zudem hatte Jula geglaubt, dass es kaum einen schlechteren Zeitpunkt geben könne, ihre Eltern allein in Berlin zurückzulassen. Jetzt, da ihr Vater beim *Familienrat* die Bombe hatte platzen lassen, einfach so, am Küchentisch. Immerhin, die Schocknachricht war nicht aus heiterem Himmel gekommen, für niemanden. Die Zeichen hatten zwischen ihren Eltern schon länger auf Trennung gestanden, zumal die Kinder inzwischen erwachsen und aus dem Haus waren.

Aber zwölf Jahre lang?

Dass Julas Vater bereits seit über einem Jahrzehnt so etwas wie eine *Zweitehe* führte, hatte ihre Mutter an den Rand der Verzweiflung getrieben. Und das, obwohl Jutta Ansorge wahrhaftig einiges von ihrem Mann gewohnt gewesen war. Der endgültige Zusammenbruch kam jedoch erst mit dem zweiten Teil des Geständnisses:

»Ich habe mit meiner zweiten Frau einen gemeinsamen Sohn gezeugt. Er heißt Elyas.«

Julas Vater hatte tatsächlich das Wort *gezeugt* verwendet – in ihren Ohren das widerlichste, das er hätte wählen können. Für einen kurzen Moment hatte sie sich gefragt, ob sie das alles vielleicht nur träumte. Ihr Vater, der sich tatsächlich mit einem Leinenanzug und gekämmten Haaren zurechtgemacht hatte, so, als wären sie zu einem Geburtstag eingeladen. Die Lippen ihrer Mutter waren zunächst schmal geworden und schließlich ganz verschwunden. Ihre altersfleckigen Hände, die lange nicht mehr von ihrem Mann gestreichelt worden waren, krampften sich um eine leere Kaffeetasse.

Das hört sich an wie eine dieser Trash-Geschichten von den Assifamilien, über die wir morgens immer im Radio reden, hatte Jula gedacht.

Doch sogleich hatte sie sich eingestehen müssen, dass dies nicht die Morgensendung auf 101.5 war, dem Radiosender, bei dem sie ein Volontariat machte. Dieses unfassbare Geständnis betraf ihre eigene Familie, und Jula war froh, dem Ganzen nach Argentinien entflohen zu sein. Wenn auch nur für eine Weile.

»Danke, dass du mich mitgenommen hast«, wiederholte sie und drückte die Hand ihres Bruders.

Moritz hatte recht gehabt, als er ihr sagte, dass Abstand

die Probleme zwar nicht vertreiben konnte, zumindest aber einen besonneneren Blick auf sie ermöglichte.

»Wir sollten uns mit Elyas treffen«, hörte Jula sich selbst sagen, während sie weitergingen, begleitet von einer warmen Brise, die sich wie ein Seidentuch um ihre nackten Beine legte.

»Ja, sollten wir wohl«, murmelte Moritz, und es war ihm anzumerken, wie wenig Lust er hatte, seinen bis vor Kurzem noch unbekannten Halbbruder kennenzulernen.

»Und du, mein Lieber, solltest jetzt zum Hotel zurück!«, meinte Jula schmunzelnd.

Moritz blieb stehen und sah seine Schwester fragend an. Im weichen Licht der Friedhofslaternen wirkte er um einiges jünger als siebenundzwanzig. Allerdings war er eine markante Erscheinung mit seinen wilden Locken, den auffälligen Wangenknochen, der ausgeprägten Nase und dem großen Kinn. Sein schlanker, vom Rudertraining geformter Körper brachte ihm viele Komplimente ein. Zuletzt erst vor wenigen Stunden, von der jungen, dunkelhaarigen Rezeptionistin, die bald Feierabend hatte.

»Lass Patricia nicht warten!« Jula kicherte.

»Dir entgeht aber auch gar nichts!«

»Mehr als ein Lächeln brauchst du nicht, um das Herz einer Frau zu erobern, was?«

»Na ja, manchmal muss ich auch noch *Hallo* sagen.« Beide lachten. »Aber ich will dich hier nicht allein lassen, Jula. Wir wollten den Abend schließlich gemeinsam verbringen.«

»Das haben wir doch. Und ich finde es toll, dass du dich so um mich gekümmert hast, trotz deiner Termine. Also, jetzt denk auch mal an dich, ich lauf dir ja nicht weg. Aber mit Patricia kannst du ab übermorgen nur noch skypen, nicht mehr fummeln.«

»Du bist unmöglich!« Moritz lachte und gab Jula einen Kuss auf die Wange. »Dann lass uns zurück zum Hotel gehen.«

»Nein, nicht *uns.*« Jula tat so, als wolle sie ihren Bruder mit einer Handbewegung verscheuchen. »Ich will noch ein bisschen allein sein.«

Moritz zog seine Augenbrauen hoch.

»Sicher?«

»Ja, ich merke, dass es mir guttut. Die Stille hier. Das Nachdenken.«

»Okay, aber melde dich bitte, wenn du im Hotel bist. Schick mir eine WhatsApp, sonst mache ich mir Sorgen.«

»Keine Angst, ich kann schon allein auf mich aufpassen. Versprochen!«

Nur kurz nachdem Moritz aus Julas Blick verschwunden war, vernahm sie ein Rascheln, das aus einem der Büsche zu kommen schien. Sie erschauerte für einen Augenblick.

Das ist nur ein Instinkt aus der Steinzeit. Unser Gehirn ist darauf trainiert, Gefahren im Dunkeln auszumachen. Da wird ein Baum zu einem Mann und das Rauschen des Windes im Gebüsch zu einem lauernden Säbelzahntiger.

Es raschelte erneut, dieses Mal jedoch stärker.

So windig ist es doch gar nicht? Jula schüttelte den Kopf und fuhr sich mit den Händen durchs Gesicht. *Jetzt reiß dich mal zusammen! Nur, weil du nachts allein auf einem Friedhof bist, musst du ja nicht gleich durchdrehen.*

Jula reckte ihren Hals in die Richtung, in die Moritz verschwunden war. Sicher hatte er das Gelände längst durch das mächtige Säulenportal am Ausgang verlassen.

Sobald er eine schöne Frau sieht, hält ihn nichts mehr. Irgendwann wird ihn seine lockere Einstellung zu Bezie-

hungen noch in Schwierigkeiten bringen. So wie seinen Vater. Unseren Vater …

Jula war keine Freundin von Klischees, doch sie musste sich eingestehen, dass in der Familie Ansorge der Apfel nicht weit vom Stamm gefallen war. Wobei sie selbst mehr nach ihrer Mutter kam. Oft zu sorglos, lieber einmal öfter weg- als hinschauen, in der Hoffnung, dass Probleme verschwinden würden, wenn man sie bloß in Ruhe ließe. Nur um dann doch jedes Mal wieder von der Realität eingeholt zu werden. So wie ihre Mutter die Augen vor den offensichtlichen Anzeichen eines jahrelangen Doppellebens ihres Mannes verschlossen hatte, so neigte auch Jula dazu, den Blick gelegentlich abzuwenden, wenn sie eigentlich hätte hinsehen sollen. Sichtbare Anzeichen zu ignorieren, Warnsignale ihres Unterbewusstseins zu verdrängen.

So wie an diesem Tag.

So wie jetzt. In diesem Moment.

»Hallo?«

Jula hatte eine leichte Bewegung im Dunkeln bemerkt. Natürlich konnte es sich auch um einen Lichtreflex auf dem Jugendstil-Grabmal mit der Bronzehaube gehandelt haben. Oder war da tatsächlich jemand, der sie belauerte? Sie griff zu ihrem Handy.

Okay, urzeitliche Instinkte hin oder her. Ich rufe jetzt Moritz an. Vielleicht spielt er mir ja gerade einen blöden Streich und will mich erschrecken.

Während sie die Nummer ihres Bruders anwählte, entging Jula, dass hinter ihr ein Schatten auf eines der Grabmäler fiel. Der Umriss eines Mannes!

»Hallo, hier ist die Mailbox von Moritz Ansorge. Bitte hinterlassen Sie mir eine Nachricht!« Jula verdrehte die Augen.

»Warum machst du denn dein Handy aus? Hast du Angst, dass ich dein Date störe?« Gerade, als Jula das Telefonat beenden wollte, drang ein ekelhafter Duft in ihre Nase. Sie sprach schlagartig leiser. »Moritz, ich glaube, hier ist noch irgendjemand. Es riecht nach Schweiß. Aber ich sehe niemanden.«

Während Julas Puls sich rasant beschleunigte, schossen ihr die Worte durch den Kopf, mit denen sie sich von Moritz verabschiedet hatte.

Keine Angst, ich kann schon allein auf mich aufpassen. Versprochen!

Erneut roch Jula den Gestank kalten Männerschweißes, dieses Mal sogar noch intensiver als zuvor. Und wenn sie auch Schatten und Geräusche fehldeuten konnte – dieser Geruch konnte nur von einem Menschen stammen. Von einem Mann, der sich in ihrer unmittelbaren Nähe befinden musste.

»Moritz, kannst du bitte zurückkommen, ich glaube, …«

Weiter kam Jula nicht. Denn schon im nächsten Augenblick packte sie etwas, schleuderte ihr das Telefon aus der Hand, warf sich auf sie und ließ etwas in ihrem Rücken mit einem hellen Knacken brechen. Das, was sie jetzt noch in ihrem Mund hatte, waren keine Schreie mehr.

Nur noch Erde, Blut und Schmerz.

KAPITEL 5

Jula schien es, als senke sich die Decke des Verhörraumes mit jedem Schlag ihres Herzens ein kleines Stück weiter zu ihr hinab. Immer tiefer, von Minute zu Minute, so lange, bis sie schließlich von ihr zermalmt werden würde. Es war unerträglich heiß, die stickige Luft schnürte ihr fast den Atem ab, und die pochenden Schmerzen an ihrer Wirbelsäule schienen im selben Maße zuzunehmen wie die Anzahl der Fliegen in dieser verdammten fensterlosen Kammer.

»Wie lange wollt ihr mich denn hier noch warten lassen?« Jula schrie so laut in die Leere hinein, dass sich ihre Stimme überschlug und sie husten musste.

Bereits seit mehr als drei Stunden wartete sie nun schon darauf, dass man sich ihrer endlich annehmen würde. Die kleine Flasche Wasser hatte sie längst ausgetrunken. Fliegen und kleine Käfer waren ihre einzige Gesellschaft, und es stank nach Zigarettenrauch. Jula legte den Kopf auf die Tischplatte und schloss die Augen, während sich die Erinnerungen an die Geschehnisse vor vier Tagen unablässig vor ihrem geistigen Auge wiederholten.

Der Ruck, der Aufprall, das Knirschen.

Sie zuckte zusammen, so als erlebe sie den Überfall jetzt noch einmal in diesem verdammten Verhörraum.

Das Fett, der Schweiß, die Haare.

Diese Bestie musste auf dem Friedhof bereits auf sie gelauert haben. Auf sie oder auf irgendeine andere Frau. Nur, dass es eben nicht irgendeine andere Frau gewesen war, die er überfallen hatte, sondern sie.

Es hat geraschelt, so wie wenn ein großes Tier, das auf Beute gelauert hat, hinter einem Gebüsch hervorgeschossen kommt. Ich konnte gar nicht begreifen, was los war, weil ich hinter dem Mausoleum sofort zu Boden gerissen wurde. Ich wollte noch meinen Bruder anrufen, aber der ist nicht rangegangen. Mein Rücken, ich weiß nicht, er hat plötzlich so wehgetan, ich konnte mich überhaupt nicht wehren. Dieser Kerl muss riesig gewesen sein, ich hatte das Gefühl, sein widerlicher Leib begräbt mich unter sich wie eine Decke. Eine ekelhafte Decke aus heißem, verschwitztem Fett. Eine abstoßende, behaarte Decke, die einen kleinen, widerwärtigen Schwanz hat, den sie unbedingt in mich hineinstecken will.

Jula ballte ihre Hände zu Fäusten, als sie an den Polizisten dachte, der sie als Erster vernommen hatte.

»Sie hatten diesen Rock an?«

Ja, natürlich war sie attraktiv gekleidet gewesen. Eine junge Frau von Mitte zwanzig, die im Urlaub einen schönen Abend mit ihrem großen Bruder verbachte. Was hatte dieser dämliche, arrogante Penner in seiner schneidigen Uniform denn erwartet, wie sie sich kleiden sollte? In ein Ordensgewand, unter das sie sich einen Keuschheitsgürtel geschnallt hatte?

»Er hat mich vergewaltigt!« Jula hatte ihn angebrüllt, doch der Kerl hatte nicht einmal mit der Wimper gezuckt.

»Wir erleben so was hier jeden Tag. Die europäischen Frauen kommen zu uns, um sich einen rassigen Argentinier für ein kleines Abenteuer zu angeln. Und hinterher kommen sie dann an und beschweren sich, weil sie gemerkt haben, dass er doch nicht der Richtige war. Kann es sein, dass Sie einfach nicht mit seinem Temperament zurechtgekommen sind?«

Jula wusste bereits in diesem Augenblick, dass sie die dämliche Visage dieses verdammten Bullen niemals wieder vergessen würde. Anders als das ihres Vergewaltigers. Sie hatte dem Kerl nämlich niemals ins Gesicht gesehen.

»Haben Sie das Schwein endlich gefunden?«

Der Polizist hatte nur arrogant gelächelt.

»Wie denn? Sie konnten ihn ja nicht beschreiben. Was sollen wir denn Ihrer Meinung nach machen? Einfach jeden Mann festnehmen und einsperren? In der Hoffnung, dass dann schon der Richtige dabei sein wird?«

»Er war groß und fett. Und er war Raucher, sein Atem hat nach Nikotin gestunken! Und er hatte einen Vollbart! Diese ekelhaften Gesichtshaare haben die ganze Zeit in meinem Nacken gepiekt, und dann später an meiner ...«

Jula war aufgesprungen. Sie hatte den Raum verlassen wollen, um nach Moritz zu suchen. Doch die Schmerzen hatten sie gezwungen, sich wieder auf ihren Stuhl sinken zu lassen.

Ein Anbruch des Rückenwirbels. Sie können froh sein, dass Sie nicht querschnittsgelähmt sind!

»Entschuldigen Sie bitte, dass Sie so lange warten mussten!«

Jula schrak aus ihren Erinnerungen auf, als sich schließlich die Tür des muffigen Raumes öffnete und ein Mann in weißem Anzug eintrat. Sie hatte ihn noch nie zuvor gesehen, und das, obwohl sie während der Tage, in denen sie wieder und wieder das Gleiche hatte zu Protokoll geben müssen, absolut jeden Polizisten Argentiniens kennengelernt zu haben glaubte.

»Wer sind Sie?«

Der Mann hatte, anders als die meisten seiner Vorgänger, feine, fast aristokratische Gesichtszüge, die Jula an Filme aus dem viktorianischen England erinnerten. Filme, in denen sich die Herren der High Society nach dem Tee zum Krocket trafen, um dabei über die neuesten Gerüchte aus dem Königshaus zu plaudern.

»Mein Name ist Antonio Verón. Ich komme von der deutschen Botschaft, man hat mich gebeten, mit Ihnen zu sprechen. Es gibt eine neue Entwicklung.«

Jula horchte auf. Immer wieder hatte sie um konsularischen Beistand gebeten, nicht zuletzt deswegen, weil sich die Verständigung mit den diversen Polizisten und Ärzten mehr als schwierig gestaltet hatte. Und weil es ihr seit Tagen verwehrt worden war, ihren Bruder zu sehen. Damit wollte man angeblich verhindern, dass die Aussagen der Geschwister voneinander beeinflusst würden. Und das, obwohl Moritz bei der Tat gar nicht dabei gewesen war.

»Was für eine neue Entwicklung? Haben Sie den Kerl etwa gefunden?« Für einen Moment spürte Jula keine Schmerzen in ihrem Rücken.

»Nun ja, es ist ein wenig komplizierter.« Verón sah Jula fest in die Augen, doch die Art, wie er seine Hände ineinandergefaltet hatte, verriet ihr, dass er nervös war. »Der Täter hat bereits gestern gestanden. Wir haben seine Aussage auf Video aufgenommen, und unsere Experten haben sie mittlerweile begutachtet und für glaubhaft befunden.«

Julas Gesichtszüge hellten sich schlagartig auf. Der Zorn, der Schmerz und die Angst waren dem Hochgefühl gewichen, dass diese widerliche, fette Qualle nicht einfach so davongekommen war. Dem Triumph, dass diese dämlichen Bullen, mit denen sie wieder und wieder jedes Detail des Verbrechens hatte durchgehen müssen, endlich begreifen würden, dass sie keine kleine deutsche Zicke war, die sich *mal nicht so anstellen sollte*.

»Das heißt, der Kerl ist hinter Gittern?« Der ausweichende Blick ihres Gegenübers ließ Jula Böses ahnen. »Sagen Sie jetzt nicht, dass …«

»Frau Ansorge, die Dinge liegen anders, als Sie denken. Deswegen bin ich anstelle der Kollegen von der argentinischen Polizei hier.«

Jula nahm den Raum, in dem sie stundenlang mit Verhören gepeinigt worden war, jetzt gar nicht mehr wahr. Das Einzige, was sie noch sah, war das verdammte Krocketgesicht dieses Kerls im weißen Leinenanzug, der irgendetwas vor ihr verheimlichte.

»Jetzt reden Sie schon!« Jula schlug so fest auf den Tisch, dass die leere Wasserflasche umfiel.

»Frau Ansorge, es tut mir sehr leid, aber ich muss Ihnen mitteilen, dass Sie Ihren Vergewaltiger kennen.«

Innerhalb von Mikrosekunden schossen Bilder durch Julas Kopf. Der junge Mann am Hotelempfang, der ihr mit einem charmanten Lächeln den Zimmerschlüssel ausgehändigt hatte, der lustige Taxifahrer, mit dem sie zur *Casa Rosada* gefahren waren, der Kellner im Steakhaus oder der Kerl, den sie auf der Straße nach dem Weg gefragt hatte – einfach jeder Mann, dem Jula an diesem Tag begegnet war, defilierte noch einmal vor ihrem geistigen Auge vorüber.

»Also gut.« Jula sprach so ruhig, wie sie konnte. »Sagen Sie es einfach. Wer hat mir das angetan?«

Verón senkte kurz den Blick, bevor er Jula direkt in die Augen sah und ohne weitere Umschweife antwortete.

»Es war Ihr Bruder. Moritz Ansorge hat gestern gestanden, Sie überfallen und vergewaltigt zu haben.«

KAPITEL 6

Jula saß einfach nur da und betrachtete diesen komischen Typen, auf dessen Nase und Wangenknochen bei näherem Hinsehen bereits die ersten roten Äderchen zu erkennen waren, die auf regelmäßigen Alkoholkonsum hinwiesen. *Vermutlich,* dachte sie, *gönnt sich Antonio gern mal das eine oder andere Fläschchen Rotwein, wenn er abends mit seinen Freunden auf der Terrasse der deutschen Botschaft zusammensitzt.* Wie sie ihn wohl nennen mochten? Toni? Vermutlich schon, sie würde das zumindest machen. Auch, wenn dieser Name eigentlich gar nicht zu ihm passte

»Frau Ansorge, haben Sie verstanden, was ich Ihnen gerade gesagt habe?«

Jula schrak aus ihren Gedanken auf. Ohne erkennbare Gefühlsregung, beinahe schon apathisch, stellte sie fest:

»Moritz ist schlank und durchtrainiert. Der hat einen Waschbrettbauch, so einen haben Sie noch nie gesehen. Die Frauen fliegen auf ihn! Und er hat keine Körperbehaarung, das liegt bei unseren Männern nicht in der Familie. Moritz hat auch keinen Bart, und er raucht nicht.«

Verón wollte seine Hände auf Julas Schultern legen, doch sie zuckte zurück.

»Ich verstehe, dass diese Nachricht ein Schock für Sie ist. Aber Sie sollten beginnen, es zu akzeptieren.«

Jula lächelte ihrem Gesprächspartner mechanisch zu. Und plötzlich – es mochte wohl der Schock sein, den die unfassbare Behauptung dieses Typen bei ihr ausgelöst hatte – kam ihr etwas in den Sinn, das sie noch bei keiner ihrer Vernehmungen zuvor erwähnt hatte. Etwas, das wie aus ihrem Gedächtnis gelöscht gewesen zu sein schien. Bis zu diesem Augenblick.

»Ich hatte Moritz gerade auf seine Mailbox gesprochen, als dieser fette Scheißkerl über mich hergefallen ist. Er hat mir das Handy aus der Hand gerissen.« Jula sprach noch immer monoton und kraftlos. Selbst dann noch, als sie die unglaubliche Erkenntnis formulierte, die ihr soeben gekommen war: »Die Vergewaltigung muss auf seiner Mailbox aufgezeichnet worden sein.«

Verón zeigte keine nennenswerte Regung.

»Frau Ansorge, die argentinischen Ermittler haben wirklich alles überprüft. Es gab keine solche Nachricht auf der Mailbox Ihres Bruders, das hätte in der Akte gestanden. Ich habe mich sehr gewissenhaft auf unser Gespräch vorbereitet, das würde ich wissen.«

Jula huschte für den Bruchteil einer Sekunde so etwas wie ein Lächeln über die Lippen.

»Ich will jetzt zu ihm, wir fliegen nach Berlin zurück. Lassen Sie mir doch ein Foto von sich da. Wir hängen es uns dann zu Hause auf und lachen jeden Tag über Sie.«

Verón schüttelte den Kopf.

»Die Argentinier haben Ihren Bruder gestern sofort in Haft genommen.«

»Ich will zu ihm.« Jula zeigte noch immer keinerlei Emotion. »Das ist eine Verschwörung. Die haben mich hier von Anfang an wie einen Verbrecher behandelt.«

Verón erhob sich von seinem Stuhl und trat ganz nah an Jula heran.

»Sie können nicht zu ihm, Frau Ansorge.«

Jula begann, die ersten Takte eines Liedes zu summen, das sie vor einigen Tagen im Autoradio gehört hatte.

»Warum nicht?«

Verón griff ein weiteres Mal nach Julas Schultern, und dieses Mal sträubte sie sich nicht.

»Ich muss Ihnen leider mitteilen, dass sich Ihr Bruder vor einer Stunde in seiner Zelle erhängt hat. Es tut mir leid, Frau Ansorge, aber man konnte ihm nicht mehr helfen. Moritz ist tot.«

KAPITEL 7

BERLIN, DREI JAHRE SPÄTER

Paul gab sich alle Mühe, Jula nicht zu wecken. Es hatte lange gedauert, bis die Schmerztablette endlich ihre Wirkung gezeigt und sie eine Liegeposition gefunden hatte, in der ihre Rückenschmerzen so erträglich wie möglich waren.

»Bist du noch wach?« Paul hauchte mehr, als dass er sprach.

Nachdem Jula keine Regung erkennen ließ, erhob er sich vorsichtig. Die von ihm ausgelöste Bewegung der Matratze sollte so gering wie möglich ausfallen. Er sah zu Julas Nachttisch. Wie immer brannte das Licht der kleinen Lampe noch, sodass Paul das halb volle Weinglas sehen konnte, mit dem Jula wenige Stunden zuvor das Ibuprofen geschluckt hatte. Ob sie zudem auch eine Schlaftablette genommen hatte, wusste er nicht, doch Julas ansonsten unruhiger Atem war bereits, kurz nachdem sie sich hingelegt hatten, sanft und gleichmäßig geworden. Barfuß und auf Zehenspitzen schlich er aus dem Schlafzimmer der Wohnung seiner Freundin.

Miau!

Paul zuckte zusammen. Julas Perserkater Wallraff, der gemütlich auf der Couch geschlummert hatte, war aufgesprungen und zu ihm hinübergelaufen, um der Ursache des nächtlichen Besuches auf den Grund zu gehen.

»Pssst! Wir dürfen Frauchen nicht aufwecken.«

Paul nahm den Kater auf den Arm und streichelte ihn sanft, bevor er ihn wieder zu dessen Lieblingsschlafplatz trug und ihn auf der Couch absetzte.

Paul Weidenfeller war ein stattlicher Mann, ein Eindruck, der durch seine wild in Richtung Himmel sprießenden roten Locken noch verstärkt wurde. Er war fünf Jahre älter als Jula, hatte einen leichten Stoppelbart und ein Piercing im rechten Ohr. Meist trug er eigenwillige Kombinationen aus T-Shirts, Krawatten und Sakkos mit Einstecktuch. Ein unbeholfener Versuch, flippig auszusehen, der ironischerweise meist eher bieder wirkte.

Paul hatte Jula oft angeboten, zu ihm nach Charlottenburg zu ziehen. Immerhin war sein Apartment groß genug für sie beide, und es lag viel näher an dem Radiosender, für den die beiden arbeiteten. Doch Jula hatte stets abgelehnt. Sie hatte Paul klargemacht, dass sie ihre eigenen vier Wände brauchte, wann immer ihre Stimmung und die Schmerzen es ihr unmöglich machten, Gesellschaft um sich herum zu ertragen. Eine Situation, die nur allzu oft eintrat.

Als Paul das Wohnzimmer erreicht hatte, hielt er noch einmal inne. Er konnte Jula von dort aus nicht sehen, doch er horchte noch einmal in die Stille der Nacht hinein, ob er vielleicht eine Regung vernehmen konnte. Da dies nicht der Fall war, trat er an den Couchtisch, auf dem Jula ihr Handy über Nacht zum Aufladen abgelegt hatte. Paul versuchte sich die Position des Gerätes genau einzuprägen, bevor er es schließlich in die Hand nahm und den Code eingab, den er vor einigen Wochen mit einem indiskreten Blick über Julas Schulter ausspioniert hatte. Tatsächlich entsperrte sich das Smartphone, und Paul rief Julas WhatsApp auf. Zunächst überflog er die Namen der Kontakte, mit denen sie in den vergangenen Tagen gechattet hatte. Ihr

Halbbruder Elyas war ganz oben zu finden, ebenso Paul selbst, Julas Freundin Claudia aus dem Sender und eine der Frauen, mit denen sich Jula damals in der Selbsthilfegruppe für Gewaltopfer angefreundet hatte. Lediglich ein Name auf der Liste war Paul nicht vertraut.

Wer, zum Teufel, ist Kim?

So, als könne Jula möglicherweise unbemerkt über den knarzenden Parkettboden geschwebt sein, vergewisserte sich Paul noch ein weiteres Mal, dass er unbeobachtet war, bevor er den Chatverlauf zwischen seiner Freundin und der ihm unbekannten Person öffnete. Seine eben noch müden Augen weiteten sich schlagartig, und sein Herz begann zu pochen, als habe er soeben einen Halbmarathon absolviert, als er Julas letzte Nachricht las:

Ich kann es gar nicht erwarten, dich endlich wiederzusehen, Kim! Dann können wir auch die Nacht miteinander verbringen. Ich muss mir nur eine Geschichte für Paul ausdenken, er ahnt nämlich immer noch nichts von uns.

Julas Freund sank auf den Stuhl nieder, über den er vor dem Schlafengehen seinen Bademantel gehängt hatte. Was immer er auch in Julas Handy zu finden erwartet hatte – das hier überstieg seine schlimmsten Befürchtungen um Längen. Er las weiter:

Vielleicht erzähle ich ihm mal von dir, aber nicht gleich von unserer Liebe. Wir müssen ihm das langsam klarmachen. Er würde dir vielleicht auch gefallen. Wer weiß, vielleicht treffen wir uns ja mal zu dritt?

»Ist Kim ein Mann? Oder etwa …«

Paul zuckte zusammen, als ihm bewusst wurde, dass er ein wenig zu laut zu sich selbst gesprochen hatte. Er wartete kurz ab, ob sich nebenan etwas regte. Nachdem alles ruhig blieb, las er weiter:

Du weißt ja, dass ich dir nichts mit der Post schicken kann. Was, wenn einer der Briefe zurückkommt und Paul ihn zufällig findet? Aber manche Dinge mag ich dir nicht per Textmessenger senden. Es gibt Sachen, die muss man einfach noch von Hand auf Papier schreiben. Deswegen habe ich dir einen Brief unter die Fußmatte vor meiner Wohnungstür gelegt. Aber du musst ihn morgen früh gleich als Erstes da abholen, bevor Paul meine Wohnung verlässt. Er hat Frühdienst im Sender, und ich muss erst mittags arbeiten.

Julas Freund spürte, wie ihm abwechselnd heiß und kalt wurde. Er überprüfte das Datum und die Uhrzeit, wobei er feststellte, dass Jula die Nachricht offenbar versendet hatte, während er vor dem Zubettgehen geduscht hatte.

Der Brief ist also noch immer unter der Fußmatte …

Vorsichtig legte Paul das Handy wieder so auf dem Tisch ab, wie er es vorgefunden hatte, und schlich zur Wohnungstür. Jula verriegelte diese stets mit Kette und schwerem Sicherheitsriegel, sodass es fast eine Minute dauerte, bis Paul sie behutsam geöffnet hatte. Es war dunkel im Hausflur, doch das schwache Licht, das aus der Wohnung drang, genügte Paul, um unter der Fußmatte tatsächlich ein Kuvert zu entdecken. Ohne auch nur eine Sekunde zu zögern, bückte er sich, griff danach und stellte fest, dass es nicht zugeklebt war. Noch immer in seiner gebückten Position zog er den Brief aus dem Umschlag und entfaltete ihn.

Liebe Kim, es ist schon lange ein Traum von mir, Paul gemeinsam mit dir zu verwöhnen und seine kühnsten Sexträume wahr werden zu lassen. Er wollte schon immer zwei Frauen haben, und du müsstest ihm gefallen …

Weiter kam Paul mit seiner Lektüre nicht. Denn kaum

dass seine Gefühle in Wallung geraten waren, spürte er auch schon einen Fuß auf seinem Hinterteil, der ihn so kräftig stieß, dass er mitsamt dem Brief in der Hand bäuchlings in den Hausflur fiel.

»Ich wusste es!« Jula stand mit verschränkten Armen im Türrahmen.

»Schatz, ich wollte nur …«

»Was wolltest du nur? Mein Vertrauen missbrauchen und in meinem Handy rumspionieren? Es ist vorbei, endgültig!«

Paul zerknüllte den Brief in seiner Hand, als könne ihm dies irgendeinen Nutzen bringen.

»Julchen, lass mich dir doch bitte erklären …«

»Lies den Brief an Kim einfach noch zu Ende. Mehr Erklärung braucht es zwischen uns nicht mehr! Und komm nicht auf den Einfall, mich morgen im Sender vollzuquatschen. Ab jetzt sind wir nur noch Arbeitskollegen. Ich mache meinen Job und du deinen. Fertig!«

Damit packte Jula den Mantel ihres Freundes, warf ihn in den Flur, schloss ihre Wohnungstür und verriegelte sie von innen. Paul wollte schon einen Versuch unternehmen, Jula durch die geschlossene Tür hindurch zu erweichen, als ihm klar wurde, dass sie die Finte mit dem Brief an Kim ganz sicher nicht inszeniert hatte, um im Falle seines Vertrauensbruchs noch in Verhandlungen einzutreten. So tat er, was Jula ihm geraten hatte. Er entknitterte den Brief und las weiter.

Die sexuellen Verheißungen dauerten noch zwei weitere Sätze lang an, bevor der Text schließlich seinen Adressaten wechselte:

Lieber Paul, wenn du zu dieser Stelle gekommen bist, habe ich dich bereits rausgeworfen. Aus meiner Wohnung –

und aus meinem Leben. Ich weiß, dass du mir in schweren Zeiten ein Anker warst, und nicht viele Menschen hätten meine Probleme und Marotten so geduldig ertragen wie du. Dafür danke ich dir. Leider muss unsere Beziehung jetzt aber enden, weil du erneut mein Vertrauen missbraucht hast. Du bist eben doch nicht viel besser als mein Vater, und Moritz kannst du mir nicht ersetzen. Du hättest mein Freund sein können. Doch dazu gehört Vertrauen, und das hast du heute Nacht zum letzten Mal missbraucht. Du bist somit leider auch nur einer der vielen Männer, die mich hintergangen und mein Leben zur Hölle gemacht haben. Es ist vorbei! Jula

Noch einmal sah Paul zur Wohnungstür. Es war ganz still im Gebäude, und auch aus Julas Wohnung waren keine Geräusche mehr zu vernehmen. Kaum hörbar hauchte er in den Flur:

»Es tut mir leid. Ich wünschte, ich könnte dir helfen.« Und nach kurzer Pause fügte er noch hinzu: »Ich wünschte, *irgendjemand* könnte dir helfen.«

KAPITEL 8

Julas Plan war aufgegangen.

Verdammter Mist! Warum muss ich bei so was bloß immer recht haben?

Sie schleppte sich ins Badezimmer, öffnete den Spiegelschrank und druckte eine besonders starke Schmerztablette aus dem Blister. Wann immer Jula unter Stress geriet, meldete sich ihr verdammter Rücken. In letzter Zeit nahm sie ihre Schmerzmittel fast schon ein, als seien sie Smarties.

Kann ich nicht einfach nur paranoid sein?

Andere Vergewaltigungsopfer sahen doch auch oft Gespenster. Aber Jula musste natürlich mal wieder den Nagel auf den Kopf treffen. Sie spülte die Pille mit einem kleinen Schluck Wasser hinunter und schüttelte sich. Dass Paul in ihren Privatnachrichten stöberte, war schlimmer, als wenn ein Einbrecher ihre Wäsche durchwühlen würde. *Von niemandem,* dachte Jula, *kann man mehr missbraucht werden als von jemandem, dem man vertraut.*

So wie Moritz.

Jula erschauerte. Sie kniff sich in den Unterarm, um ihren schrecklichen Gedanken sofort wieder zu verdrängen. Natürlich musste sie immer wieder an diese Albtraumnacht in Buenos Aires denken. Doch im Gegensatz zu Paul hatte Moritz ihr nichts angetan. Egal, was die Behörden behaupteten. Oder was die Freunde, die jetzt keine mehr waren, hinter vorgehaltener Hand tuschelten. Es war Paul, der eine Grenze überschritten hatte, nicht Moritz. Sicher,

Pauls Verhalten war ganz sicher nicht auf eine Stufe mit dem eines Vergewaltigers zu stellen, aber wie konnte er sie bloß so hintergehen? Jula drehte den Hahn auf und hielt das Gesicht unter den Wasserschwall.

Und vermutlich hat ihn die Fantasie auch noch erregt, mit mir und Kim …

Jula war gewiss nicht prüde, hatte sogar nach dieser furchtbaren Erfahrung allmählich die Lust am Sex wiedergewonnen. Aber mit mehreren? Sogar mit Fremden, wie der Paul völlig unbekannten Kim, die sich Jula selbstverständlich nur ausgedacht hatte?

»Verdammt!« Jula zuckte zusammen.

Schon wieder waren ihre Gedanken nach *La Recoleta* zurückgekehrt, roch sie den Schweiß und das Nikotin, spürte die fremde, bärtige Haut auf ihrem zitternden Körper.

Jula drehte den Hahn wieder zu und löschte das Licht im Bad. Eine Weile blieb sie noch im Dunkeln stehen. Sie wusste, dass sie in dieser Nacht keinen Schlaf mehr würde finden können, wenn sie jetzt nicht sofort zurück ins Bett ging. Morgen stand ihr ein harter Tag bevor, immerhin hatte sie noch eine Radiosendung vorzubereiten, ganz davon abgesehen, dass sie im Sender Paul über den Weg laufen würde, der sich jetzt bestimmt die ganze restliche Nacht lang seine Entschuldigungsrede zurechtlegte. Außerdem wollte Elyas schon früh zur Nachhilfe vorbeikommen.

Ironischerweise war Julas Halbbruder die letzte wirkliche Verbindung, die sie nach Moritz' Selbstmord noch zu ihrer Familie hatte. Und obwohl sie zwölf Jahre lang nichts von seiner Existenz gewusst hatte, war er ihr jetzt so nahe, wie …

... nein, nicht wie du, Moritz. Keiner kann deinen Platz einnehmen!

Dennoch, Jula musste sich eingestehen, dass der chaotische Deutsch-Araber mittlerweile zu einem wichtigen Halt in ihrem verkorksten Leben geworden war. Dabei hatte sie während der ersten Wochen nach ihrer Rückkehr aus Argentinien jeglichen Kontakt zu ihrem Vater verweigert. Nicht zuletzt aus dem trotzigen Gedanken heraus, dass dieser durch sein Verhalten eine Mitschuld an Moritz' und ihrem Schicksal trug.

Wäre er nicht fremdgegangen, dann hätte er die Familie nicht zerstört. Und hätte es keine unehelichen Geschwister oder anderen Ungeheuerlichkeiten gegeben, wären wir nicht nach Buenos Aires geflüchtet, um Abstand zu alledem zu gewinnen.

Rational war Jula sich natürlich im Klaren darüber, dass diese Gedankenfolge unlogisch war. Denn auch wenn sie damals keine Probleme mit ihrem Vater gehabt hätte, wäre sie bereitwillig mit Moritz nach Buenos Aires geflogen.

Obwohl ... Vielleicht wäre ich dann nicht allein auf dem Friedhof geblieben? Verdammt, Jula, schon wieder ein nutzloser Gedanke, der nur zu den nächsten trübsinnigen Grübeleien führt.

»Was soll's?« Jula sprach in diesem Augenblick mit der gleichen Betonung wie damals, als Elyas unangemeldet vor ihrer Tür gestanden und sie gefragt hatte, wie lange sie ihm eigentlich noch aus dem Weg gehen wolle.

Sie verließ das Bad. Wallraff, der geduldig vor der Tür darauf gewartet hatte, dass sein Frauchen wieder zu ihm herauskommen würde, begrüßte sie mit einem Maunzen. Jula nahm ihn hoch und kraulte seinen Nacken.

»Du bist der einzige Mann in meinem Leben, der immer lieb zu mir ist.«

Jula drückte dem Kater noch ein Küsschen auf die Stirn und tat dann das, was sie am liebsten machte, wenn sie nicht einschlafen konnte. Sie setzte sich an ihren Laptop, loggte sich ins Darknet ein und chattete mit einem Verbrecher.

KAPITEL 9

→ NOCH WACH?

Jula war sich im Klaren darüber, dass dies eher eine rhetorische Frage war. Der, den sie in dem gesicherten Chatroom kontaktierte, schien in jeder Nacht wach zu sein. Er nannte sich *Hadrian* und war nach Einbruch der Dunkelheit praktisch zu jeder Zeit online. Jula fragte sich, welche Dämonen es wohl sein mochten, die ihn nicht schlafen ließen. Fast glaubte sie, dass diese noch selbstzerstörerischer sein mussten als die, die sie selbst umtrieben.

Tatsächlich hatte es nicht lange gedauert, bis Hadrian reagierte. Jula hatte ihn niemals persönlich gesehen oder gesprochen. Umgekehrt hingegen schien Hadrian alles über Jula zu wissen, was er bereits in seiner ersten Mail mehr als deutlich gemacht hatte.

Eines Tages war auf Julas altem AOL-Account ein ihr unbekannter Dateityp eingegangen, der sich, ohne dass sie ihn auch nur angeklickt hatte, sogleich vor ihren Augen öffnete. Darin enthalten waren ihre letzten Bankauszüge, ihre Gehaltsabrechnung von 101.5 sowie die letzte MRT-Aufnahme ihres Rückens. Begleitet von einem knappen Text:

Ich bin ein Fan deines True-Crime-Podcasts. Auch wenn ich natürlich sehr bedaure, was dich dazu motiviert hat, dich mit Justizirrtümern auseinanderzusetzen. Wie ich gehört habe, suchst du nach Menschen, die dir dabei helfen können, Beweise für die Unschuld deines Bruders zu fin-

den. Als dein Fan kann ich dir im bescheidenen Rahmen meiner Möglichkeiten eventuell gelegentlich meine Dienste anbieten. Bitte notiere dir jetzt schnell das folgende Password und den Zugang!

Und schon eine halbe Minute später hatte sich die Mail auch schon von selbst wieder gelöscht. Jula war zunächst nicht sicher gewesen, ob die Nachricht wirklich von der Hackerlegende stammte, die wegen ihrer zahlreichen Angriffe auf die verschiedensten Computersysteme bereits vom BKA gesucht wurde. Immerhin, Hadrian galt in Insiderkreisen als so etwas wie ein Gott, der sich nur dem zeigte, dem er sich auch zeigen wollte.

→ WIE KANN ICH DIR HELFEN?

Jula hatte nicht lange auf Hadrians Antwort warten müssen.

→ ICH WEISS NICHT.
→ STRESS?
→ JA.
→ ALSO REDEN WIR HIER ZUR ABWECHSLUNG MAL NICHT ÜBER DEINEN JOB?
→ NEIN.
→ OBWOHL ICH SAGEN MUSS, DASS MIR DEINE HEGEL-FOLGEN SEHR GUT GEFALLEN.
→ JA?

Ein Lob von Hadrian bedeutete Jula viel. Und das, obwohl sie daran gewöhnt war, Anerkennung für ihr investigatives Format zu bekommen, das sie neben der Arbeit beim Radio in ihrer Freizeit betreute. Sie hatte schon mehrere Blogger-Preise damit gewonnen, vor allem für ihre Miniserie, mit der sie die Ereignisse rund um ihre Vergewaltigung in Buenos Aires aufzuarbeiten versucht hatte. Sogar die Grimme-Preis-Jury war auf Jula aufmerksam geworden, außerdem war ihr Podcast für den deutschen Radiopreis nominiert. Und das, obwohl Jula darin bislang im Grunde gar nichts erreicht hatte, außer Fragen aufzuwerfen und Zweifel an der Darstellung der argentinischen Behörden zu säen.

Sie hatte minutiös die Tatnacht rekonstruiert, mit Menschen gesprochen, die ihren Bruder noch auf dem Weg zum Hotel gesehen zu haben glaubten. Sie hatte sogar eine Zeugin aufgetrieben, die in der fraglichen Nacht auf dem Friedhof von einem grobschlächtigen Argentinier belästigt worden war. Und dies kurz bevor Jula von jemandem vergewaltigt worden war, auf den diese Beschreibung passte. Doch das alles waren letztlich nur Indizien und Vermutungen, keine zwingenden Unschuldsbeweise. Mangels neuer Erkenntnisse konnte Jula ihren Podcast zurzeit auch nicht mit neuen Folgen in dieser Sache bestücken. Daher war sie dem Fall eines Vaters nachgegangen, den seine Ex-Frau zu Unrecht beschuldigt hatte, seine Kinder zu misshandeln, sowie dem einer Verkäuferin, die unschuldig für erhebliche Diebstähle aus der Kasse ihres Arbeitgebers angezeigt worden war. Anschließend hatte sie sich einem neuen True-Crime-Fall zugewandt, bei dem sie allerdings noch in den Anfängen steckte. Und bereits in dieser frühen Recherchephase stellten sich Jula schier unüberwindliche Hindernisse in den Weg.

→ WIE KOMMST DU MIT HEGEL VORAN?

Jula fragte sich kurz, ob Hadrian auch ihre Gedanken hacken konnte.

Obwohl im Fall von Matthias Hegel nicht nur sie, sondern beinahe jeder ernst zu nehmende Journalist des Landes eine Story witterte, beschlich Jula zunehmend das Gefühl, sich auch hier verrannt zu haben.

Professor Dr. Matthias Hegel, genannt *Auris,* der Mann mit dem Fledermausgehör und den charismatischen Gesichtszügen eines englischen Gentleman, war vor knapp einem Jahr zu lebenslanger Haft wegen Mordes verurteilt worden. Allein schon die Tatsache, dass die komplette Verhandlung in nicht öffentlichen Sitzungen abgehalten wurde, hatte Julas Neugier geweckt. Sicher, Hegel genoss als wichtiger Berater der Polizei einen hohen Sicherheitsstatus, der einen Ausschluss der Öffentlichkeit durchaus erklären konnte. Die wenigen Informationen, die ihren Weg schließlich doch nach draußen gefunden hatten, waren jedoch mehr als mysteriös gewesen.

Hegel, ein anerkannter forensischer Experte und eine wahre Legende bei der Polizei, hatte gestanden, eine obdachlose Frau brutal getötet zu haben. Er hatte die Beamten zu der Frauenleiche geführt und dabei Wissen zu Protokoll gegeben, das nur der Täter haben konnte. Und obwohl er noch nicht einmal versucht hatte, die Höchststrafe abzuwenden, schwieg er dennoch beharrlich zu seinem Motiv und dem Ort, an dem sich die Tat ereignet hatte. Der Keller seines Hauses, in dem die entsetzlich entstellte Leiche vorgefunden worden war, schied nach allen rechtsmedizinischen Untersuchungen als Tatort aus. Trotz seines Geständnisses und der erdrückenden Beweislast stellte sich daher unweigerlich die Frage, wie es möglich war, dass einer der klügsten Köpfe Berlins – noch dazu ein versierter

Berater der Polizei – einen Mord an einer unbekannten Landstreicherin beging, zu der er dem Anschein nach in keinerlei Verbindung gestanden hatte. Einen Mord, der so stümperhaft und durchschaubar ausgeführt worden war. Das alles ergab für Jula überhaupt keinen Sinn.

→ ICH KOMME BEI HEGEL NICHT WEITER. ER GIBT MIR EINFACH KEIN INTERVIEW.

→ DER ANWALT MAUERT?

→ WIE EIN DDR-GRENZER!

Als Jula diese Antwort eingab, musste sie an das Telefonat denken, das sie erst gestern mit Hegels Rechtsbeistand geführt hatte.

»Herr Dr. Varbelow, wie schön, dass Sie sich melden!«

Jula hatte schon oft mit dem Strafverteidiger telefoniert, war ihm jedoch noch nie persönlich begegnet. Bestimmt, so dachte sie, war er groß, hatte lange, lockige Haare und roch nach einem dieser Altherrendüfte, die sie ihrem Vater oft zum Geburtstag geschenkt hatte.

»Freuen Sie sich nicht zu früh«, hatte die vertraute Stimme gesagt. »Ich habe noch einmal mit Herrn Professor Hegel gesprochen. Es bleibt dabei, er ist nicht interessiert.«

»Aber ...«

Varbelow hatte sofort unterbrochen.

»Frau Ansorge, ich schätze Ihr Engagement für meinen Mandanten sehr. Herr Hegel hat sich aufmerksam angehört, was Sie ihm haben ausrichten lassen, und er ist zu einer Entscheidung gelangt. Er ist nicht daran interessiert, dass sein Fall neu aufgerollt wird. Er hat diese bedauernswerte Frau ermordet und wird für seine Tat, die er gestanden hat und für die er verurteilt wurde, seine völlig angemessene Haftstrafe verbüßen – mehr hat er Ihnen nicht zu sagen.«

Seine Worte hatten endgültig geklungen, doch Jula hatte noch einen letzten Versuch unternommen:

»Warum sollte Herr Hegel widerstandslos eine lebenslange Haftstrafe hinnehmen, wenn ich vielleicht seine Unschuld beweisen kann? Er könnte doch durch meine Arbeit viel gewinnen, aber nichts verlieren. Ich koste ihn ja nicht mal Geld.«

Jula hatte gehört, wie der Anwalt durchgeatmet hatte.

»Die Beweggründe meines Mandanten haben Sie nicht zu interessieren. Es wird keine große Enthüllungsstory geben, in der Herr Dr. Hegel das Zirkusäffchen für Ihren kleinen privaten Podcast spielt. Und nun wünsche ich Ihnen alles Gute für Ihre weitere berufliche Laufbahn. Sie finden bestimmt einen Fall, bei dem es mehr für Sie aufzudecken gibt. Guten Tag!«

Guten Tag!

Jula kannte diese brüske Form der Verabschiedung eigentlich nur noch aus altertümlichen Filmen, von denen die meisten in Schwarz-Weiß gedreht waren. Ernste Herren mit Hüten und gezwirbelten Schnurrbärten gebrauchten sie darin. So als wollten sie ihrem Gegenüber zu verstehen geben, dass sie ihm am liebsten ihren Handschuh ins Gesicht geschlagen hätten.

So schnell gebe ich nicht auf, du arroganter Rechtsverdreher!

Als eine neue Nachricht von Hadrian aufpoppte, wandte sich Jula wieder ihrem Computer zu.

→ VIELLEICHT HAB ICH WAS FÜR DICH.

→ WAS?

Julas Handflächen begannen zu kribbeln, denn eines wusste sie genau: Hadrian machte keine leeren Versprechungen! Er war mittlerweile zu ihrem besten Informanten geworden, und noch nie hatte sich eines der Ergebnisse seiner Recherchen im Nachhinein als fehlerhaft herausgestellt. Einzig die Tatsache, dass er so gut wie keine Gegenleistung für seine Kooperation forderte, beunruhigte Jula. Bislang sollte sie ihrem *größten Fan* lediglich alle ihre Podcast-Folgen vor deren Veröffentlichung exklusiv und ungeschnitten zum Hören zur Verfügung stellen.

→ ICH HAB MIR NOCH MAL DIE SOYUS-MAIL ANGESEHEN.

→ HAST DU ETWA RAUSGEFUNDEN, WER *SOYUS820* IST?

Julas Kribbeln hatte sich mittlerweile zu einem starken Juckreiz ausgeweitet.

Der Absender mit dem Nicknamen *soyus820* hatte Jula vor knapp vierzehn Tagen eine E-Mail an die Kontaktadresse ihres True-Crime-Podcasts gesendet:

Ich sehe auf Ihrem Podcast, dass Sie am Fall Hegel interessiert sind. Ich habe Beweise für seine Unschuld, ein Video. Mein Wissen belastet mich sehr, aber wenn Sie mir Informantenschutz zusichern, würde ich Sie treffen. Anonym!

Sofort hatte Jula dem Unbekannten eine Antwort gesendet, in der sie ihm die gewünschte Vertraulichkeit zugesichert hatte. Doch wer auch immer die Nachricht an sie geschickt hatte – er hatte sich danach nie wieder gemeldet.

→ DER TYP IST EIN PROFI. ER HAT SEINE SPUREN GUT VERWISCHT.

→ ALSO SACKGASSE?

→ ICH SAGTE *GUT*. NICHT EINMAL *SEHR GUT* WÄRE GUT GENUG FÜR MICH!

Jula musste über das Selbstbewusstsein ihres anonymen Informanten lächeln. Wobei sie wusste, dass es mehr als gerechtfertigt war. Ihr Lächeln ging in einen Freudenschrei über, als Hadrian ihr nun nicht nur den Namen, sondern zudem auch noch eine Google-Maps-Ansicht des Hauses zeigte, in dem die Person gemeldet war, welche ihr die verheißungsvolle Mail unter dem Namen *soyus820* geschickt hatte. Die Mail, die sie endgültig darin bestärkt hatte, dass irgendetwas mit dem Fall Hegel nicht stimmte.

→ UND DA WÄRE NOCH WAS.

→ WAS?

→ ICH HABE MICH MIT DEM OPFER BESCHÄFTIGT.

→ MIT DER OBDACHLOSEN?

→ GANZ GENAU.

O mein Gott. Das wäre ein ganz neuer Ansatz! Über das Opfer gab es außer einem verwaschenen Bild von der Autopsie bislang keinerlei Informationen.

→ WIE ES AUSSIEHT, WAR SIE DER GRUND FÜR DIE NICHT ÖFFENTLICHE VERHANDLUNG.

→ WAAAS? NICHT HEGELS SICHERHEITSSTUFE? WER IST DIE FRAU? HAST DU EINEN NAMEN?

→ SORRY, ABER *DAFÜR* BRAUCHE ICH ETWAS VON DIR.

Jula nickte erleichtert. Wenn sie ehrlich zu sich war, hatte es ihr mehr Sorge als Freude bereitet, dass Hadrians Vergütungsvorstellungen bislang so moderat geblieben waren. Warum hätte ein *Fan* sie aus reiner Nächstenliebe mit so wertvollen Informationen versorgen sollen? Jetzt hatte er seine Maske fallen lassen. Hadrian war also wirklich so etwas wie ein Dealer, der sie zunächst mit kostenlosen Informationen angefixt hatte, um jetzt, da sie von seiner Hilfe abhängig geworden war, seinen Lohn einzufordern.

→ WAS?
→ CHECK DEINE MAILS.

Ein kleines Briefsymbol öffnete sich auf ihrem Monitor. Sie klickte es an und öffnete eine E-Mail, in der sich ein Link befand, dessen Buchstabenkombination so lang wie ein FBI-Password war. Der Betreff lautete: *Ein kleiner Gefallen …*

→ WAS IST DAS?
→ GEH IN DEINEN RADIOSENDER UND ÖFFNE DEN LINK. WENN DU DAS GEMACHT HAST, ANTWORTE MIR ÜBER DIE ADRESSE, VON DER ICH DIE MAIL GESENDET HABE. DIE IST NICHT ZURÜCKVERFOLGBAR.
→ UND WENN ICH DAS MACHE, WAS PASSIERT DANN?
→ DAS KANN ICH DIR NICHT SAGEN.

Jula tippte sich an die Stirn, als könne Hadrian es sehen.

→ SORRY, ABER DAS GEHT NICHT. ICH VERLIERE MEINEN JOB.

Es erschien ihr offensichtlich, was Hadrian plante. Er benötigte einen Zugang zum Senderserver, mit dem er praktisch die komplette Radiostation übernehmen und von seinem Wohnzimmer aus fernsteuern konnte. Die Frage war nur, weshalb?

→ TUT MIR LEID. DAS GEHT NICHT.

→ OKAY, DANN NICHT. DEINE ENTSCHEIDUNG.

Und noch ehe Jula nachverhandeln konnte, erschien auch schon das Logout-Zeichen, und Hadrian war im Dunkel des Darknets verschwunden.

»Verdammte Scheiße!«

KAPITEL 10

Sag mal, Kleiner, ist das wieder das gleiche Zeug wie letztes Mal? Der Scheiß war total flockig, konnte man gar nicht richtig zerpulvern.«

Der Mann aus dem Ford Mustang hatte sich mit Elyas hinter ein paar schwer einsehbare Hecken unmittelbar neben der Tankstelle zurückgezogen, an der sie sich verabredet hatten. Das Gesicht des Kunden war auf unnatürliche, fast schon gruselige Weise glatt, und das, obwohl sein Hals Elyas verriet, dass der Kerl deutlich über fünfzig sein musste. Zudem war das Designerlogo auf seiner Lederjacke so aufdringlich, dass Elyas hier normalerweise eine plumpe Fälschung vermutet hätte. Doch er hatte den Typen schon öfter beliefert und wusste daher, dass dieser ekelhafte Kerl stinkreich war.

»Ich mache das Zeug nicht, ich verticke es nur!« Zum wiederholten Mal sah sich Elyas um. Es war ganz ruhig in der Straße. Die Sonne ging gerade auf, aber noch waren die Menschen nicht auf dem Weg zur Arbeit. »Willst du es jetzt haben oder nicht?«

Der Typ in der Lederjacke musterte den Schüler von oben bis unten, als habe sich dieser soeben bei ihm um einen Job als Tänzer beworben.

»Schon gut. Gib mir drei Gramm, aber diesmal bekomme ich Rabatt.«

»Rabatt ist nicht drin.« Elyas griff in die Bauchtasche, die er unter seiner Jacke verbarg. Darin befanden sich mehrere mit weißen Krümeln gefüllte Plastikkapseln. »Es ist jedes Mal dasselbe mit dir. Wir sind hier nicht auf dem Basar!«

»Ihr Muselmänner handelt doch auch sonst immer.«

Damit griff der Mann in seine Gesäßtasche und zog einige Geldscheine hervor. Er zählte davon dreihundert Euro ab und reichte sie dem Jungen. Als dieser danach griff, zog der Mann sie jedoch wieder weg.

»Sag mal, ich frage mich das schon länger: Wie alt bist du eigentlich?« Erneut musterte er Elyas, dieses Mal jedoch demonstrativer.

»Vierzehn, warum?«

Der Mann nickte. Dann streckte er dem Schüler erneut die dreihundert Euro entgegen, während er ihm in seiner anderen Hand einige weitere Scheine präsentierte.

»Was hältst du davon, wenn du einfach mit zu mir kommst?«

Der Schüler stellte sich begriffsstutzig.

»Und dann?«

»Dann probieren wir mal aus, wie gut dein Zeug heute ist. Und haben ein bisschen Spaß dabei.«

Elyas winkte ab.

»Ich konsumiere nicht. Außerdem treffe ich mich gleich mit einem Freund.«

Der Mann horchte auf.

»Ein Freund? Wie alt ist der denn?«

»Achtzehn.«

»Hm, okay. Dann kann er zu Hause bleiben. Alt bin ich selbst.« Der Kunde hielt das Geld direkt vor Elyas' Nase. »Hier, Kleiner. Das kannst du dir verdienen. Ich wette, du hast ein süßes Boy-Sixpack.«

Elyas sah sich um. Noch immer war weit und breit niemand zu sehen.

»Na ja, ich mache ein bisschen Sport.«

»Das sieht man. Groß und schlank, so mag ich es. Bist du Türke?«

»Halb Araber, halb Deutscher. Warum?«

»Ich mag südländische Boys. Die sind heiß und leidenschaftlich. Also, wie sieht's aus? Fünfhundert für dich, plus das Koks. Aber dafür will ich das volle Programm, und ohne Gummi!«

Elyas senkte den Blick.

»Ich weiß nicht. Ich mache so was nicht. Ich vertícke eigentlich nur …«

Der Mann trat näher an Elyas heran und strich ihm über die Wange. Der Junge zuckte zurück.

»Nicht so schreckhaft!« Der Mann kam Elyas so nah, dass sich ihre Körper berührten. Er war kleiner als der Schüler, sodass er zu ihm aufblicken musste. Mit seiner freien Hand packte er Elyas' Hinterteil.

»Klein und knackig! Nicht übel. Also los schon, wir fahren zu mir, ich wohne nicht weit. Okay?«

Elyas löste sich mit einer fließenden Bewegung aus der Umklammerung und deutete auf die Tankstelle, die um diese Zeit noch nicht geöffnet war.

»Pass auf, ich kann nicht mitkommen. Aber wenn dir ein Quickie reicht, dann machen wir den im Klo von der Tanke. Die Tür ist nie abgeschlossen.«

Der Mann wirkte nicht besonders erfreut.

»Na ja, eigentlich hätte ich gern ein bisschen mehr Zeit für dich. Aber wenn es nur so geht … Dann aber bloß ein Hunderter!«

»Zweihundert. Plus die dreihundert für das Koks.«

Der Mann zählte fünfhundert Euro ab und reichte sie Elyas, der ihm seinerseits die Kapseln mit dem Kokain übergab. Dann ging der Junge wortlos zu der Tankstelle, deren Toilette tatsächlich nicht abgeschlossen war. Er öffnete die Tür, beide sahen sich noch einmal um und traten dann in den engen Waschraum, der eher notdürftig von einer flackernden Halogenlampe beleuchtet wurde.

»Ich hatte neulich einen Dreier mit zwei Zwölfjährigen. Kleine Polenjungs, ganz süß, aber die konnten kein Wort Deutsch. Und der Typ, der sie vermittelt hat, stand die ganze Zeit vor der Tür, das war nicht so geil. Dann lieber so was wie dich.« Der Mann legte die Jacke ab und öffnete seinen Hosenschlitz. »Okay, dann zeig mir mal dein Sixpack, Kleiner.«

Elyas öffnete zögerlich seine Jacke und zog sein Shirt hoch.

»Gefällt es dir?«

Der Mann musterte den Bauch des Jungen.

»Na ja, bisschen kannst du noch dran arbeiten. Okay, dann lass mal deinen Schwanz sehen.«

Elyas nickte beifällig.

»Ja, du hast recht. Ich muss wirklich noch trainieren.«

Der Mann fasste sich durch den offenen Hosenschlitz an sein Gemächt und begann, daran zu reiben.

»Passt schon! Welchen Sport machst du denn?«

Elyas ließ sein Shirt wieder sinken und antwortete:

»Was mein Sport ist, willst du wissen? Ich vermöble Arschlöcher!«

Noch ehe der Mann sichs versah, hatte Elyas ihm auch schon kräftig zwischen die Beine getreten. Der Getroffene krümmte sich vor Schmerzen und ging in die Knie.

»Ey, du kleiner Wichser! Was soll der Scheiß?«

Der Schüler setzte seinen Fuß auf den Brustkorb des Mannes, der vor Schmerzen rot anlief.

»Ich bin vielleicht nicht gerade Mutter Teresa, aber auf solche Pisser wie dich habe ich echt keinen Bock!« Elyas trat dem Mann mit der Schuhsohle ins Gesicht, sodass dieser zu Boden ging. »Du hässlicher, alter Penner denkst, du kannst alles und jeden kaufen, oder?«

Der Mann wand sich röchelnd auf dem schmutzigen Boden der nach Urin und Fäkalien stinkenden Toilette.

»Was glaubst du kleiner Stricher eigentlich, wer du bist?«

Elyas griff nach der Jacke des Mannes, die dieser auf dem Waschbecken abgelegt hatte, und fasste in die Tasche, in der dieser das Kokain verstaut hatte. Er öffnete einen der Behälter und kniete sich zu dem röchelnden Kerl auf den Boden.

»Wenn du high bist, sind die Schmerzen leichter auszuhalten!« Damit presste Elyas die Faust gegen das Gebiss seines Opfers, öffnete dadurch gewaltsam dessen Mund und kippte den gesamten Inhalt des Behälters in den Rachen des Mannes. »Hier hast du deinen Kick! Und noch was: Du wolltest doch meinen Schwanz sehen, oder?«

Elyas öffnete seine Hose, zog sein Geschlechtsteil hervor und begann seine Blase in den Mund und über das Gesicht des Mannes zu entleeren.

»Aufhören, bitte!«

Der Kerl röchelte und wand sich dabei so jämmerlich auf den mittlerweile urinbedeckten Fliesen, dass der Schüler schließlich von ihm abließ.

»Ich schlage vor, dass du dir den Finger in den Hals schiebst, du Penner! Das flockige Zeug könnte sonst unangenehm für dich werden.« Der Mann wehrte sich nicht, er zuckte nur auf dem Boden wie ein Fisch, der an Land gespült worden war. »Und wehe, ich höre noch mal irgendwas von dir! Wenn wir beide uns vor Gericht sehen, dann bekomme ich hundert Sozialstunden – und du drei Jahre! Und du hast bestimmt keinen Bock darauf, dass die Bullen deine Festplatten durchsuchen!«

Der Mann nickte nur heftig und hielt sich dabei schützend die Hände vor sein Gesicht. Elyas spuckte noch auf sein Opfer, bevor er sich umdrehte, seine Kleidung richtete und die Toilette verließ. Vor der Tür zog er sein Mobiltelefon aus der Tasche und wählte eine Nummer.

»Big Ely, warum rufst du so früh an? Ist was passiert?« Friedrichs Stimme klang verschlafen.

»Das willst du nicht wissen, Alter! Wie sieht's aus, kann ich zu dir kommen? Ich muss gleich zur Nachhilfe, bist du dabei?«

»Wo bist du denn gerade?«

Elyas sah auf das Schild an der Bushaltestelle auf der gegenüberliegenden Straßenseite.

»Ich bin in Zehlendorf. In zehn Minuten kann ich bei dir sein.«

»Okay, bis gleich. Ich muss jetzt erst mal pissen.«

Elyas drehte sich noch einmal zu der Tankstelle um. Noch immer war der Kerl nicht aus der Toilette herausgekommen, dafür vernahm der Junge die Würgegeräusche des Mannes, der sich offenbar heftig erbrach. Elyas überprüfte, ob die fünfhundert Euro noch in seiner Tasche waren, und antwortete seinem Freund:

»Viel Spaß dabei. Ich habe gerade schon!«

KAPITEL 11

»Oh, Mann, Elyas! Warum musst du ausgerechnet heute zum ersten Mal in deinem Leben pünktlich sein?«

Jula sah aus, als sei sie vom Obduktionstisch eines Rechtsmediziners entwichen. Sie stand im zerknitterten Schlafanzug in der Tür ihrer Dachgeschosswohnung, die Haare standen ihr wild zu Berge, und ihre Augen waren noch vom Schlaf verkrustet.

Die Jungs müssen ja denken, dass ich gestern versucht habe, die Mitglieder einer Rockband unter den Tisch zu trinken.

Nachdem Hadrian Jula Stunden zuvor zwar die Identität von *soyus820* entschlüsselt, ihr aber die anscheinend wichtigen Informationen zu Hegels Mordopfer vorenthalten hatte, war es ihr nicht mehr möglich gewesen, von allein in ihren Schlaf zurückzufinden. So hatte sie sich für die wenigen verbliebenen Stunden der Nacht an der Packung mit den Schlaftabletten bedient, die eigentlich für den gesamten Monat vorhalten sollte, aber bereits jetzt, kaum in der Mitte angekommen, nahezu aufgebraucht war. Mit einer Mischung aus Wein, Wodka und Orangensaft hatte sie zudem noch eine weitere Schmerztablette hinuntergespült und war kurz darauf in einen Schlaf gefallen, der zwar tief, aber nicht erholsam gewesen war.

»Stell dich nicht so an, Sister! Immerhin ist heute auch der Tag, an dem ich dir zum ersten Mal im Leben Frühstück mache!«

Elyas strahlte über das ganze Gesicht. Er streckte die Tüte aus dem Supermarkt in die Luft, in dem er kurz zuvor frische Brötchen, Eier und allerlei Wurst und Käse gekauft hatte. Dann schob er sich an Jula vorbei in die Wohnung, dicht gefolgt von seinem Freund Friedrich. Der *Eminem für Arme,* wie Jula den schlaksigen Möchtegern-Rapper insgeheim bezeichnete, hatte mal wieder alle Mühe, nicht über seine viel zu großen, viel zu tief hängenden Hosenbeine zu stolpern. Jula war sich noch immer nicht sicher, ob sie Friedrich als lächerlich oder vielleicht doch eher als Ärgernis empfinden sollte. Denn während Elyas tatsächlich in den Neuköllner Problemvierteln groß geworden war, imitierte dieses wohlstandsverwahrloste Muttersöhnchen lediglich das harte Leben, das er nur vom Hörensagen und von stereotypen amerikanischen Musikvideos her kannte.

Friedrich von Würzburg entstammte einer alten Unternehmerfamilie und lebte in der Villa seines Vaters in Zehlendorf. Er war blond, groß und eher schmächtig gebaut, was ihn in seinen stets zu weit geschnittenen Hip-Hop-Klamotten nicht eben beeindruckender aussehen ließ. Elyas hatte er kennengelernt, als dieser einen Kumpel in das Tonstudio begleitet hatte, das Friedrich im Keller seiner Villa am Mexikoplatz hatte einbauen lassen, um dort Rapsongs zu produzieren. Die Freundschaft der beiden ungleichen Teenager fußte vor allem auf deren Gegensätzen. Friedrich schätzte die Nähe zu dem, was er für das *Gangstermilieu* hielt, während Elyas die Annehmlichkeiten der Freundschaft mit einem reichen Jungen genoss, der sich gern selbst als Rapper sah.

Der begleitet Elyas doch nicht ohne Hintergedanken zur Nachhilfe.

Jula war sich fast sicher, dass Friedrich ihr auch heute wieder ein Demo-File in die Hände drücken würde, verbunden mit der Bitte, den heißen Scheiß aus seinem semiprofessionellen Tonstudio in ihrer Radiosendung zu spielen.

»Warum seid ihr denn schon so früh dran?« Jula ließ sich auf einen der Stühle am Küchentisch sinken und beobachtete etwas verwundert, wie geschickt Elyas mehrere Eier in der Pfanne aufschlug.

»Ich hatte noch was in Friedrichs Gegend zu tun. Deshalb habe ich ihn auch gleich mitgebracht.« Elyas zog seine Lieblingsjacke aus, die er fast jeden Tag trug, Sommer wie Winter. Eine schwarze Lederjacke mit einem goldenen Totenkopf auf dem Rücken.

»Was gab es denn in Zehlendorf für dich zu tun um diese Zeit? Du hast wieder Mist gebaut, oder?«

Seitdem ihr Halbbruder in Julas Leben getreten war, bemühte sie sich darum, ihm auf die Beine zu helfen, nachdem Elyas in der Vergangenheit wiederholt straffällig geworden war. Immer wieder ließ er sich von den älteren Mitgliedern seiner Neuköllner Jugendgang anheuern, Drogen für sie zu verkaufen. Auch nachdem Elyas vor einigen Monaten vierzehn und damit strafmündig geworden war, hatte er sich mehrmals bei kriminellen Aktionen erwischen lassen. Julas Engagement für ihren Halbbruder konnte möglicherweise seine letzte Chance darauf sein, der schiefen Bahn noch rechtzeitig zu entkommen.

»Ich würde eher sagen, dass ich etwas Gutes getan habe!« Elyas nahm die Pfanne vom Herd und schaufelte Jula eine Portion viel zu lange gebratener Eier mit fast schon schwarzem Speck auf den Teller.

»Danke für das tolle Frühstück!« Jula sah Elyas plötzlich streng an. »Wenn es mich aber von deinem Aufsatz ablenken soll, dann muss ich dich enttäuschen.«

Elyas verdrehte die Augen. »Können wir die Nachhilfe nicht nach dem Frühstück machen?«

»Mann, von diesem Aufsatz hängt deine Versetzung ab!«

»Der über die *Dreigroschenoper?*« Friedrich musste sich ein Lachen verkneifen.

Die Vorstellung, dass Elyas sich mit dem Werk Bertolt Brechts auseinandersetzte, erschien ihm in etwa so, als versuche ein kleines Mädchen den Weltrekord im Stabhochsprung zu überbieten.

»Allerdings!« Jula sah mit einem skeptischen Blick zu ihrem Bruder. »Mehr als den Wikipedia-Artikel dazu hast du ja anscheinend nicht gelesen. Und abgesehen davon, dass du nur unzusammenhängende Sätze aus irgendwelchen Internetquellen aneinandergereiht hast – hast du eigentlich auch schon mal was von Zeichensetzung gehört?«

Bereits nach dem ersten Drittel hatte Jula es aufgegeben, den Text zu korrigieren; es war nun mehr rote als schwarze Tinte auf dem Blatt zu sehen.

»Wenn ich *Big Ely* erst mal groß rausbringe, dann braucht er den Scheiß sowieso nicht mehr. Wir Rapper leben von unserer Street Credibility, da ist Schulbildung überflüssig. Wir gehen nachher noch in mein Studio und nehmen eine neue Nummer auf.« Friedrich drehte den Schirm seiner Hip-Hop-Mütze schräg nach hinten und lehnte sich lässig auf seinem Stuhl zurück.

Jula stützte die Arme in die Hüfte und musterte ihn mit durchdingendem Blick.

»Du hast leicht reden, Mister *Mein-Vater-hat-Kohle-wie-Heu!*«

»Aber er hat recht!« Elyas verschränkte die Arme vor der Brust. »Ich bin halt nicht so ein Typ, der sich voll die Bildung reinzieht und sich dann geil vorkommt, weil er weiß, von wem welche Oper ist. Und deine Zeichensetzung brauche ich als Rapper genauso wenig wie diesen blöden Text von deinem Berti Brecht! Der Haifisch hat Zähne? Na toll, das hätte ich auch so noch gewusst. Und welcher Vollspaten sagt überhaupt *Haifisch?*«

Julas Anspannung schwand schlagartig. Im Gegenteil, sie musste sich jetzt sogar ein Lachen verkneifen.

»Bertolt! Und Mackie Messer sollte euch Möchtegerngangster eigentlich interessieren.«

Friedrich schnalzte mit der Zunge, wobei kurz seine Zahnspange aufblitzte.

»Genau! Der ist echt voll der heiße Scheiß! Weißt du, was wir bei uns mit einem Typen machen würden, der sich Mackie nennt und mit einem beschissenen Messer ankommt? Der trägt seine Zähne hinterher garantiert nicht mehr im Gesicht – im Gegensatz zu seinem bescheuerten Haifisch.«

»So sieht's aus!« Elyas lachte auf. »Friedrich, unser krasser Schläger! Guck dich mal an, du bist voll der Spacko!«

Jula unterbrach den Disput.

»Was die bei euch mit jemandem machen würden, der Mackie Messer heißt?« Sie kratzte sich am Kopf, als müsse sie nachdenken. »Meinst du bei Elyas im Neuköllner Getto oder bei dir in Zehlendorf, wo der Arzt neben dem Botschafter wohnt und die *Gangster* von ihrer Mutti aus dem Tennisklub abgeholt werden?«

Bevor einer der Jungs etwas entgegnen konnte, unterbrach Julas Mobiltelefon das Gespräch.

Unbekannter Teilnehmer.

Jula hielt schlagartig inne. Sie kannte nur einen Menschen, der sie mit unterdrückter Nummer anrief, nämlich Hegels Rechtsanwalt. Doch aus welchem Grund hätte sich dieser Varbelow noch einmal bei ihr melden sollen? Seine letzte Abfuhr war mehr als unmissverständlich ausgefallen.

Was auch immer, schlechter als bisher kann es kaum werden.

»Willst du nicht rangehen?«, fragte Elyas.

Jula starrte noch immer auf das Telefon, das mit hell erleuchtetem Display vor ihr auf dem Tisch lag.

»Ob er es sich anders überlegt hat?«, sagte sie, mehr zu sich selbst als zu den beiden Jungs.

»Ist das wegen dem Fall für deinen Podcast?«

»Wegen *des Falles!*« Julas Rücken hatte wieder zu stechen begonnen, und sie versuchte, tief in den Schmerz hineinzuatmen, während sie ihren Bruder ganz automatisch korrigierte. »Der Genitiv gilt! Du sagst doch auch nicht: *Das ist der Sieger dem Spiel.*«

»Ich will ja euren Grammatikexkurs nicht stören.« Friedrich schaufelte unbeirrt sein Rührei in sich hinein. »Aber wenn das so ein wichtiger Anruf ist, dann solltest du vielleicht mal rangehen.«

»Ich weiß nicht.« Jula lächelte unsicher. »Irgendwie klingt es mysteriös.«

Jula war sich durchaus im Klaren darüber, dass ein Telefon nicht *mysteriös* klingeln konnte. Genau genommen vibrierte es sogar nur. Doch selbst dem sanften Pulsieren ihres Smartphones glaubte sie eine Vorahnung davon entnehmen zu können, dass dieser Anruf ihr Leben verändern könnte. Hoffnung keimte in ihr auf. Sie hatte viel Zeit und Recherchearbeit in ihre Untersuchungen gesteckt, und jetzt, da die Abonnentenzahlen für ihren Podcast seit Wochen auf niedrigem Niveau stagnierten, konnte sie diesen Fall durchaus gebrauchen. Was würde sie darum geben, wenn Hegel seine Meinung geändert hätte!

»Okay, dann seid jetzt bitte ruhig und brennt mir die Wohnung nicht ab!«

Jula verließ die Küche, ging zügig nach nebenan ins Wohnzimmer und nahm den Anruf entgegen.

KAPITEL 12

Wenn es etwas gab, das Elyas nicht war, dann *diskret.* Er schlich sich zur Tür, um seine Halbschwester zu belauschen, während Friedrich nur lässig die Hände hinter dem Kopf verschränkte und mit geschlossenen Augen am Küchentisch sitzen blieb.

»Ansorge hier?«

Konzentriert versuchte Elyas durch die nur angelehnte Tür zum Wohnzimmer mitzubekommen, wer der Anrufer war. Doch zunächst herrschte nur Stille. Durch den Spalt sah er, wie Jula eilig etwas auf ihrem Handy aktivierte. Vermutlich handelte es sich dabei um die App, mit der sie Telefonate aufzeichnen konnte und die ihr bei ihrer Arbeit schon oft hilfreich gewesen war. Dabei kniff sie die Augen zu schmalen Schlitzen zusammen, als wolle sie durch das Ausblenden optischer Reize ihren Hörsinn verbessern. Elyas konnte nicht verstehen, was der Teilnehmer am anderen Ende der Leitung sagte, doch er erkannte, dass dessen Stimme auf unheimliche Weise verzerrt klang.

»Wer sind Sie?«, fragte Jula.

Wieder konnte Elyas nicht verstehen, was der Anrufer mit anscheinend blecherner Stimme monoton erwiderte.

»Wenn Sie Informationen zu dem Fall haben, dann bin ich sehr gern bereit, sie mir anzuhören.«

Elyas erkannte überrascht, dass der Anrufer so klang, als sei er ein Roboter.

»Ich habe ja verstanden, wie Sie über diese Sache denken«, sagte Jula. »Aber ohne Argumente und vor allem solange Sie sich nicht zu erkennen geben, kann ich Sie unmöglich ernst nehmen. Im Gegenteil, ich bin jetzt eher noch fester davon überzeugt, dass damals irgendwas nicht gestimmt hat. Vielen Dank für die zusätzliche Motivation!«

Während der seltsame Anrufer noch etwas darauf erwidern wollte, beendete Jula das Telefonat. Sie bückte sich noch kurz zu Wallraff hinunter, der bis dahin auf seiner Lieblingscouch geschlummert hatte, und machte sich wieder auf den Weg in die Küche. Elyas eilte schnell auf seinen Platz zurück.

»Was war denn das?«, wollte er wissen, als Jula, das Handy noch immer fest umklammernd, zögernd vor dem Tisch stehen blieb.

Sie war ruhig geworden und sah die Jungs nicht an. Ihr Blick schien ins Leere zu gehen, während sie klar und langsam antwortete:

»Jemand hat mitbekommen, dass ich im Fall Hegel recherchiere. Er hat mir gedroht.«

»Gedroht?«

»Er hatte seine Stimme technisch verändert, irgendwie verzerrt. Er sagte, dass ich die Finger von der Sache lassen soll. Weil Hegel ein Dämon sei und ich großes Unheil auslösen würde, wenn ich ihn aus dem Gefängnis hole.«

»Und was willst du jetzt machen?« Elyas hatte seine Schwester noch nie so gedankenverloren gesehen.

»Ich weiß nicht so recht. Das war schon ziemlich gruselig gerade. Ich hoffe wirklich, ich habe mit dieser Sache nicht irgendwelche Irren auf mich aufmerksam gemacht.«

KAPITEL 13

Wie lange sind Sie schon bei uns?«

Jula stellte ihre Kaffeetasse ab und lehnte sich in das Sofa zurück. Ihr Blick fiel aus dem Fenster direkt auf die Gedächtniskirche, das wohl wichtigste Wahrzeichen des Kurfürstendamms.

Ihr gegenüber saß Susanne Fabig, die stellvertretende Programmdirektorin von Radio 101.5. Als Mitglied der oberen Führungsebene des Senders hatte Fabig Anspruch auf eines der Büros, die auf die Prachtstraße des Berliner Westens ausgerichtet waren. Jula dagegen arbeitete mit den anderen moderierenden Redakteuren in einem Großraumbüro, durch dessen Fenster man lediglich den Bahnhof Zoo sah, der bei Weitem keinen vergleichbaren Anblick bot.

»Diesel hat mich vor drei Jahren als Praktikantin eingestellt.« Nach dem Praktikum hatte der Chefredakteur, der wegen seiner Vorliebe für Pyrotechnik aller Art diesen Spitznamen trug, ihr sofort ein Volontariat und eine eigene Sendung angeboten.

Fabig nickte, ohne dabei zu lächeln.

»Das kann ich mir vorstellen, Frau Ansorge. Sie sind ehrgeizig, verlässlich und haben, mit Verlaub, die schönste Stimme im ganzen Sender.«

Jula schmunzelte verlegen. Mit Komplimenten hatte sie noch nie gut umgehen können, zumal ihre Unsicherheit mit jeder Minute wuchs, die sie sich im Sender aufhielt. Jula ging davon aus, dass Paul – allein schon um ihr zuvorzukommen – unter den Kollegen von ihrer Trennung berichtet hatte. Und dies vermutlich so, als sei sie eine hysterische Zicke, die ihr Vergewaltigungstrauma nie überwunden hatte und seitdem aus latentem Männerhass heraus nicht mehr wisse, wer es gut mir ihr meine und wer nicht.

»Wie zufrieden sind Sie denn mit Ihrer Sendung?«, fragte Fabig.

Jula sah noch einmal kurz auf die Gedächtniskirche hinaus. Wie gern hätte auch sie eins der Büros mit Aussicht auf die markante Ruine gehabt. So wie Paul, der verdammte Mistkerl.

Aber der ist ja auch Nachrichtenchef und keine kleine Ansagerin wie ich.

»Na ja, die meiste Zeit drücke ich Songs ab, die mir von der Musikredaktion vorgegeben werden, und achte darauf, dass ich die Werbung rechtzeitig abfahre.«

»Ein Korsett, oder?«

»Ehrlich gesagt, ja. Und es drückt ganz schön.«

»Sie wissen doch, wie es in unserer Branche aussieht.« Fabig erhob sich und trat ans Fenster. Sie sah auf die Einkaufsmeile hinaus, auf der es um diese Zeit von Menschen nur so wimmelte. »Sobald ein Radiosender mehr als siebenundneunzig Prozent Musikanteil im Programm hat, verlangt die GEMA knapp eine Million Euro mehr an Gebühren. Wir müssen also einen gewissen Anteil von Sendungen bringen, in denen hauptsächlich gesprochen wird. Und da kommen Sie ins Spiel.«

Jula richtete sich in ihrem Stuhl auf. Hatte die Stellvertreterin des Programmdirektors Diesel, der sich derzeit während eines Sabbatjahres in Indien befand, sie wirklich zum Gespräch gebeten, um ihr mitzuteilen, dass sie nun endlich ihre eigene Nachrichtensendung auf 101.5 bekommen würde?

»Das freut mich! Wissen Sie, ich wollte im Grunde schon immer meine eigene Nachrichtensendung moderieren. Und ich habe auch gleich einen richtigen Knaller zum Auftakt!«

»Ich habe mich informiert. Sie betreiben in Ihrer Freizeit einen Podcast.«

»Genau! Aber viel lieber wäre es mir natürlich, wenn ich meine Storys zum Teil einer richtigen Radiosendung machen könnte. Mit der ganzen Power von 101.5 dahinter. Ich könnte viel mehr für die Menschen da draußen tun, und spannend für die Hörer wäre es auch noch!«

»Sie sind auf Ihrem Podcast leider etwas einseitig, was die Themenauswahl angeht. Auch wenn ich Ihre sehr offene und schonungslose Story über die schrecklichen Vorfälle in Buenos Aires sehr bewegend und eindrucksvoll fand.«

Die Programmdirektorin drehte sich wieder zu Jula um und warf ihr einen mitfühlenden Blick zu. Jula schwieg einen Moment, bevor sie erwiderte:

»Es würde in meiner Sendung ja nicht nur um Justizirrtümer gehen. Ich würde auch …«

»Entschuldigen Sie, dass ich unterbreche.« Fabig nahm wieder Platz. »Wegen der verdammten GEMA müssen wir so oder so eine wortlastige Sendung ins Programm nehmen, und natürlich kann ich da im Grunde senden, was ich will. Aber ich fürchte, ein Format, wie Sie es sich vorstellen, würde ich nicht vor zwei Uhr nachts ins Programm nehmen können. Quasi unter Ausschluss der Öffentlichkeit.«

Jula schluckte.

»Sicher?«

»Wir sind ein Privatsender. Der kleine Kreis von Hörern, der das Radio einschaltet, um investigative Reportagen zu hören, greift auf die Öffentlich-Rechtlichen zu. Weil er denen da mehr Kompetenz zutraut. Unsere Hörer wollen einfach nur unterhalten werden.«

Jula schlug die Beine übereinander. Den Ausblick nahm sie jetzt nicht mehr wahr.

»Und was bedeutet das für mich?«

Fabig öffnete ihre Schreibtischschublade und nahm einen Hefter heraus. Sie legte ihn vor sich auf den Tisch.

»Das hier ist das Konzept unserer neuen Sendung, die ich Ihnen anbieten möchte. Start ist bereits in zwei Wochen, morgen fangen wir mit der Werbung an. Es ist sicher nicht ganz das, was Sie sich gewünscht haben, aber Sie werden immerhin besser bezahlt und bekommen mehr Freiheiten als bei Ihrer bisherigen Aufgabe.«

Fabig schob den Ordner zu Jula hinüber, die ihn vorsichtig ergriff und aufschlug. Sie überflog die ersten Zeilen.

»Eine Erotiksendung?«

Fabig senkte den Blick.

»Das ist im Grunde nichts weiter als das, was Erika Berger schon in den Achtzigern gemacht hat. Ich finde es auch nicht toll, aber das wird Quote bringen.«

»Aber Sie hatten doch selbst eine neue Nachrichtensendung ausgeschrieben?«

»Ja, schon. Nur eben keine, wie Sie es sich vorstellen. Das wird mehr in die Richtung Infotainment gehen. Diese Sendung bleibt für Sie aber gewissermaßen in der Familie. Ich gebe sie Paul!«

Jula musste schlucken.

»Bitte? Paul ist nicht meine Familie! Und, außerdem, ich …«

»Frau Ansorge, Paul ist gelernter Journalist. Er besitzt viel höhere Kompetenz für das Format.«

»Und ich besitze also nur Kompetenz für *das hier?*« Jula blätterte ungläubig durch das Konzept der Erotiktalkshow. »Da rufen nachts notgeile Typen an und reden mit mir über ihre Sexfantasien!«

»Also, Sie bekämen schon einen Redakteur, der die Anrufer vorher filtert. Dass da keine Besoffenen oder Irren ins Studio gestellt werden. Aber ja, es geht um Sex. Das zieht immer!«

Jula hielt es nicht mehr auf ihrem Stuhl.

»Ich bewerbe mich als ernsthafte Journalistin um ein investigatives Enthüllungsformat, und Sie schlagen mir Dirty Talk für wichsende alte Säcke vor? Als Frau?«

Auch Fabig erhob sich. Sie ging um ihren Schreibtisch herum und umfasste Julas Hände. Mit festem Blick sah sie ihr in die Augen.

»Ich nehme das einfach professionell. Und Sie sollten das bitte auch tun. Ich bin während Diesels Abwesenheit für den Sender verantwortlich, und ich muss Entscheidungen treffen, die der Firma dienen. Persönliche Eitelkeiten darf ich da nicht berücksichtigen. Jetzt mal von Frau zu Frau: Ich finde dieses Konzept auch zum Kotzen. Aber ich bin Profi genug, um meine persönlichen Animositäten außen vor zu lassen. Also, wie sieht es aus? Wollen Sie sich ihre wunderschöne Stimme vergolden lassen?«

»Mit besserem Telefonsex? Danke, da behalte ich lieber meine alte Sendung!«

Fabig fasste Julas Hände noch etwas fester.

»Tut mir leid, aber die kann ich Ihnen nicht mehr anbieten. Den Programmplatz werde ich Rudy Constantin geben. Er ist nun mal der beliebteste Sprecher des Senders. Sie wissen ja selbst, wie sehr die Hörer seine schlagfertige Art mögen. Rudy will zusätzlich noch eine Musiksendung haben, und die Fans lieben ihn.«

Jula entzog ihre Hände Fabigs Griff und trat einen Schritt von ihrer Chefin zurück.

»Also *Sex oder Selters?* Friss oder stirb?«

Fabig antwortete mit einem Blick, der keine weiteren Worte erforderlich machte.

»Na gut.« Jula ging zum Garderobenständer, an den sie ihre Jacke gehängt hatte, und riss diese so kräftig vom Bügel, dass er scheppernd auf den Parkettboden fiel. »Ich wollte Ihnen gerade eine Megastory anbieten. Aber wenn Sie mich nur stöhnen und keuchen hören wollen, dann bringe ich die eben auf meinem Podcast!«

»Sie stöhnen nicht, Sie sprechen mit Menschen über deren sexuelle Wünsche und Sorgen. Das hat durchaus eine journalistische Relevanz.«

»Journalistische Relevanz? Wissen Sie, es zeugt schon von einer ganz besonderen Art von Humor, einer Frau, die vergewaltigt wurde, eine solche Sendung anzubieten!«

Die Programmdirektorin riss die Augen auf.

»O Gott, bitte, das wollte ich wirklich nicht in Zusammenhang setzen! Daran habe ich gar nicht … ich meine, was Ihnen damals in Argentinien widerfahren ist, ist natürlich ganz furchtbar! Frau Ansorge, wollen Sie nicht wissen, was ich Ihnen dafür bezahlen würde, wenn Sie diese Sendung machen?«

»Sie meinen, so ein Trauma wird eine Frau schon verlieren, wenn man sie nur gut genug dafür bezahlt? Wissen Sie was? Lassen Sie das doch auch gleich noch von Paul moderieren! Ich wette, der macht das gern! Und ab jetzt macht euren Scheiß hier ohne mich!«

»Jetzt bereiten Sie erst mal Ihre Sendung für heute Abend vor, und danach können wir ja noch mal in Ruhe reden.«

»Die können Sie gleich Rudy geben. Ich kündige!«

Fabig blieb noch immer gelassen.

»Jetzt überstürzen Sie mal nichts. Sie können sich das alles noch mal in Ruhe durch den Kopf gehen lassen. Es reicht, wenn Sie mir morgen ...«

»Ich brauche keine Bedenkzeit! Bevor ich hier vor Pauls Nase die Pornotante gebe, sammle ich lieber tote Tiere von der Autobahn auf. Und falls es Sie interessiert: Ich werde bald wissen, was damals im Mordfall Hegel wirklich passiert ist. Und dann kann ich mir Sender und Programmplätze selbst aussuchen!«

Und noch bevor Fabig etwas erwidern konnte, hatte Jula den Raum auch schon mit einem scheppernden Türknallen verlassen.

Auf dem Weg durch die Großraumredaktion kam Jula an ihrem Schreibtisch vorbei. Sie hätte ihn vermutlich sofort ausräumen sollen, doch an diesem Tag war sie mit den öffentlichen Verkehrsmitteln unterwegs, und selbst wenn es nicht vieles mitzunehmen gab, war es doch genug, um besser später mit ihrem Wagen noch einmal vorbeizukommen. Ganz davon abgesehen, dass sie keine Lust dazu hatte, ihren Krimskrams zusammenzupacken, während ihre Kollegen sie tuschelnd beobachteten und darüber mutmaßten, ob sie wegen ihrer Trennung von Paul gekündigt hatte. Jula entschied, dass sie irgendwann einmal in der Nacht mit einem Karton kommen würde, wenn niemand mehr da war und die Hörer nur von einer automatisch abgespielten Playlist unterhalten wurden.

Oder ich lasse den nutzlosen Krempel einfach da.

Wofür brauchte sie schon Visitenkarten, Sendeprotokolle, Backstage-Ausweise und abgekaute Stifte von einem Sender, den sie ohnehin nie wieder betreten wollte? Selbst die Fotos, die sie an ihren Monitor geklebt hatte, waren ihr nicht wichtig; auf den meisten davon war sie ohnehin nur mit Paul zu sehen.

Jula wollte schon weitergehen, als ihr der Gedanke kam, dass sie wenigstens noch ihre Festplatte löschen sollte, bevor sie ging. Es war zwar nichts Schlimmes darauf zu finden, aber man konnte schließlich nie wissen. Also ließ sie sich ein letztes Mal auf ihren knarzenden, abgesessenen Stuhl fallen, fuhr den Rechner hoch und gab ihr Passwort ein. Automatisch öffnete sich ihr Mailfach und begann ihre Nachrichten der letzten Stunden abzusaugen. Eine der ersten Mails, die nun in ihrem Account angezeigt wurden, war die von Hadrian. Inklusive dem Link, den er ihr in der Nacht zuvor geschickt hatte. Jula sah sich noch einmal zum Büro von Fabig um.

Sex oder Selters?

Ein fast schon satanisches Lächeln huschte über Julas Gesicht, als sie noch einmal den Betreff von Hadrians Mail las:

Ein kleiner Gefallen …

KAPITEL 14

Gleich nachdem sie den Sender verlassen hatte, war Jula zu der Adresse aufgebrochen, die Hadrian ihr mitgeteilt hatte. Zu dem Haus, in dem die Person lebte, die ihr unter dem Pseudonym *soyus820* die kryptische Nachricht zum Fall Hegel geschickt hatte. Julas Puls beschleunigte sich. Sie war noch immer aufgebracht von dem Streit mit der Programmdirektorin und ihrem impulsiven »Abgang«.

Aber es ist gut, dass ich aufgeregt bin. Das verleiht mir Energie.

Immer wenn Jula aufgewühlt war und Schwierigkeiten hatte, die rotierenden Gedankenräder in ihrem Kopf zum Stillstand zu bringen, griff sie nach ihrem Handy und nutzte die Diktierfunktion, um ihre Gedanken in Form von Podcast-Sprachnotizen festzuhalten. So auch jetzt, nachdem sie aus der U-Bahn gestiegen war und sich auf den Weg zu ihrem anonymen Hinweisgeber in der Wilmersdorfer Straße gemacht hatte.

»Hegel 13-10-71«, begann sie die Aufzeichnung, und schon begann sich die erhoffte Linderung einzustellen.

Wann immer Jula ihre Gedanken in gesprochene Worte formte, wurde sie ruhiger. Ihre Atmung verlangsamte sich, ihr Puls flachte ab. Andere mochten in solch einer Situation vielleicht ein entspannendes Bad oder eine Valiumtablette nehmen. Julas *Tranquilizer* hatte dagegen den Vorteil, dass er sie weder müde machte noch benebelte. Im Gegenteil, wann immer sie sich dazu zwang, ihre Überlegungen zu ordnen, wurde sie konzentrierter.

»Der Hausflur riecht in etwa so, wie er aussieht. Überall ist Farbe von den Wänden abgeplatzt, die Briefkästen im Eingangsbereich sind beklebt, verbogen und teilweise aufgebrochen. Die Treppe knarzt auf fast jeder Stufe, und am Geländer fehlt etwa die Hälfte aller Pfosten. Hoffen wir, dass Peer Kalinsky zu Hause ist. Mithilfe von Hadrians Google-Maps-Screenshot war es leicht für mich, den Namen und die Adresse des Mannes ausfindig zu machen, der mir als soyus820 eine Mail geschickt hat. Meine Recherchen haben ergeben, dass er dreiundfünfzig ist und eine Sicherheitsfirma betreibt. Durch einen Anruf unter falschem Namen habe ich herausgefunden, dass er dort heute nicht vor Nachmittag anzutreffen sein wird, deswegen habe ich meinen Überraschungsbesuch zeitlich entsprechend angesetzt. Jetzt stehe ich vor seiner Tür.«

Jula steckte ihr Handy in die Tasche und klingelte. Es dauerte nicht lange, bis ihr geöffnet wurde.

»Was wollen Sie? Ich habe keine Zeit.«

Kalinsky trug einen schmuddeligen Morgenmantel, sein lichtes Haar war zerzaust und stand in alle Richtungen ab. Die Stoppeln in seinem Gesicht erinnerten Jula an ihren Vater, wenn dieser sich einmal das ganze Wochenende für die Familie freigenommen und sich wie zum Beweis von Gemütlichkeit zwei Tage lang nicht rasiert hatte. Darüber hinaus konnte sie an dem grobschlächtigen Kerl nichts Väterliches ausmachen.

»Doch, Sie haben Zeit.«

Kalinsky starrte die junge Frau an, als habe sie ihm soeben mitgeteilt, dass sie vom LKA käme und er verhaftet sei.

»Bitte?«

»Sie haben in Ihrer Firma in einer Stunde einen Termin mit einem gewissen Heinz Neumeier. Ihre Sekretärin hat mir verraten, dass das heute Ihr erster Termin ist.«

Kalinsky fuhr sich mit seiner rissigen Hand durchs Gesicht und rieb sich den Schlaf aus den Augen.

»Woher wissen Sie das?«

»Weil *ich* Heinz Neumeier bin. Den Termin habe ich gemacht, um sicherzugehen, dass Sie jetzt Zeit für mich haben.«

Kalinsky trat noch etwas weiter in seinen Türrahmen. Jetzt würde sich niemand mehr an ihm vorbeizwängen können, auch die schlanke Jula nicht.

»Wenn Sie sowieso gleich einen Termin mit mir haben, warum kommen Sie dann zu meiner Wohnung? Und woher kennen Sie überhaupt meine Adresse?«

Jula sah sich demonstrativ im Hausflur um.

»Wollen wir das wirklich hier draußen besprechen?« Sie bemerkte den irritierten Blick ihres Gegenübers und legte nach: »Ich denke, wir sollten reingehen, Herr Kalinsky. Oder soll ich Sie lieber *soyus820* nennen?«

Jula bemerkte, wie sich die Gesichtszüge ihres Gegenübers veränderten. Waren diese ihr zuvor noch feindselig vorgekommen, wirkte Kalinsky jetzt verwirrt. Jula blieb standhaft und fixierte den ihr körperlich weit überlegenen Koloss ohne zu blinzeln.

»Ich habe keine Ahnung, wovon Sie reden. Gehen Sie jetzt.«

Jula fuhr sich mit der Hand durchs Haar und posierte dabei, als wolle sie ein Foto für eine Dating-App von sich machen lassen.

»Wissen Sie, Herr Kalinsky, ich kenne einen Hacker, der

seit langer Zeit vom BKA gesucht wird. Die kriegen ihn aber nicht, weil er sich regelmäßig in deren Netzwerk einhackt, um die Ermittlungsergebnisse in seinem eigenen Fall zu manipulieren. Der Kerl ist so was wie der Mozart unter den Computerfreaks. Diese Mail von *soyus820* ist über *Ihr* Handy geschickt worden! Bitte bestreiten Sie das nicht, es wäre unwürdig.«

Kalinsky atmete etwas schneller.

»Ich lasse mein Handy oft auf dem Schreibtisch liegen. Da kommen in meiner Firma viele Leute dran.«

»Aber nur Sie sind ein Freund von Matthias Hegel.«

»Woher wissen Sie das?«

Jula zuckte mit den Schultern.

»Ihr halbes Facebook-Profil ist voll mit Bildern, die Sie beide zusammen zeigen. Noch aus der Zeit, als Sie selbst bei der Polizei waren. Warum sind Sie da eigentlich nicht mehr?«

»Weil ich endlich mal Geld verdienen wollte! Was glauben Sie, was die einem bei der Polizei bezahlen?«

Jula nickte.

»Also, was ist jetzt, darf ich reinkommen?«

»Sie sollten nicht hier sein. Das kann uns alle in größte Schwierigkeiten bringen.« Damit machte Kalinsky einen Schritt zurück und ließ Jula eintreten. Er sah sich noch im Hausflur um, bevor er die Tür schloss und von innen verriegelte.

Die Wohnung war in etwa so eingerichtet, wie Jula es erwartet hatte. Etwas altmodisch mit Schrankwand und gefliestem Couchtisch, mit offenbar ungeübter Hand geplant und weder sauber noch ordentlich. Kalinsky deutete auf seine Couch, doch Jula blieb stehen.

»Also gut, Herr Kalinsky, Sie waren also Polizist, bevor

Sie Ihren Wachschutz gegründet haben. Aber Sie haben nie mit Hegel zusammengearbeitet. Wo haben Sie sich denn kennengelernt?«

Kalinsky zupfte den Sitz seines Bademantels zurecht und zog das Band etwas fester, damit Jula keinen Blick auf die Unterwäsche ihres Gastgebers erhaschen konnte.

»An der Uni. Wir haben beide dieselbe Fortbildung besucht.«

»In der Rechtsmedizin? Am Seziertisch?«

Kalinsky sah auf.

»Warum fragen Sie überhaupt, wenn mein Facebook-Profil Ihnen sowieso schon alles verraten hat?«

Tatsächlich hatte Jula gemeinsame Fotos von Hegel und Kalinsky entdeckt. Eins davon zeigte die beiden in jüngeren Jahren vor dem Eingang der Sektionsräume der Berliner Charité.

»Ihre Daten in den sozialen Netzwerken sind ziemlich veraltet, Herr Kalinsky. Genauer gesagt haben Sie seit einem Jahr nichts mehr gepostet. Merkwürdigerweise fast genau seit dem Tag der Verhaftung Ihres Freundes.«

»Sie irren sich. Ja, Matthias' Fall hat mir den Boden unter den Füßen weggezogen. Aber das war nichts im Vergleich zu …« Er verstummte, und seine Unterlippe zitterte. Kalinskys müde Augen wurden feucht.

»Im Vergleich zu Ihren beruflichen Problemen?«

Kalinsky Sicherheitsdienste GmbH. Jula hatte sich schon in der Nacht gründlich auf den Besuch vorbereitet und dabei im Handelsregister die Eröffnung des Konkursverfahrens über Kalinskys Firma entdeckt. Zudem war sie auf eine kleine Nachricht in einem Internet-Firmenportal gestoßen. Demnach hatte Kalinsky mit der Messe Berlin seinen Hauptauftraggeber verloren und konnte somit nicht mehr die Hallenbewachung für die Grüne Woche und die Funkausstellung übernehmen. Dies hatte ihn einen Umsatz von 360 000 Euro gekostet und vierzig seiner Angestellten arbeitslos gemacht.

»Und dann hat Sie auch noch Ihre Frau verlassen?«

Kalinsky erstarrte. Seine Augen funkelten wütend.

»Wie kommen Sie darauf?«

»Da muss man sich doch nur mal umgucken.« Jula ließ ihren Blick durch das Wohnzimmer gleiten. »Vergilbte Trockenblumen in den Vasen, farblich abgestimmte Couch- und Stuhlkissen, die fleckige Decke auf dem Fernsehtisch passt zum Teppich. Man merkt, dass hier mal eine weibliche Hand für Geschmack und Ordnung gesorgt hat. Aber auch, dass die schon länger nicht mehr hier gewesen ist.«

Kalinskys Unterlippe zitterte noch heftiger. Jula befürchtete, er könne jeden Moment in Tränen ausbrechen, doch schließlich machte er nur eine fahrige Bewegung, als wolle er eine lästige Mücke verscheuchen.

»Macht es Ihnen Spaß, wildfremden Menschen mit Ihren Klugscheißereien auf den Wecker zu gehen?«

»So fremd sind wir einander doch gar nicht. Immerhin, um mal wieder zum Thema zurückzukommen, haben Sie mir eine Mail geschrieben.«

»Und jetzt kennen Sie ja auch den Grund, Miss Marple! Ja, Treffer, ich kann nicht gerade sagen, dass ich vom Glück geküsst bin. Als ich die Mail geschrieben habe, hatte ich vermutlich mal wieder eine emotionale Phase. Ein oder zwei Mitleidsdrinks zu viel. Ich hätte den Quatsch nicht schreiben dürfen, tut mir leid. Ich konnte ja nicht ahnen, dass Sie mich finden und belästigen würden.«

Jula zog die linke Augenbraue hoch und zitierte den Wortlaut der Mail aus dem Gedächtnis:

»Ich sehe auf Ihrem Podcast, dass Sie am Fall Hegel interessiert sind. Ich habe Beweise für seine Unschuld, ein Video. Mein Wissen belastet mich sehr, aber wenn Sie mir Informantenschutz zusichern, würde ich Sie treffen. Anonym! Das klingt nicht sehr emotional. Und schon gar nicht besoffen.«

Kalinsky wandte sich ab, ging in die nebenan gelegene Küche und nahm die Kanne von der Warmhalteplatte seiner Kaffeemaschine. Er warf Jula einen fragenden Blick zu. Sie schüttelte den Kopf. Kalinsky ergriff daher nur eine Tasse und schenkte sich selbst ein.

»Es war ein dummer Fehler. Und ich entschuldige mich, dass Sie meinetwegen Umstände hatten.«

Julas Ton wurde noch forscher.

»Was war das denn nun für ein Video, von dem Sie gesprochen haben? Wenn Sie Hinweise haben, die Ihren Freund entlasten könnten, dann verstehe ich nicht, warum Sie plötzlich einen Rückzieher machen wollen.«

Kalinsky trat wieder ins Wohnzimmer und setzte sich auf den Kunstledersessel mit dem abgewetzten Kopfteil. Jula blieb reglos im Raum stehen.

»Ich konnte mir einfach nicht vorstellen, dass Matthias so was Grausames getan haben soll. Er soll ja wie ein Verrückter auf diese Obdachlose eingestochen haben.«

»Dreiundzwanzig Mal, um genau zu sein. Und das, nachdem er sie zuvor mit einem Aschenbecher niedergeschlagen hatte. Aber der Gutachter hat durchaus attestiert, dass Hegel jähzornig werden kann, wenn er unter Druck gerät.«

»So ein Blödsinn. Matthias ist ein Mann der Worte. Der könnte sich sogar aus einer Kneipenschlägerei unter Taubstummen herausquatschen. Eher hätte er …«

Kalinsky stockte.

»Was?«

Wieder machte Kalinsky eine abwehrende Handbewegung, während er trocken hustete.

»Lassen wir das!«

»Mache ich etwa den Eindruck, dass ich das hier einfach lassen werde?«

»Frau Ansorge, ich muss Sie wirklich bitten, meine Nachricht zu vergessen. Ich hatte wohl die Hoffnung, dass ein motivierter Journalist vielleicht doch noch etwas findet, das Matthias entlasten könnte.«

Erst jetzt setzte sich Jula auf die Couch direkt neben Kalinskys Sessel. Die Federn gaben leicht nach, ungefähr so wie bei dem Sofa, das im Wohnzimmer ihrer Mutter stand und auf dem sie schon lange nicht mehr gesessen hatte. Julas Rücken schmerzte wieder etwas stärker, als sie sich so dicht zu Kalinsky vorbeugte, dass sie seinen nach Milchkaffee riechenden Atem auf ihrem Gesicht spüren konnte.

Okay, ich hasse so was zwar, aber ich stecke hier in einer Sackgasse. Zeit für ein wenig Drama!

»Ihr Freund sitzt vielleicht unschuldig im Gefängnis, weil ihm jemand ein Verbrechen angehängt hat.« Julas Stimme brach.

Sie hielt inne und presste die Augen zusammen. Dennoch drangen Tränen daraus hervor.

Kalinsky sah die junge Frau plötzlich an, als sei er ihr Vater.

»Was ist denn jetzt los? Geht Ihnen dieser Fall so nah? Sie können doch nichts dafür.«

»Schon gut«, murmelte Jula. »Ich musste nur gerade an jemanden denken.«

In Gedanken entschuldigte sie sich bei Moritz dafür,

dass sie die Erinnerung an die letzten glücklichen Stunden mit ihm für diese Scharade missbrauchte. Aber Kalinsky war ein gebrochener Mann, bei dem sie weder mit Druck noch mit Versprechungen weiterkommen würde. Sie musste eine gemeinsame Basis mit ihm aufbauen und ihm zu verstehen geben, dass sie seinen Schmerz und seine Trauer nachvollziehen konnte.

»Sie sind nicht der Einzige, der einen wichtigen Menschen in seinem Leben verloren hat«, sagte sie.

Kalinsky griff in die Tasche seines Bademantels und zog eine Packung Taschentücher hervor. Er reichte Jula eines davon. Sie schnäuzte sich, atmete noch einmal tief durch und richtete sich dann wieder auf.

»Ich weiß nicht, ob es irgendetwas gibt, das Ihnen Ihre Frau zurückbringt. Aber Sie könnten etwas tun, damit Ihr bester Freund nicht im Knast versauert.«

Damit erhob sie sich und reichte ihrem Gastgeber die Hand. Kalinsky betrachtete diese regungslos. Nach einigen Sekunden deutete er an, dass sie wieder Platz nehmen solle.

»Also gut. Ich zeige Ihnen das Video. Aber wehe, wenn mich irgendjemand damit in Verbindung bringt!«

KAPITEL 15

Kalinsky nahm sein Handy vom Couchtisch und suchte nach einer Datei, die er offenbar in den Tiefen seines Speichers versteckt hatte. Dann drehte er sein Telefon horizontal und zeigte Jula das Display, ohne ihr das Gerät dabei in die Hand zu geben.

»Das war etwa zu der Zeit, als Matthias die Obdachlose ermordet haben soll.«

Jula rückte so dicht an das Gerät heran, wie es ihr möglich war. Kalinsky startete das Video.

»Eine Feier?«

»Mein Geburtstag. Das war in Matthias' Wochenendhaus. Er hat es mir für die Party zur Verfügung gestellt.«

Jula verfolgte den Film mit aller Aufmerksamkeit. Eine ganze Menge mehr oder weniger gut gekleideter Menschen stand, eifrig in Gespräche vertieft, im Garten hinter einem offenbar eigens für diesen Abend ausgeleuchteten Haus. Einer der vermutlich über einen Partyservice angeheuerten Kellner mit leuchtend roter Fliege erinnerte Jula an Paul. Sie musste sich beherrschen, um sich davon nicht ablenken zu lassen. Eine Weile erschloss sich ihr nicht, was an dem Video für den Fall relevant sein sollte. Bis zu Minute vier.

»War das gerade …?«

Jula griff instinktiv nach dem Handy, um die Stelle noch einmal anzusehen, doch Kalinsky zog es weg, steckte das Telefon in die Tasche und griff wieder nach seinem Kaffee.

»Verstehen Sie jetzt, was ich meine?«

Jula wahrte ihr Pokerface.

»Wie können Sie wissen, dass das Video genau zu der Zeit entstanden ist, als die Frau ermordet wurde?«

»Das wusste ich erst mal natürlich nicht. Wie auch? Aber dann, später, als das alles rausgekommen ist, da habe ich mir die Aufnahmen noch mal angeguckt. Hier, sehen Sie!« Kalinsky zog das Handy wieder aus der Tasche und zeigte Jula, dass Datum und Uhrzeit der Aufnahme im Speicher dokumentiert waren. »Das entspricht ziemlich genau dem Todeszeitpunkt, den der Rechtsmediziner festgestellt hat.«

Jula nickte stumm. Sie wirkte, als habe sie ein Gespenst gesehen.

»Aber warum dann dieser Drohanruf …«

Kalinskys Augen weiteten sich. Seine Kaffeetasse sank auf die Lehne nieder und schwappte leicht über.

»Drohanruf?«

»Ja. So ein Typ mit verzerrter Stimme. Er hat heute Morgen versucht, mich einzuschüchtern. Ich soll Hegel auf keinen Fall zur Freilassung verhelfen. Aber machen Sie sich keine Sorgen, so was gehört zu meinem Beruf.«

Kalinsky stellte mit einem Ruck seine Tasse auf dem Couchtisch ab, erhob sich und deutete auf die Wohnungstür.

»Frau Ansorge, Sie sollten jetzt wirklich gehen. Und Sie sollten alles, worüber wir geredet haben, vergessen.«

Jula winkte ab.

»Das geht nicht. Und Sie wissen das!«

»Raus hier, und kommen Sie nicht wieder! Sie waren niemals hier, und wir haben nie miteinander gesprochen.«

KAPITEL 16

Hegel 17-10-74.« Jula hatte noch im Flur von Kalinskys Wohnhaus ihr Handy gezückt, um die neuen Podcast-Notizen aufsprechen zu können, solange noch alles frisch in ihrem Gedächtnis war. »Worauf lasse ich mich da bloß ein? Kalinsky weiß ganz offensichtlich mehr, als er sagt. Er hat vor irgendetwas Angst, gut möglich, dass er auch bedroht worden ist. Ich meine, dieser Kerl hat eine Sicherheitsfirma. Okay, die steht kurz vor der Pleite, aber Kalinsky scheint mir nicht unbedingt jemand zu sein, der sich leicht einschüchtern lässt. Und trotzdem, als er mich gerade rausgeworfen hat, habe ich Nervosität in seinem Blick gesehen. Wer, verdammt noch mal, bringt einen Bullen wie diesen Kalinsky so aus der Fassung, dass er sogar seinen besten Freund nicht mehr aus dem Knast holen will? Ich glaube echt, ich kratze in dieser Geschichte gerade mal an der Oberfläche. Aber keine Sorge, ich habe schon etwas in die Wege geleitet, das mich zu einer tieferen Schicht der Wahrheit führen wird. Und ich kann es kaum erwarten, zu erfahren, was das ist!«

Jula deaktivierte die Diktierfunktion ihres Handys und checkte ihren Maileingang. Ob Hadrian ihr wohl schon geantwortet hatte? Ihre Mundwinkel senkten sich, als sie feststellen musste, dass er noch immer nicht auf ihre Mail reagiert hatte.

Jula sah auf die Uhr. Es war schon eine Weile vergangen, seit sie die Nachricht vom Radiosender aus an Hadrian verschickt hatte. Kurz nachdem sie auf den Link in seiner Mail aus der vergangenen Nacht geklickt habe.

Also, du Superhacker, ich habe gemacht, was du wolltest. Jetzt melde dich endlich und erzähle mir, was du über diese Obdachlose herausgefunden hast.

Noch einmal aktualisierte Jula den Maileingang, bevor sie das Postfach wieder schloss, um jemanden anzurufen, der sich ganz sicher nicht darüber freuen würde, ihre Stimme zu hören. So wohlklingend sie auch war.

KAPITEL 17

Herr Dr. Varbelow, haben Sie kurz Zeit?« Die Anwaltsgehilfin hatte zwar angeklopft, war danach jedoch ohne Aufforderung in das Büro ihres Chefs getreten. »Eine Frau Neumeier ruft von der Polizeiwache aus an, sie ist verhaftet worden. Offenbar soll sie jemanden getötet haben, bestreitet das aber. Sie wirkt sehr aufgebracht.«

Der Verteidiger sah wenig beeindruckt von dem Schreiben an die Staatsanwaltschaft auf, das er gerade verfasste. Es war nicht ungewöhnlich, dass Anrufe dieser Art bei ihm eingingen. Als Strafrechtler hatte er üblicherweise Mandanten, die sich Zeit und Umstände ihrer Notlagen nicht aussuchen konnten. In solchen Fällen musste oft unverzüglich reagiert werden. Varbelow nickte seiner Mitarbeiterin zu.

»Stellen Sie durch.« Es dauerte nur Sekunden, bis ein rotes Lämpchen an seinem Apparat aufleuchtete. »Varbelow hier, wie kann ich Ihnen helfen, Frau Neumeier?«

Die junge Frau am anderen Ende der Leitung wirkte tatsächlich aufgebracht.

»Ich soll meinen Mann ermordet haben, aber das kann gar nicht sein!«

Varbelow hielt inne. Die klangvolle Stimme kam ihm vertraut vor, dennoch wartete er zunächst ab.

»Ganz ruhig. Wo sind Sie jetzt und wer ist bei Ihnen?«

»Ich bin in Moabit, die haben mich eingesperrt. Und das, obwohl ich für die Tatzeit ein Alibi habe. Aber der Mann, der das bezeugen kann, will nicht reden. Außerdem hat mich gestern jemand angerufen und mir für den Fall gedroht, dass ich auf meiner Unschuld beharre. Ich habe den Drohanruf aufgezeichnet.«

Varbelow legte den Stift, mit dem er sich Notizen hatte machen wollen, wieder auf den Schreibtisch. Er lehnte sich zurück und schloss die Augen.

»Frau Ansorge, dachte ich es mir doch gleich. Was soll denn diese Nummer jetzt schon wieder? Geben Sie niemals auf?«

Jula sprach jetzt wieder normal.

»Sie haben Ihrer Assistentin doch garantiert gesagt, dass sie mich nicht mehr zu Ihnen durchstellen soll, oder?«

»Und das aus gutem Grund! Hier rufen Menschen an, die wirklich in Not sind. Und deren Zeit stehlen Sie mir gerade. Haben Sie mein *Nein* denn nicht verstanden?«

»Ich komme gerade von Peer Kalinsky. Das ist der beste Freund Ihres Mandanten, falls Sie ihn nicht kennen sollten. Er hat mir ein Video von seiner Geburtstagsfeier gezeigt. Exakt zu dem Zeitpunkt, als Hegel die obdachlose Frau ermordet haben soll, war er in seinem eigenen Wochenendhaus und hat gefeiert.«

Varbelow schlug die Beine übereinander und ließ den Blick über die Stapel von Akten schweifen, die er auf dem Boden seines Büros aufgetürmt hatte. In Fällen wie denen, die er bevorzugt übernahm, kamen mit Aussageprotokollen, Einlassungen, Sachverständigengutachten, Abschriften von Telefonüberwachungen und ausgedruckten Chatverläufen schnell mehrere Tausend Seiten in nur einem einzigen Strafverfahren zusammen. In der Regel hatte Varbelow bereits mit dem bloßen Durchgehen der Akten etliche Stunden Arbeit, wobei es an ihm war, unter den zahllosen

Erkenntnissen den oft nur winzigen Widerspruch ausfindig zu machen, mit dem er das Blatt zugunsten seiner Mandanten wenden konnte.

»Auch wenn es Sie enttäuscht, wir wissen von dem Video.«

»Bitte?«

»Vergessen Sie es einfach wieder. Und jetzt, liebe Frau Ansorge, muss ich Sie auffordern, sich endgültig aus dieser Sache herauszuhalten. Ich würde wirklich nur sehr ungern deutlicher werden.«

Jula gab sich unbeeindruckt.

»Ich kann das Video auch einfach dem Staatsanwalt schicken. Wenn Hegel ein Alibi hat, dann muss den Mord ja jemand anderer begangen haben. Und den muss der Staat ja dann schon von Amts wegen suchen.«

Varbelow lächelte.

»Ich wusste gar nicht, dass Sie Juristin sind.«

»Und ich wusste nicht, dass Anwälte die Aufgabe haben, entlastende Indizien zu ignorieren. Ich werde so lange nachbohren, bis ich mit Hegel geredet habe! Und mit dem neuen Beweis gehe ich zur Not auch an die Öffentlichkeit. Und nur für den Fall, dass Sie das gerade für einen Scherz gehalten haben: Ich wurde wirklich von jemandem angerufen, der mir gedroht hat, falls ich weiter in dem Fall ermitteln sollte. Und mit der Aufzeichnung dieses Telefonats gehe ich im Notfall auch an die Öffentlichkeit!«

Varbelow wiegte den Kopf hin und her. Nach kurzem Bedenken sagte er:

»Also gut. Ich rufe Sie in zwanzig Minuten zurück.«

Jula starrte so angespannt auf ihr Telefon, dass sie darüber völlig vergaß, ihren Kaffee zu trinken. Sie hatte lediglich den winzigen Keks von der Untertasse gegessen. Seit Stunden hatte sie schon keine feste Nahrung mehr zu sich genommen. Sie hatte erwartet, dass der Keks frisch und saftig sein würde, doch offenbar hatte das Gebäck in dem kleinen Straßencafé am Savignyplatz schon etwas länger auf seinen Einsatz gewartet. Julas Blick schweifte zu der kleinen Currywurstbude auf der gegenüberliegenden Straßenseite, während ihr das Wasser im Mund zusammenlief.

Ich muss mich jetzt konzentrieren! Wenn der Anwalt bei Kalinsky anruft, bin ich erledigt. Dann weiß er, dass ich das Video zwar kenne, es aber nicht in meinem Besitz habe. Ganz ruhig, Jula. Auf dieser Party waren noch mehr Menschen. Im schlimmsten Fall machst du welche davon ausfindig und …

Das Vibrieren ihres Handys riss Jula aus den Gedanken, die wie in einem Kreisverkehr durch ihren Kopf zu rollen schienen und dabei unweigerlich immer wieder an ihrem Ausgangspunkt ankamen. Sie griff so hastig nach dem Telefon, dass sie mit dem Ärmel ihrer Jacke die Tasse vor sich streifte und den noch immer unangerührten Kaffee über den Tisch verkleckerte.

»Dr. Varbelow?«

»Entschuldigen Sie bitte, es hat etwas länger gedauert. Mein Mandant musste erst aus seiner Zelle geholt werden.«

»Was sagt er denn?«

Varbelow machte eine Pause, die ihre Wirkung nicht verfehlte. Es hielt Jula kaum noch auf ihrem Stuhl.

»Er ist von Ihrer Erkenntnis mit dem Video nicht beeindruckt. Es beweist letztlich gar nichts.«

Jula wurde es schwindelig, denn nach ihrem Abgang aus dem Sender hing nicht weniger als ihre berufliche Zukunft von dem prestigeträchtigen Fall ab. Sie starrte mit aufgerissenen Augen auf die Kantstraße, auf der sich zahllose Fahrzeuge direkt vor ihr in Richtung Innenstadt drängelten.

»Das kann er nicht …«, stammelte sie, doch Varbelow ließ sie nicht ausreden.

»Sie sagten gerade, jemand habe Sie telefonisch bedroht und Sie hätten das Gespräch aufgezeichnet?«

Julas Herzschlag beschleunigte sich.

»Ja!«

»Herr Hegel möchte diese Aufnahme hören.«

Jula war sich nicht sicher, ob sie wirklich glauben konnte, was Varbelow soeben gesagt hatte.

»Sie meinen, er empfängt mich?«

»Sie haben sein Interesse geweckt. Gute Arbeit, junge Frau! Also, wann können Sie vor der Haftanstalt Moabit sein?«

»In zwanzig Minuten!« Als Julas Magen so laut knurrte, dass sie meinte, sogar die Umsitzenden hätten es hören können, fiel ihr Blick erneut auf die Currywurstbude. »Oder sagen wir besser, in dreißig!«

KAPITEL 18

Während Jula vor der JVA Moabit auf Hegels Verteidiger wartete, musste sie an Moritz denken. Noch lächelte sie dabei, auch wenn die Erinnerungen schon bald wieder Tränen in ihr aufsteigen lassen würden.

Damals, auf dem Hinflug nach Buenos Aires hatte ihr großer Bruder sie mit einem aufblasbaren Nackenkissen überrascht. Moritz wusste, dass seine Schwester die unbequemen Flugzeugsitze hasste. Unter dem Vorwand, noch einmal zur Toilette zu müssen, war er vor dem Boarding in den Shop im Terminal gegangen, um das Geschenk zu besorgen. Gemeinsam hatten sie dann während des Fluges *Bridget Jones* gesehen, obwohl Jula wusste, dass Moritz viel lieber Actionfilme mochte. Aber er hatte seine Rolle als *großer Bruder* schon während ihrer Kindheit sehr ernst genommen und den Wünschen seiner Schwester stets den Vorrang gelassen.

Was, wenn du noch leben würdest? Wenn das dieser verdammte Knast wäre, in den man dich gesteckt hätte? Wenn jetzt einfach das Tor aufgehen und du rauskommen würdest? Als freier Mann, rehabilitiert. Wenn du allen sagen könntest, dass man dich zu dieser Aussage gezwungen hat? Wenn ich dich in die Arme nehmen könnte, dich riechen, deine Wärme spüren. Was, wenn …

»Sie haben absolut keine Ahnung, auf was Sie sich da einlassen, junge Frau!«

Die Worte des Rechtsanwaltes rissen Jula aus ihren Gedanken. Dr. Gunnar Varbelow galt als einer der besten Strafverteidiger Berlins, und entsprechend selbstbewusst war auch sein Auftreten. Seinen Audi A8 hatte er direkt vor der Haftanstalt geparkt, und sein Anzug ließ Jula einen Augenblick darüber nachdenken, wie lange sie mit dem Geld, das das gute Stück gekostet haben mochte, wohl ihre Miete würde bezahlen können. Die grauen Augen des drahtigen Mannes musterten sie mit einem Blick, der sie an einen Hypnotiseur denken ließ. Angesichts seines Auftretens hatte Jula alle Mühe, sich nicht wie ein kleines Kind zu fühlen, das eine kostbare Vase zerbrochen hatte.

»Das wollen wir doch erst mal sehen!«

Jula machte einen Schritt auf Varbelow zu und reichte ihm die Hand, bevor dieser ihr seine entgegenstrecken konnte. Der Rechtsanwalt zögerte einen Sekundenbruchteil, doch dann drückte er sie so fest, dass Jula leicht zusammenzuckte.

»Sie haben sicherlich Ihre Hausaufgaben gemacht, nicht wahr?« Varbelow zog einen Ausweis aus der Innentasche seines Mantels hervor und schritt direkt auf den Eingang der Haftanstalt zu. Jula folgte ihm. »Sie denken, Sie sind auf alles vorbereitet, oder? Vergessen Sie es!«

Varbelow hatte der Gefängnisverwaltung mitgeteilt, dass Jula ihn zu seinem Mandantengespräch mit Hegel begleiten dürfe. So war es nicht erforderlich gewesen, einen Besuchstermin für sie zu beantragen, der mit einiger Wartezeit und organisatorischen Umständen einhergegangen wäre. Zudem waren Jula und Varbelow auf diese Weise mit Hegel allein, und das Gespräch durfte nicht von Vollzugsbeamten mitgehört werden.

»Ich habe mich eingehend mit dem Thema *forensische Phonetik* beschäftigt, falls Sie das meinen.«

Varbelow ging so zügig, dass Jula alle Not hatte, mit ihm Schritt zu halten.

»Die Kripo und die Landeskriminalämter nutzen in der Regel eine spezielle Software zur Sprecheranalyse«, setzte er an. »In Zeiten, in denen jeder Depp zwei Handys hat und alles telefonisch besprochen oder von irgendwem aufgezeichnet wird, sind Tonaufnahmen in Strafverfahren gängige Beweismittel geworden.«

»Haben Sie selbst früher auch mit Dr. Hegel als Sachverständigem zusammengearbeitet?«

Varbelow lachte auf.

»Wer hat das nicht? Wissen Sie, Frau Ansorge, die Software, mit der Gerichte Stimmen vergleichen und analysieren, ist verdammt teuer und manchmal unzuverlässig. Hegels Fähigkeiten lassen jedes Programm zur Stimmenanalyse wie ein Spielzeug aussehen. Er hat das absolute Gehör, und seine Fähigkeit, Schwankungen und Stimmungen herauszuhören, ist so verlässlich, dass er mit seinen Gutachten Verbrecher hinter Gitter gebracht hat, die ohne ihn vermutlich hätten freigesprochen werden müssen.«

Als der Beamte vom Eingangstor die beiden nach kurzer Ausweiskontrolle hinter die Sicherheitsschleuse auf das Gefängnisgelände gelassen hatte, wanderte Julas Blick an den Mauern entlang zu den vergitterten Fenstern hinauf.

»Und vermutlich ist sich jeder, der hier mit ihm zusammen einsitzt, auch im Klaren darüber. Hegel dürfte sehr beliebt bei seinen Mitinsassen sein …« Varbelow verstummte, doch Jula verstand die Andeutung.

»Können Sie mir eine Frage beantworten? Warum nimmt sich jemand einen der besten Anwälte der Stadt, um dann alles zu gestehen und widerstandslos in den Knast zu gehen? In dem ihn auch noch jeder Zweite fertigmachen will? Hegel hat ja noch nicht mal auf irgendwelche mildernden Umstände plädiert.«

Die beiden hatten den ersten Hof durchschritten und kamen nun an das Tor, hinter dem der Zellenblock lag.

»Solche Fragen können Sie gern Dr. Hegel persönlich stellen. Seien Sie sich aber einer Sache bewusst: Sie sind der erste Journalist, den er zu sich lässt. Sollte Ihre angebliche Aufzeichnung diese Ehre nicht rechtfertigen, wird dieser Termin für Sie sehr unerfreulich verlaufen und mithin der letzte sein, den Sie jemals bei ihm bekommen haben. Seine Fähigkeiten führen nicht immer zu den Erkenntnissen, die man sich wünschen würde.«

Mittlerweile hatten sie die Etage erreicht, in der sie Hegel im Besprechungsraum treffen würden.

»Wie meinen Sie das?«

Varbelow blieb abrupt stehen. Er sah Jula an, als hätte er ihr eine schlechte Botschaft zu überbringen. Dann zeigte er ihr seine rechte Hand.

»Sehen Sie was?«

Jula musterte die Hand. Der Anwalt hatte lange, schmale Finger, die tadellos manikürt waren. Ansonsten konnte sie nichts Ungewöhnliches erkennen.

»Was soll ich da sehen?«

»Keinen Ehering! Bei unserem ersten Treffen habe ich Hegel meine damalige Frau vorgestellt. Er hat zwei Minuten benötigt, um zu hören, dass sie mich betrügt. Die Scheidung war teuer und unerquicklich. Also, Frau Ansorge, unterschätzen Sie ihn nicht. Der Mann, den Sie gleich treffen werden, hat absolut nichts mehr zu verlieren. Und Ihre Karriere – bitte entschuldigen Sie meine Ausdrucksweise – interessiert ihn einen Scheißdreck!«

KAPITEL 19

Der Besprechungsraum war größer, als es der in Buenos Aires gewesen war. Auch stank es hier nicht, und die Temperatur war angenehm geregelt. Dennoch hatte Jula das Gefühl, dass sie in diesen Wänden schwerer Luft bekam, und sie sah immer wieder auf ihre Uhr, oft mehrmals innerhalb einer Minute. Sie vermied es, ihren Blick durch den Raum schweifen zu lassen, und jeder Moment, den sie warten musste, erschien ihr endlos.

Sie schrak auf, als eine schwere Tür ruckartig von außen geöffnet wurde. Sofort sammelte sie sich, drückte das Kreuz durch, biss die Zähne zusammen, um den damit verbundenen Schmerz zu unterdrücken, und ordnete den Kragen ihrer Bluse. Ludwig Köhler, ein stämmiger Wärter Ende zwanzig, trat in den Raum und musterte die beiden Besucher.

»So, hier ist er.«

Die Statur des Beamten erinnerte Jula auf absurde Weise an einen Kasten. Gleichzeitig stellte sie fest, dass sein Gesicht bedrückt wirkte. Nachdem Köhler noch einmal flüchtig in den Besprechungsraum geblickt hatte, winkte er jemandem zu, der im Flur hinter ihm gewartet hatte.

»Wenn irgendwas ist, rufen Sie einfach.«

»Vielen Dank.«

Damit zog sich der Aufseher zurück und ließ Hegel herein. Dieser musterte Jula, ohne seinen Verteidiger auch nur eines Blickes zu würdigen.

»Sparen Sie sich die Mühe. Ich bin schuldig!«

Jula versuchte, unbeeindruckt zu wirken.

»Sicher?«

Hegel zögerte.

»Das ist ja wirklich bemerkenswert! Mein Anwalt hat mir schon angekündigt, dass mir Ihre Stimme gefallen würde, aber *das* hatte ich nicht erwartet.«

»Wenn Sie möchten, dann können Sie die in Zukunft öfter hören. Und dabei feststellen, dass ich über ein wohlklingendes Timbre hinaus auch noch fachliche Kompetenzen besitze.«

Hegel rang sich so etwas wie ein Lächeln ab, während er einen Stuhl zu sich heranzog.

»Große Worte von einer noch so jungen Frau. Wie alt sind Sie?«

»Achtundzwanzig. Wollen Sie auch noch meine Körbchengröße wissen?«

Hegel zwinkerte Jula zu, setzte sich und sah zum ersten Mal seinen Verteidiger an.

»Frau Ansorge strebt also danach, mir zurück in die Freiheit zu verhelfen?«

»Ich habe ihr bereits gesagt, dass Sie kein Interesse haben.«

»Aber sie tut sich offenbar schwer damit, das zu akzeptieren.«

Jula musterte Hegel so unauffällig, wie es ihr möglich war. Die Fotos im Internet hatten einen imposanten, charismatischen Mann Anfang vierzig gezeigt. Einen gutaussehenden Typen, der mit einem einzigen einleitenden Scherz in der Lage gewesen war, ganze Hörsäle für sich einzunehmen. Einen fast schon jugendlich charmanten Psychiater, Arzt und Forensiker, der zu den wichtigsten

Spezialisten seiner Generation gezählt und trotz seines vergleichsweise jugendlichen Alters mehr Fachartikel in wissenschaftlichen Zeitschriften veröffentlicht hatte als jeder andere auf seinem Gebiet. Sein beruflicher Erfolg hatte aus jedem der testosterongeladenen Bilder geradezu herausgeschrien, und nichts schien den Weg Hegels an die Spitze der internationalen Elite aufhalten zu können. Bis zu dem Tag, an dem er angeblich eine Obdachlose niedergeschlagen, abgeschlachtet und die Leiche von einem Tatort, den er niemals preisgegeben hatte, in den Keller seines Hauses transportiert hatte.

Jula sah sich zum ersten Mal flüchtig in dem Besprechungszimmer um, in dem es keine Fenster gab und allein der kalte Schein von Neonlampen für Licht sorgte.

Es war Ihr Bruder. Moritz Ansorge hat gestern gestanden, Sie überfallen und vergewaltigt zu haben.

Der Mann, der jetzt vor Jula saß, war eher ein Schatten des charismatischen Siegers auf den Fotos. Doch noch immer schienen seine Augen zu funkeln, obwohl die Haft ihm offenkundig zugesetzt hatte. Und doch meinte Jula in dem Mann, der mit blasser Haut und schlecht frisiertem Haar vor ihr saß, etwas von dem einstigen Helden zu erkennen.

»Ich war bei Kalinsky. Und ich kenne das Video. Aber das hat Ihr Anwalt Ihnen ja schon erzählt.«

Hegel machte Varbelow ein Zeichen, worauf dieser eine Akte aus seinem Koffer nahm und sich mit seinem Stuhl in eine Ecke des Raumes zurückzog, um sich in die Unterlagen eines anderen Falles zu vertiefen.

»Sie dürfen ruhig nervös sein. Wer wäre das nicht, wenn er einem Killer gegenübersitzt?«

»Ich bin nicht …«, hörte sich Jula sagen, und schon bedauerte sie, dass sie diese Worte nicht mehr zurücknehmen konnte.

»Sie müssen mehr aus Ihrem körperlichen Zentrum heraus atmen. Wenn Sie zu stark mit Ihren Ideen und Zielen identifiziert sind, dann atmen Sie nur oben, an Hals und Kopf. Erden Sie sich, sprechen Sie mehr mit dem Bauch, dann wirken Sie souveräner. Und versuchen Sie das Zittern zu unterdrücken. Wer sollte Ihnen sonst glauben, dass es Ihnen hier um meine Rettung geht, und nicht allein darum, sich selbst zu therapieren?«

Jula senkte den Blick.

»Also gut, ich bin nervös. Aber Sie haben mich ja sicher nicht empfangen, um mich zu analysieren, oder?«

Hegel lehnte sich zurück.

»Nein, nicht Sie. Mein Verteidiger sagt, Sie hätten eine Tonaufzeichnung von jemandem, der sich wegen meines Falles bei Ihnen gemeldet hat.«

Jula hielt Hegels Blick stand.

»Warum ignorieren Sie das Video?«

Hegel schmunzelte leicht.

»Meinen Zwanzig-Minuten-Höflichkeitsbesuch auf einer langweiligen Geburtstagsfeier?«

»Mich würde schon sehr interessieren, warum Ihr Freund Kalinsky dieses Alibi offenbar niemals auch nur mit einem Wort erwähnt hat. Ebenso wenig wie Sie. Das hätte Sie entlasten können, und ich schätze, Sie hätten entlastende Beweise gebraucht! Und ich würde gern wissen, warum Kalinsky mich jetzt, ein Jahr nach Ihrer Verurteilung, plötzlich doch noch darauf hinweist.«

Hegel zeigte sich unbeeindruckt von Julas Eifer.

»Dieses Video war uns bekannt, und es hätte mich absolut nicht entlastet. Das Wort *Alibi* stammt aus dem Lateinischen und bedeutet *anderswo*. Das Video kann aber nicht beweisen, dass ich zur Tatzeit *anderswo* gewesen bin, weil ich niemals preisgegeben habe, *wo* ich die Frau getötet habe. Vielleicht war es ja in unmittelbarer Nähe der Party? Und selbst, wenn ich es in Berlin getan habe – Peer hat seinen Geburtstag in meinem Wochenendhaus gefeiert. Von da braucht man weniger als eine Stunde zu meinem Haus in Grunewald.«

Jula hatte sich bereits Gedanken dazu gemacht. Den Medien hatte sie entnommen, dass die Obdachlose zunächst an einem unbekannten Tatort ermordet und erst danach in das Haus von Hegel gebracht worden war. Da Hegel den Mord erst mit einem Tag Verzögerung gemeldet hatte, konnten die Ärzte lediglich einen ungefähren Todeszeitpunkt ermitteln, sodass es in der Tat ein Zeitfenster gegeben haben konnte, innerhalb dessen Hegel zunächst kurz auf der Feier gewesen war, danach die Frau getötet und dann deren Leiche in sein Haus gebracht hatte.

Theoretisch.

»Wer war diese Frau? Etwa einfach nur irgendeine Obdachlose?«

Hegel lächelte nur knapp und gab Jula mit einer Geste zu verstehen, dass sie sich vergeblich bemühte. Doch sie ließ sich nicht entmutigen: »Also gut, nehmen wir mal an, es gab tatsächlich einen nachvollziehbaren Grund, aus dem Sie wie verrückt auf eine namenlose Unbekannte eingestochen haben, die zu diesem Zeitpunkt schon mit einer schweren Wunde vom Schlag mit einem Aschenbecher am Boden lag. Was ich dann trotzdem nicht verstehe, ist, warum jemand, der so gerissen ist wie Sie, ein derart stümperhaftes Verbrechen begeht. Die Frau wäre schon an der Schlagwunde gestorben, und Sie hätten das erkennen können. Sie als Berater der Polizei hätten ja sogar noch behaupten können, Sie hätten aus Notwehr zugeschlagen, oder zumindest im Affekt. Stattdessen holen Sie sich noch ein Messer – obwohl Sie ja auch weiter mit dem Aschenbecher hätten zuschlagen können – und stechen über zwanzig Mal auf eine Frau ein, die ohnehin gerade am Verbluten ist. Und das alles, obwohl Sie mit Ihren Fachkenntnissen doch vermutlich sogar einen Mord begehen könnten, der niemals aufgeklärt werden würde.«

Hegel sah zu seinem Anwalt. Dieser blickte keine Sekunde lang von seiner Akte auf.

»Frau Ansorge, Sie vergeuden meine Zeit. Und das sollte Ihnen zu denken geben, denn ich habe hier drinnen offen gestanden ziemlich viel davon. Ich habe Sie nur aus einem einzigen Grund eingeladen: Neugier! Meine Arbeit fehlt mir sehr, und der Aussicht, eine Sprachnachricht zu hören, auf der jemand die Frau bedroht, die mich *retten* will, wollte ich nicht widerstehen. Also, lassen Sie hören!«

Jula atmete tief durch. Sie griff in ihre Tasche und zog ihr Handy hervor.

»Wie Sie wissen, habe ich mich auf meinem Podcast schon vor einem Jahr mit Ihrem Prozess befasst. Und nach der anonymen Mail Ihres Freundes Kalinsky habe ich dann intensiv damit angefangen, mit Menschen zu sprechen, die mit Ihrem Fall zu tun hatten. Weil ja leider die Öffentlichkeit ausgeschlossen war, habe ich nicht besonders viel herausgefunden. Aber wer auch immer von meinen Nachforschungen Wind bekommen hat, dürfte herausgefunden haben, dass ich mich darauf spezialisiert habe, unschuldig Inhaftierte zu rehabilitieren. Ganz offenkundig bin ich mit meinem Interesse an Ihrer Geschichte irgendjemandem auf die Füße getreten. Gestern habe ich einen anonymen Anruf bekommen.« Jula legte das Handy auf den Tisch und rief eine App auf. »Hier ist der Mitschnitt meines Telefonats mit einer Person, die mich eindringlich davor warnt, in Ihrem Fall zu recherchieren.«

Es war nicht das erste Mal während des Gespräches, dass Hegel lächelte. Doch es war das erste Mal, dass es auf Jula ehrlich wirkte.

»Ich kann es kaum erwarten. Spielen Sie die Aufnahme ab!«

Doch anstatt die Aufzeichnung wiederzugeben, verzog Jula die Mundwinkel zu einem breiten Grinsen. Unter Hegels verwunderten Blicken nahm sie ihr Telefon, schaltete es aus und steckte es zurück in ihre Tasche.

»Ich bin nicht hergekommen, um Ihnen die Langeweile zu vertreiben. Sie haben unmissverständlich klargemacht, dass Sie mir nicht helfen wollen. Wissen Sie, in einem Punkt kann ich Ihnen jetzt uneingeschränkt zustimmen: Ich verschwende hier nur meine Zeit!«

KAPITEL 20

Also gut, Sie haben gewonnen!«

Jula hatte die Tür schon fast erreicht, als Hegels Ruf sie zurückhielt. Lässig drehte sie sich um, darauf bedacht, sich keine Emotion anmerken zu lassen.

»Ich darf Sie also interviewen?«

Hegel zwinkerte.

»Tun Sie das denn nicht schon die ganze Zeit?«

»Das meine ich nicht. Ich möchte Sie zitieren dürfen, Ihre Stimme für meinen Podcast nutzen.« Jula hatte sich noch immer nicht von der Tür wegbewegt.

»Es tut mir leid, aber das kann ich Ihnen noch nicht beantworten.« Hegel hob abwehrend beide Hände, als sein Anwalt Anstalten machte, sich in die Unterhaltung einzumischen. »Was, wenn Sie nur Mist aufgezeichnet haben? Vielleicht sogar einen manipulierten Anruf eines Freundes, um mich zu ködern? Ich würde es sofort merken, wenn der Anrufer schauspielert, aber dafür muss ich die Aufnahme erst mal hören. Was halten Sie von folgendem Vorschlag: Sollte ich entscheiden, mit einem Journalisten zu reden, dann werden Sie das sein.«

»Ist das Ihr Ernst? Sie bieten mir Exklusivität auf eine Leistung an, die Sie gar nicht erbringen wollen?« Jula drehte sich um und hob die Hand, um an die Tür zu klopfen.

»Sie sollten etwas Wichtiges nicht außer Acht lassen!«

Jula hielt inne und wandte sich wieder Hegel zu.

»Und das wäre?«

Der Professor senkte die Stimme.

»Es könnte in Ihrem eigenen Interesse sein, dass ich diese Aufnahme analysiere.«

Analysieren! Nicht einfach nur anhören, er will den Anruf analysieren!

Jula wandte sich von der Tür ab und kehrte zu Hegel zurück. Sie war sich bis zuletzt nicht sicher gewesen, ob sie es wirklich durchgezogen hätte, einfach zu gehen. Natürlich, dieser Schachzug hätte Hegels Jagdinstinkt wecken und nur umso größeres Interesse an ihr erzeugen können. Andererseits war der Professor aber auch kein BWL-Student im dritten Semester, den Jula aus irgendeinem Klub mit nach Hause schleppen wollte.

Was er wohl aus den paar Worten heraushören kann? Ich darf es ihm aber nicht zu einfach machen, sonst wird er mich niemals respektieren. Dann behandelt er mich nur weiterhin wie ein Schulmädchen.

»Ihnen liegen also plötzlich meine Interessen am Herzen?«

»Immerhin ist Ihr Leben ja noch zu retten. Im Gegensatz zu meinem.«

»Wenn Sie so um Ihre Freiheit trauern, warum haben Sie sich dann nicht vernünftig verteidigt?«

»Bitte!« Hegel forderte Jula auf, sich wieder zu setzen.

Sie zögerte, folgte der Aufforderung schließlich und zog erneut ihr Handy hervor.

»Also gut, dann wollen wir mal. Die ersten paar Worte sind leider nicht aufgenommen, aber alles Wesentliche ist zu hören.«

Jula startete die Aufnahme:

»... verstehe, dann sind Sie die Frau, die versucht, Matthias Hegel aus dem Gefängnis zu holen?«

Die Stimme des Anrufers klang technisch verzerrt, so wie in einem Agentenfilm. Im Hintergrund klangen Geräusche von Elyas und Friedrich, doch Hegel vermochte sein Hören zu selektieren und unwesentliche Randgeräusche auszublenden. Jula konnte an seiner Mimik erkennen, dass Hegels Aufmerksamkeit allein dem Teilnehmer am anderen Ende der Leitung galt. Die Aufzeichnung ging weiter, jetzt sprach Jula:

»Wer sind Sie?«

»Ich bin jemand, der weiß, wer Matthias Hegel wirklich ist. Ein Dämon, eine Bestie. Sicher, er kommt im Gewand des charismatischen Genies daher, aber das, was sich in seiner Seele verbirgt, ist so böse und hässlich wie die Hölle.«

Im Hintergrund der Aufzeichnung war ein Schnarren zu hören. Weiter entfernt, kurz und kräftig. Hegels zuvor noch trüber Blick wirkte jetzt scharf wie eine Rasierklinge, und sein Gesicht war angespannt.

»Wenn Sie Informationen zu dem Fall haben, dann bin ich sehr gern bereit, sie mir anzuhören.«

»Ich habe nur eine Information für Sie: Hegel ist der Teufel, und er muss unbedingt im Gefängnis bleiben. Sollten Sie ihm dabei helfen, dass er freikommt, dann werden Sie damit großes Unheil auslösen!«

»Ich habe ja verstanden, wie Sie über diese Sache denken. Aber ohne Argumente und vor allem solange Sie sich nicht zu erkennen geben wollen, kann ich Sie unmöglich ernst nehmen. Im Gegenteil, ich bin jetzt eher noch fester davon überzeugt, dass damals irgendwas nicht gestimmt hat. Vielen Dank für die zusätzliche Motivation!«

»Sie begehen einen großen …«

An dieser Stelle endete die Aufzeichnung.

Hegel schloss die Augen, und seine Lippen bewegten

sich lautlos. Er hob den Blick und sah Jula an, als habe er ihr eine schlechte Nachricht zu überbringen.

»Tun Sie, was er sagt.«

»Wie bitte?«

Hegel erhob sich von seinem Stuhl, führte den rechten Zeigefinger vor seinen Mund und begann, in dem muffigen Raum auf und ab zu gehen. Obwohl es eigentlich ein Bild des Jammers hätte sein müssen, den einst stolzen Forensiker wie ein gefangenes Tier in einem viel zu kleinen Käfig auf und ab gehen zu sehen, strahlte er eine Sicherheit aus, die Jula die beklemmenden Umstände für einen Moment vergessen ließ.

»Der Anrufer atmet flach, er ist nervös. Das ist kein eiskalter Profi, das ist jemand mit einer Mission. Außerdem hat er sich die Mühe gemacht, extra für diesen Anruf einen Stimmenverzerrer zu besorgen. Es ist also nicht auszuschließen, dass Sie den Anrufer kennen.«

Jula bemerkte, dass Hegels zuvor ablehnende Haltung vollständig von ihm abgefallen zu sein schien.

»Dieser Kerl droht Ihnen aus Leidenschaft. Seine Stimme wird immer wieder zittrig, er spricht schnell und steigert seine Lautstärke, wann immer Sie gegen ihn halten. Dass Sie so respektlos auf seine Warnung reagieren, lässt seine Atmung und seinen Puls beschleunigen. Er vergisst mitten im Satz Luft zu holen, das tun nervöse Sprecher oft. Wer ruhig ist, der atmet ganz tief, sehr souverän und mit voller Unterstützung seines Zwerchfells. Indem dieser Anrufer flach atmet, gerät er unter Stress. Das habe ich oft bei meinen Studenten erlebt, wenn sie Vorträge halten sollten. Zittrige Stimmen. Dieser Kerl droht vermutlich zum ersten Mal jemandem. Und das ganz sicher nicht aus Spaß.«

»Sondern?«

Jula spürte, wie die triste Atmosphäre des Raumes plötzlich Beklemmung in ihr auslöste.

Fehlt nur noch Antonio, der Krocketmann von der deutschen Botschaft in Buenos Aires!

»Hier hat jemand eine Entscheidung getroffen. Jemand hat eine Mission, aber er ist nicht besonders erfahren darin.«

»Sie denken, er will mir etwas antun, wenn ich seiner Aufforderung nicht nachkomme?«

»Das halte ich für möglich! Seine Warnung ist aufrichtig, und er ist auf den Fall vorbereitet, dass Sie sie in den Wind schlagen. Frau Ansorge, es ist noch nicht zu spät. Gehen Sie und vergessen Sie meinen Fall. Es sind schon genug schlimme Dinge passiert, und ich brauche nicht noch mehr Blut an meinen Händen.«

Jula schwieg. War der fahle Mann in dem schlecht sitzenden Trainingsanzug ihr zu Beginn des Gespräches unnahbar, verbraucht und gebrochen erschienen, empfand sie ihn jetzt als sicher, kämpferisch und überlegen.

»Haben Sie das Schnarren gehört?« Jula sah Hegel direkt in die Augen.

»Natürlich habe ich das. Es war eindeutig das Geräusch einer alten, mechanischen Türklingel, bei der ein kleiner Hammer schnell gegen eine Glocke schlägt.«

»Da hat aber keine Glocke geschlagen!«

»Nein, die Klingel ist kaputt. Also, läuten Sie einfach an jeder Haustür in Deutschland, und schon haben Sie eine Liste mit Verdächtigen.«

Jula schwieg, und für einige Sekunden hing eine Stille im Raum, die sich für sie gleichermaßen bedrohlich und hoffnungsvoll anfühlte.

»Bitte, Herr Hegel, arbeiten Sie mit mir zusammen. Erzählen Sie mir die wahre Geschichte. Alles, was damals passiert ist.«

Hegel setzte sich wieder und sah Jula fast schon mitleidig an.

»Alles, was damals passiert ist, wurde vor Gericht geklärt. Ich bin ein brutaler Mörder, und dafür werde ich meine Strafe verbüßen.«

»Ich sehe doch, wie Sie leiden. Sie sitzen in Einzelhaft, oder? Weil Sie als ehemaliger Gutachter der Polizei von den anderen hier gehasst werden wie die Pest. Warum, verdammt noch mal, wollen Sie meine Hilfe nicht annehmen? Ich kann Sie vielleicht hier rausholen!«

Hegel sah zu seinem Rechtsanwalt.

»Ich bin müde.«

Varbelow blickte auf, als sei er aus einer Hypnose erwacht, legte seine Akte in den Koffer zurück, erhob sich und klopfte an die Tür. Nach wenigen Sekunden öffnete der Wachmann und trat an Hegel heran, der ebenfalls aufgestanden war. Noch einmal richtete er das Wort an Jula, und seine Stimme klang dabei so sanft in ihren Ohren, dass sie eine Gänsehaut bekam:

»Merken Sie sich das bitte: Ich will nicht, dass mich jemand hier rausholt! Mischen Sie sich nicht in diese Sache ein und vergessen Sie mich und meinen Fall. Sonst wird sich Ihr Leben in einen Albtraum verwandeln. Glauben Sie mir, ich weiß, wovon ich rede. Sie wollen doch wohl nicht so enden wie ich?«

KAPITEL 21

Das Ruckeln der U-Bahn und ihre gleichmäßigen Geräusche beruhigten Jula normalerweise. Sie besaß zwar ein kleines Auto, doch die meisten Strecken innerhalb Berlins legte sie mit den öffentlichen Verkehrsmitteln zurück. Es ging oft schneller, und sie benötigte zudem keinen Parkplatz. Außerdem liebte es Jula, die Menschen zu beobachten, die zufällig für einige Minuten den Waggon mit ihr teilten. Sie stellte sich dabei vor, wer diese wohl seien und wohin ihr Weg sie führen mochte. Doch an diesem Tag fehlte ihr dafür die nötige Ruhe. Am liebsten hätte sie sofort ihr Handy herausgezogen und ihre Gedanken zu dem aufwühlenden Treffen mit Hegel festgehalten. Doch sie musste diesen Drang unterdrücken: Schließlich konnte sie nicht mitten in der Öffentlichkeit ihre Podcast-Notizen einsprechen. So nahm sie stattdessen ganz altmodisch ihren analogen Notizblock aus dem Rucksack und fasste die wesentlichen Kernfragen zusammen:

Motiv: Wieso hat Hegel getötet?
Tatort: Wo hat er getötet?
Verhalten: Wieso schweigt er zu Motiv und Tatort?
Und vor allem: WEN hat er getötet?

Erneut sah Jula auf das Display ihres Smartphones. Hadrian hatte ihr noch immer keine Nachricht zukommen lassen, weder im Chatroom noch per Mail. Und solange sie keine weiteren Informationen über die anonyme Obdachlose hatte, musste sie sich wohl oder übel an die einzige

Person halten, von der sie sich zurzeit wenigstens einige wenige Informationen erhoffen konnte. Wenn es bislang auch nicht die gewünschten gewesen waren. Entschlossen ergänzte sie ihre Liste um eine weitere Kernfrage:

WER ist Matthias Hegel?

Laut Julas Recherchen war der Professor ein Einzelgänger. Ein Junggeselle, ohne Frau und Kind.

Also ohne ein Druckmittel, das man gegen ihn verwenden könnte.

Als Diplomatensohn war Hegel vorwiegend im Ausland aufgewachsen, was es schwierig machte, seine Spuren zu verfolgen. Zumal seine Eltern etwa alle vier Jahre ihren Lebensmittelpunkt gewechselt hatten. Vom Irak über Florida, dann nach Mumbai und schließlich bis zum Generalkonsulat nach Sydney.

Obwohl er durchaus vermögend war, hatte Hegel nach seiner Studienzeit fast ein Jahrzehnt in immer derselben Studentenwohnung gelebt. In einem bescheidenen Zweizimmerapartment in der Bundesallee, ausgestattet mit Pantryküche und Duschbad. Die Presse schilderte Hegel durchweg als einen von seiner Arbeit Besessenen, der sämtliche Fenster, Wände und Decken seiner Wohnung schalldicht abgeklebt hatte, um sich für seine Analysen eine von ihm so benannte *Oase der Ruhe* zu schaffen. Nachdem er schließlich doch noch in ein geräumigeres Haus im Grunewald umgezogen war, hatten seine Nachmieter in einem Zeitungsinterview erklärt, dass sie es in seiner ehemaligen Wohnung erst hatten aushalten können, nachdem sie den Schallschutz entfernt hatten. So bedrückend sei die Stille gewesen.

Julas Handy vibrierte. Wie automatisch entsperrte sie den Bildschirm, und ohne dass sie irgendetwas dazu beigetragen hatte, veränderte sich ihr Hintergrundbild. Das Foto von ihr und Moritz aus Kindertagen wurde wie von Geisterhand durch das Bild einer lachenden Frau mit Kussmund ersetzt.

Was, verdammt …

Jula konnte ihren Blick nicht von dem Foto wenden. Dennoch dauerte es eine Weile, bis sie begriff, wer es war, der ihr von der Aufnahme entgegenlächelte. Die abgebildete Frau war nämlich um einige Jahre jünger, etwas rundlicher und vor allen Dingen sehr viel lebendiger, als sie es auf der anderen Aufnahme gewesen war, die Jula von ihr kannte.

»Die Obdachlose!«

Julas jugendlicher Sitznachbar, der ebenfalls mit seinem Handy beschäftigt war, sah irritiert zu ihr hinüber.

Sieh dir das mal genauer an!, war unter der Aufnahme zu lesen.

Darauf folgte ein Link, der mit *wkw* begann.

Okay, Hadrian. Was hast du herausgefunden?

Jula holte tief Luft und drückte auf die unterstrichene Zeile. Doch gerade als ihr Handy den Link aufrufen wollte, begann es zu piepen.

Verdammt, bitte nicht jetzt!

Doch entgegen Julas Hoffnung wurde der Bildschirm schwarz, und das Symbol für eine leere Batterie forderte sie auf, das Telefon ans Netz anzuschließen.

KAPITEL 22

Elyas trat ohne Eile aus dem S-Bahnhof Mexikoplatz. Und das, obwohl er bereits deutlich zu spät dran war. Friedrich hatte angeblich einen Toningenieur engagiert, der irgendwann einmal mit einer halbwegs angesagten Berliner Rap-Formation zusammengearbeitet hatte und nun offenbar bereit war, die neueste Aufnahme von *Big Ely* abzumischen. Elyas war sich zwar nicht ganz sicher, was er von dieser Ankündigung halten sollte, vertraute jedoch in die Zahlkraft der Kreditkarte von Friedrichs Vater, dem erfolgreichen Unternehmer Ernst von Würzburg.

Gerade, als er an einer der imposanten Villen des Ortsteils in die Dubrowstraße eingebogen war, kam ein weißer Kastenwagen neben ihm zum Stehen.

»Sag mal, wie komme ich denn von hier zur Breisgauer Straße?« Der Fahrer hatte seine Tür geöffnet und beugte sich nach draußen.

»Bin ich die Auskunft?« Elyas warf einen abschätzigen Blick auf den Mann, der eine Mütze trug und sich eine Sonnenbrille aufgesetzt hatte, obwohl der Himmel wolkenbedeckt war. »Benutz dein Navi!«

Elyas wandte sich ab und setzte ruhigen Schrittes seinen Weg fort. Die Villa von Friedrichs Vater war nur noch wenige Hundert Meter entfernt, und er hatte weder Zeit noch Lust, Google Maps für Vollspacken zu spielen.

Ihr nennt uns Dreck, wollt uns nur unterdrücken. Doch wartet, bis wir unsre Springmesser zücken! Denn wenn wir der Dreck sind, dann bringen wir Seuchen! Kommen zu euch, um euch Wichser zu meucheln!

Elyas ging noch im Kopf den neuen Rhyme durch, den er heute unbedingt ausprobieren wollte, als er plötzlich eine Hand an seinem Nacken spürte.

Was, verdammt …?

Gerade wollte er sich zu dem Penner drehen, der ganz offensichtlich aus seinem Wagen ausgestiegen war, als er einen beißenden Schmerz in seinem Nacken verspürte.

»Bist du bescheuert!?« Elyas fasste sich intuitiv an die schmerzende Stelle, an der er etwas ertastete. »Alter, ist das eine Spritze?«

Er hatte die letzten Worte bereits fahrig hervorgestoßen, und schon im nächsten Augenblick gaben seine Knie nach, und ihm wurde schwindelig. Während ihn urplötzlich fröstelte, nahm Elyas auf irreal anmutende Weise wahr, was nun mit ihm passierte: Der Bordstein, auf den er gesunken war, trennte sich von ihm, und scheinbar schwerelos wechselte sein Körper auf eine Ladefläche. Und ohne dass er dem eine besondere Bedeutung beigemessen hätte, vernahm er den Ruf einer älteren Dame, der wie aus weiter Ferne an seine Ohren vorzudringen schien:

»Was machen Sie da? Lassen Sie den Jungen in Ruhe! Ich rufe die Polizei!«

»Nicht nötig, das ist nur mein Sohn, der mal wieder Ärger macht. Ich bringe ihn nach Hause, bevor er noch mehr Mist baut. Tut mir leid, er ist völlig betrunken. Die falschen Freunde …«

»Ich glaube Ihnen kein Wort!«

Elyas glaubte zu sehen, dass die Alte ein Mobiltelefon aus ihrer Tasche zog. Auf jeden Fall riss der Angreifer der Frau plötzlich etwas aus den Händen. Dann vernahm Elyas ein Geräusch, als ob Knochen brachen, passend zu den Schlägen des Mannes ins Gesicht der alten Frau. Immer und immer wieder, während sie schon längst neben ihm auf der Ladefläche lag.

»Du verdammte Fotze hältst mich nicht auf! Hast du eine Ahnung, wie lange ich das hier alles vorbereitet habe?«, schrie der Mann noch.

Dann wurde es schwarz um Elyas.

KAPITEL 23

Von der U-Bahn-Station Seestraße waren es nur wenige Hundert Meter zu dem Haus, in dem Jula wohnte. Sie war zügig gegangen, aber nicht gerannt. Und das, obwohl sie es kaum abwarten konnte, ihr Handy wieder hochzufahren.

Dass Hadrian mich gehackt hat, hat vermutlich extrem viel Saft gezogen. Verdammt, warum habe ich ausgerechnet heute mein Powerpack nicht dabei?

Die Haustür stand offen, als Jula eintraf. Eigentlich war es unter den Mietern klar verabredet, diese stets geschlossen zu halten. Dennoch kam es gelegentlich vor, dass jemand sie vorübergehend fixierte, wenn er seine Einkäufe in die Wohnung zu tragen hatte. Jula sah sich um und trat bedächtig in den Flur. Von ihren Nachbarn war nichts zu sehen, daher schloss sie die Tür hinter sich. Das fünfstöckige Haus hatte keinen Fahrstuhl, was auch der Hauptgrund dafür war, dass Jula die Dachgeschosswohnung trotz der mehr als angespannten Berliner Wohnungssituation nach nur kurzer Suche bekommen hatte. Sie nahm immer zwei Stufen auf einmal; es ergänzte ihr Sportprogramm, das sie seit der Reha dreimal wöchentlich in einem nahe gelegenen Fitnessstudio absolvierte. Gerade war sie auf der Treppe in die letzte Kurve vor ihrem Ziel gebogen, als sie aus dem Augenwinkel heraus erkannte, dass jemand auf den Stufen vor der Tür saß und allem Anschein nach auf sie wartete. Ihre Gesichtszüge entglitten ihr, als sie erkannte, um wen es sich dabei handelte.

»Paul? Was willst du denn hier? Habe ich mich nicht deutlich genug ausgedrückt?«

»Sorry, dass ich dir vor deiner Wohnung auflauere, aber ich wollte dich sehen.«

»Deine Rechtfertigungsversuche kannst du dir schenken! Dieses Mal knicke ich nicht ein.«

»Ich bin nicht gekommen, um mich zu entschuldigen.«

Jula blinzelte.

»Das ist ja *noch* schlimmer! Dann willst du mich wohl davon überzeugen, dass ich meine Kündigung beim Sender zurücknehmen soll. Vergiss es!«

»Fabig ist nicht sauer. Sie sagt, du kannst dir das noch überlegen. Aber nicht zu lange, im Moment müssen die anderen dich vertreten. Aber deswegen bin ich auch nicht gekommen. Ich will dir helfen.«

Jula spürte, wie die Wut in ihr wuchs. Nicht, dass sie irgendeine Entschuldigung für Pauls Verhalten akzeptiert hätte. Aber dass er noch nicht einmal versuchte, vor ihr zu Kreuze zu kriechen, war schon ein starkes Stück.

»Schon klar! Also, erstens: Du bist weder mein Therapeut noch mein Lehrer. Ich brauche einen Freund, keinen Krückstock. Und zweitens: Was, bitte schön, hat Nachrichten ausspionieren mit helfen zu tun?«

»Bitte, können wir das nicht drinnen besprechen.« Paul flüsterte und deutete auf die Eingangstür.

»Für jemanden, der seine Gedanken jeden Tag mit Hunderttausenden im Radio teilt, bist du erstaunlich schüchtern, was ein Gespräch in der Öffentlichkeit angeht.«

»Wir reden hier ja auch nicht über das Wetter.«

»Nein, und wir werden auch nie wieder über das Wetter reden. Nicht privat, und nicht im Radio!«

Paul verzog seine Mundwinkel.

»Ich wünschte, du hättest mir persönlich von deiner Kündigung erzählt.«

»Na klar! Oder noch besser: Ich hätte dir einfach mein Handy geben können, vielleicht hättest du ja eine Nachricht mit dem Betreff *Jula kann mit Paul nicht mehr zusammenarbeiten* darin entdeckt.«

»Und warum kannst du das nicht?«

»Fragst du das im Ernst? Wir sind getrennt, Himmel! Ich will nicht mehr in deiner Nähe sein. Nicht im selben Sender, nicht im selben Studio.«

Und ich will keine Sexsendungen moderieren, aber das ist eine andere Geschichte.

»Okay, du hast recht. Es war wohl ein Fehler von mir, herzukommen.«

Paul zog ein Kuvert aus der Innentasche seiner Jacke und reichte es Jula.

»Was wird das denn jetzt wieder?« Jula erkannte die Handschrift auf dem Umschlag, und ihre Wut stand kurz davor, in Fassungslosigkeit umzuschlagen. »Sag mir nicht, dass du dich wieder bei meiner Mutter ausgeheult hast.«

Anfangs hatte sich Jula darüber gefreut, wie gut Paul und ihre Mutter miteinander ausgekommen waren. Doch schon bald hatte sie mehr und mehr das Gefühl gehabt, dass sich die beiden mit jedem sonntäglichen Besuch ein bisschen mehr gegen sie verbündet hatten. Zumindest waren sich Paul und ihre Mutter darüber einig gewesen, dass Jula die Vergangenheit ruhen und *den Leuten* mit ihrem Podcast keinen weiteren Grund dafür geben sollte, schlecht über die Familie – insbesondere über Moritz – zu reden.

Wir wissen alle, dass er dir nichts angetan hat, aber die Menschen denken immer, wo Rauch ist, da muss auch Feuer sein. Am Ende werden sie deinen Podcast hören, und das, was ihnen in Erinnerung bleibt, ist nicht die Wahrheit, sondern der Eindruck, dass Moritz ein inzestuöser Vergewaltiger war.

Seit dem Tag vor knapp drei Jahren, an dem ihre Mutter diesen Satz gesagt hatte, hatten die beiden einander nicht mehr gesehen oder gesprochen. Allen Vermittlungsversuchen Pauls zum Trotz.

»Ich weiß, ich weiß.« Paul wirkte zerknirscht. »Ich wollte mich aus euren Problemen raushalten, aber das geht jetzt nicht mehr. Deine Mutter hat vor einiger Zeit mal zu mir gesagt, dass sie dir ein paar Mailbox-Nachrichten hinterlassen hat. Hast du die wirklich nie abgehört?«

Jula verschränkte die Arme vor der Brust.

»Sofort gelöscht! Sie hat sich damals gegen Moritz gestellt – ich habe ihr nichts mehr zu sagen, und sie mir auch nicht!«

»Es geht nicht um Moritz, glaube mir bitte! Jutta hat mir diesen Brief schon vor einem Jahr gegeben, seitdem liegt er bei mir in der Schublade. Sie hat ihn mir für den Fall gegeben, dass du weiterhin nicht auf ihre Anrufe und Mails reagierst. Quasi als letztes Mittel. Und jetzt, nachdem du den Kontakt zu mir auch noch abbrechen willst, muss ich ihn dir geben. Du solltest das unbedingt lesen. Und zwar bald!«

Jula schnaubte.

»Ich hasse es, wenn du sie *Jutta* nennst!«

»Lenk bitte nicht ab, dafür ist es zu wichtig. Ich darf dir nicht sagen, worum es in dem Brief geht. Weil sie das unbedingt selbst tun will. Aber es steht alles da drinnen. Also bitte, lies ihn einfach! Und falls dir die Nachricht egal ist, kannst du ja einfach behaupten, du hättest ihn ungelesen weggeworfen.«

Ob sie es nun zugeben wollte oder nicht, dieser verdammte Paul hatte es schon wieder geschafft. Seine vertrauenserweckende Art und die Verbindlichkeit in seinem Auftreten hatten Jula imponiert. Schon von Anfang an waren es genau diese Eigenschaften gewesen, die sie so sehr an Paul geliebt hatte. Sicher, er war im Grunde ein Spießer, der für jede Kleinigkeit Versicherungen abschloss, eine Alarmanlage am Geräteschuppen montierte und eine Dashcam in seinem alten Volvo installiert hatte. Aber in seiner konventionellen Art war er so ganz anders, als es Julas Vater gewesen war. Ein Halt, ein Ruhepol. Eben ihr genaues Gegenstück.

Aber halt auch ein misstrauischer Spion!

Ohne Paul noch Gelegenheit zu geben, ihre sentimentalen Anwandlungen auszunutzen, riss Jula ihm den Umschlag aus der Hand und stopfte ihn in ihre Handtasche.

»Vielleicht gucke ich mal rein, wenn ich Zeit habe.«

Paul nickte, aber nur ganz leicht.

»Vielleicht verstehst du deine Mutter danach etwas besser. Sie weiß übrigens, dass du viel Zeit mit Elyas verbringst, und das ist kein Problem für sie. Der Junge kann ja nun am wenigsten für die Eskapaden deines Vaters.« Paul holte noch einmal tief Luft und drehte sich auf dem Absatz um. »Okay, ich bin weg. Lass dich nicht ärgern, Julchen!«

Und so unerwartet, wie er gekommen war, verschwand er auch schon wieder. Die Geräusche seiner Schritte im Treppenhaus drangen immer leiser zu Jula hinauf, ehe sie schließlich mit dem entfernten Klang der zufallenden Haustür verstummten.

Jula zog den Brief ihrer Mutter wieder aus der Tasche hervor.

Sorry, Mama, aber du hättest dir vorher überlegen müssen, was du tust.

Sie drehte das Kuvert einige Male in ihrer Hand herum. Kurz glaubte, sie, dass es nach ihrer Mutter röche, doch das konnte ja gar nicht sein. Immerhin hatte es zuvor ein Jahr lang in Pauls Wohnung gelegen. Dann steckte sie den Brief in ihre Tasche, noch immer unsicher, ob sie ihn wegwerfen oder zunächst behalten sollte.

Mal sehen. Ich habe jetzt weiß Gott andere Sorgen.

Kaum dass Jula ihre Wohnungstür aufgeschlossen hatte, griff sie nach einem der Zusatzakkus, die stets in der Ablage im Flur am Netz hingen, und schloss ihn an ihr Handy an. Sofort stellte sie fest, dass ihr Bildschirmhintergrund nun wieder aussah wie vor Hadrians Eingriff. Doch der Link, den er ihr gesendet hatte, musste trotzdem noch vorhanden sein. Schließlich hatte sie ihn ja noch rechtzeitig anklicken können, sodass er in ihrem Browserverlauf gespeichert sein musste. Doch bevor Jula dies überprüfen konnte, begann das Handy zu vibrieren. Jula klemmte sich das Telefon zwischen Kinn und Schulter, stieß ihre Wohnungstür zu und nahm den Anruf entgegen, ohne zuvor auf das Display geschaut zu haben.

»Jula Ansorge?«

Der Anrufer schwieg zunächst. Doch sein ruhiges, vollkommen angstfreies Atmen ließ Jula einen kalten Schauer den Rücken hinunterlaufen. Gleich, so fürchtete sie, würde wieder die verzerrte Stimme erklingen. Doch schon eine Sekunde später wusste Jula, dass sie sich getäuscht hatte. Auch, wenn ihr dies keine Erleichterung verschaffen sollte.

KAPITEL 24

Geistesgegenwärtig aktivierte Jula erneut die App, mit der sie das Gespräch aufzeichnen konnte.

»Was für ein unartiges Kind Sie doch sind!« Die Stimme des Anrufers war nicht durch einen Verzerrer manipuliert, was Jula angesichts der Umstände jedoch eher beunruhigte. Denn der Unbekannte klang stattdessen auf Furcht einflößende Weise freundlich, und seine Stimme war ein einziger glockenheller Singsang. »Mir ist es nicht entgangen, dass Sie bei Peer Kalinsky gewesen sind. Und bei Hegel. Sie rühren an einen Mordfall, der unberührt bleiben sollte.«

Jula bemühte sich, unbeeindruckt zu klingen.

»Ganz ehrlich, so wirklich witzig finde ich Sie nicht. Was wollen Sie von mir?«

»Ich verfolge Ihren Podcast, seit Sie darin von Matthias Hegel sprechen. Warum interessiert Sie dieser Fall so sehr? Sie sind jung, gerade mal Ende zwanzig. Sie haben doch Ihr ganzes Leben noch vor sich. So eine Verschwendung! Ich könnte weinen, wissen Sie das?«

»Schon klar. Ist Ihnen der Stimmenverzerrer aus dem Yps-Heft kaputtgegangen, dass Sie jetzt reden müssen wie ein Kastrat? Wenn Sie etwas über Hegel wissen, dann könnten wir doch persönlich darüber reden. Als Journalistin kann ich Ihnen Informantenschutz gewähren.«

Jula legte ihre Schlüssel auf die Kommode im Flur und sah sich um. Sicher, ihre Wohnung sah genau so aus wie noch am Morgen, als sie nach dem Frühstück mit Elyas und Friedrich zum Radiosender aufgebrochen war. Dennoch kam ihr irgendetwas bedrohlich an ihrem Zuhause vor.

»Sie können mir Schutz bieten? Es tut mir leid, aber darauf würde ich mich lieber nicht verlassen wollen. Sie scheinen ja leider nicht einmal in der Lage zu sein, sich selbst zu schützen.«

»Wenn Sie mich einschüchtern wollen, dann vergessen Sie's!«

»Bitte verzeihen Sie mir, falls es so wirkt. Ich hege keinerlei persönlichen Groll gegen Sie. Sie sind mir mit Ihrem Eifer für Matthias Hegel einfach nur in die Quere gekommen. Das konnten Sie natürlich nicht wissen, aber es ist nun mal eben passiert. Was für ein Jammer!«

Julas Gedanken schossen wild durch ihren Kopf. So, als habe jemand ein Streichholz in ein Lager voller Silvesterraketen geworfen.

»Also gut, Klartext: Was haben Sie mit dem Mord an der Obdachlosen zu tun?«

Jula ging mechanisch ins Wohnzimmer. Sie war zu angespannt, um ruhig stehen bleiben zu können.

»Bitte sehen Sie es mir nach, wenn ich diese Frage unbeantwortet lasse. Ich betrachte den Tod dieser bedauernswerten Frau als einen abgeschlossenen Fall. So, wie auch jeder andere Mensch im Land – außer Ihnen. Lassen Sie uns daher jetzt, wenn es auch unhöflich ist, von Ihren Themen abkommen und zu den meinen übergehen. Sie recherchieren im Fall Hegel, und ich musste nach Ihren jüngsten Besuchen bei ihm und Kalinsky bedauerlicherweise zu dem Schluss kommen, dass Sie von dieser Sache nicht freiwillig ablassen werden. Da Sie meinen Interessen in einer für mich nicht hinnehmbaren Weise im Wege stehen, sehe ich mich genötigt, Sie für Ihr Handeln zu bestrafen. Sie haben daher nun etwas verloren. Unwiederbringlich!«

Jula wollte auf dem Sessel Platz nehmen, den sie vor drei Jahren bei ihrem Auszug aus dem Elternhaus mitgenommen hatte. Dort, in der bürgerlichen Siedlung des Bezirks Wedding, hatte er in der Nähe des Kamins gestanden und war in ein Ensemble aus alten, gediegenen Möbeln integriert gewesen. Hier, in Julas Dreizimmerwohnung, einer muffigen Mansarde direkt an der stark befahrenen Seestraße, wirkte das Polstermöbel dagegen eher deplatziert. Sie mochte es trotzdem, war es doch eines der wenigen Erinnerungsstücke, das ihr aus der glücklichen Zeit mit ihrer Familie geblieben war. So spürte Jula, wann immer sie sich in die Kissen sinken ließ, das ebenso wohlige wie unwiederbringliche Gefühl, zu Hause zu sein – außer in diesem Augenblick. Zum ersten Mal sträubte sich etwas in ihr, auf dem Sessel Platz zu nehmen. Auch wenn sie den Grund dafür nicht hätte benennen können.

Irgendwas ist anders. Irgendwas stimmt hier nicht. Okay, Jula, ruhig bleiben. Keine Schwäche zeigen!

»Das klingt ja interessant. Was habe ich denn verloren?«

Der Anrufer atmete demonstrativ aus.

»Würde ich Ihnen das jetzt einfach so sagen, dann würde der Sache doch die Spannung fehlen. Und wie mir scheint, lieben Sie Spannung.«

Jula sah sich um. Das unheimliche Gefühl, dass ihre böse Vorahnung sich in wenigen Augenblicken auf schreckliche Weise erfüllen würde, verstärkte sich. Ihr fiel wieder ein, was Hegel zu ihr über den Anrufer gesagt hatte:

Seine Warnung ist aufrichtig, und er ist auf den Fall vorbereitet, dass Sie sie in den Wind schlagen.

»Ich habe nicht den ganzen Tag Zeit. Also, was wollen Sie von mir?«

»Ich musste heute endgültig erkennen, dass Sie sich nur sehr schwer vom Fall Hegel abbringen lassen werden. Zu verlockend scheint Ihnen wohl der Gedanke, ein großes Rätsel zu lösen, wo sich gar keins verbirgt. Daher habe ich entschieden, Ihnen das zu liefern, wonach Sie sich am meisten sehnen. Nach einem Kick! Nach einer Aufgabe, die Sie nicht nur von Ihren inneren Dämonen und Ihren körperlichen Leiden ablenkt, sondern Ihnen auch die Möglichkeit gibt, um etwas zu ringen, das Sie aber doch letztlich niemals erlangen können. Sie werden ab sofort keinen einzigen Gedanken mehr an Hegel verschwenden. Ich werde Ihnen die Lust an seiner Geschichte gewissermaßen wie einen Tumor herausschneiden. Stattdessen liefere ich Ihnen eine Aufgabe, die viel spannender und – mit Verlaub – auch sehr viel persönlicher ist.«

»Können Sie endlich mal Klartext reden?«

»Sehr gern, liebe Frau Ansorge: Ich habe Ihnen etwas weggenommen. Etwas Lebendiges. Und das Einzige, das Sie jetzt noch tun können, ist, sich Ihr schlaues Köpfchen über die Frage zu zerbrechen, was es wohl sein mag, das Ihnen so grausam und endgültig aus dem Leben gerissen wurde. Denn, wie meine Großmutter schon zu sagen pflegte: Wer nicht hören will, muss fühlen.«

KAPITEL 25

Es entstand eine Pause. Es mochten vielleicht zwei Sekunden gewesen sein, doch Jula erschienen sie wie eine Ewigkeit. Denn genau in diesem Moment wurde ihr klar, was es war, das hier die ganze Zeit über nicht gestimmt hatte. Sie erkannte, was so anders gewesen war als sonst. Und was sie daran gehindert hatte, sich auf ihrem Sessel niederzulassen.

Etwas fehlt!

Jula vermisste ein Lebewesen, das sie normalerweise bereits an der Tür begrüßte und das es sich regelmäßig mit ihr gemeinsam auf dem Sessel gemütlich machte.

Wallraff!

Hatte sich dieser Mistkerl wirklich an ihrer Katze vergriffen? Jula sprang vom Sessel auf.

»Was haben Sie mit ihm gemacht?«

»Frau Ansorge, ich begrüße es ja sehr, dass Sie bereits Vermutungen zu Ihrem Verlust anstellen, aber Sie sollten in der Aufregung nicht alle journalistischen Grundsätze über Bord werfen.«

Der Typ ist doch komplett geisteskrank!

»Recherchieren Sie sorgfältig. Finden Sie zunächst heraus, was Ihnen fehlt.«

»Und dann?«

»Dann haben Sie eine Story, die sehr viel interessanter ist, als die von Hegel es jemals sein wird. Eigentlich ist meine Bestrafung dafür, dass Sie mir in die Quere gekommen sind, in Wahrheit ein Geschenk. Ich stoße Sie geradezu mit der Nase auf eine wunderbare, tödliche True-Crime-Story. Leider ohne Happy End, aber sind das nicht ohnehin die Geschichten, die die Menschen am meisten faszinieren? Also, ich wünsche Ihnen viel Vergnügen mit der Ernte Ihrer Saat. Auch wenn Sie vermutlich keines haben werden.«

Damit beendete der Anrufer das Telefonat.

Ohne auch nur eine Sekunde zu zögern, lief Jula in die Küche.

»Wallraff? Waaaaaallraff?«

Immer wieder rief sie nach ihrem Perserkater, während sie dabei Tür um Tür aufriss. Nach den letzten Worten des Irren war sie allerdings schon nicht mehr ganz so sicher, dass dieser von ihrem Kater geredet hatte. Ein totes Tier wäre in dessen Augen wohl kaum eine True-Crime-Story wert.

Aber vielleicht der Auftakt? Tierquälerei ist ein bekanntes Verhaltensmuster unter Psychopathen.

»Wallraff?«

Jula riss immer neue Türen auf. Schließlich öffnete sie sogar noch die Schubladen ihrer Schlafzimmerkommode sowie ihren Kühlschrank. Immer das Bild im Kopf, möglicherweise schon im nächsten Moment in die toten Augen ihres Katers zu blicken, der erdrosselt, vergiftet oder womöglich sogar gehäutet in eine Ecke gestopft worden war, als sei er Abfall.

Doch das schockierende Erlebnis blieb aus.

Julas Verzweiflung darüber, ihren treuesten Wegbegleiter möglicherweise an diesen geisteskranken Mistkerl verloren zu haben, wurde dennoch immer größer. So lange, bis sie schließlich zitternd vor Wut und Verzweiflung an ihrer

Wohnungstür vorbeikam, hinter der sie es leise und zögerlich miauen hörte.

»Wallraff?«

Jula riss die Tür auf, und tatsächlich – der Kater lag schmollend neben der Fußmatte und sah zu ihr hoch, als wolle er sie dafür tadeln, dass sie ihn ausgeschlossen hatte.

Gott sei Dank!

Wallraff musste ihr beim Aufschließen der Tür entwischt sein, während die Gedanken an Paul, den Brief ihrer Mutter und das eingehende Telefonat sie abgelenkt hatten.

»Na komm, mein Süßer«, sagte sie und bückte sich erleichtert nach dem Tier, doch Wallraff hatte sich bereits von selbst erhoben.

Ohne sich wie sonst zur Begrüßung an Jula anzuschmiegen, schob er sich an seinem Frauchen vorbei in die Wohnung. Erst jetzt erkannte Jula, worauf es sich Wallraff vor der Tür in den letzten Minuten bequem gemacht hatte.

Ist der von Paul?

Sie griff nach dem zerschlissenen Rucksack. Als sie erkannte, dass dieser über und über mit seltsamen Zeichen und unleserlichen Sprüchen im Tattoo-Style bemalt war, erkannte sie, dass er nicht ihrem Ex-Freund gehörte.

Nein, das kann unmöglich …

Und hatte Julas Furcht um Wallraff sich eben noch in Erleichterung gewandelt, so war ihre Panik nun mit voller Wucht zurückgekehrt. Sie hatte sich sogar noch potenziert! Denn es gab keinen Zweifel daran, wem dieser Rucksack tatsächlich gehörte: Elyas, ihrem kleinen Halbbruder.

KAPITEL 26

Jula trug ihren Fund ins Wohnzimmer, bevor sie, die Hände an ihre Schläfen gepresst, auf die Couch sackte. Ohne hinsehen zu müssen, griff sie die Packung mit den Schmerztabletten vom Couchtisch, entnahm eine davon und spülte sie mit dem Rest des Weines hinunter, den sie gestern nicht ausgetrunken hatte.

Denk nach, Jula. Denk nach!

Es musste doch eine logische Erklärung für den Rucksack vor ihrer Tür geben, die nichts mit dem perfiden Spiel dieses geisteskranken Erpressers zu tun hatte. Vermutlich hatte Elyas ihn heute früh einfach nur vergessen.

Obwohl, nein. Das kann nicht sein. Dann wäre er mir doch heute schon beim Rausgehen aufgefallen.

Jula griff nach ihrem Handy und wählte Elyas' Nummer, doch es ging unverzüglich die Mailbox an.

Stimmt, er wollte ja noch zu Friedrich ins Tonstudio. Da muss er sein Handy ausmachen, versuchte sie sich zu beruhigen, doch es wollte ihr einfach nicht gelingen.

Wallraff hatte sich zwischenzeitlich wieder angeschlichen, war auf Julas Schoß gesprungen, hatte sich mehrmals um die eigene Achse gedreht und es sich schließlich sanft schnurrend auf ihren Beinen gemütlich gemacht. Jula sah zur Zimmerdecke, den Blick beständig auf das Blinken der Lampe an ihrem Rauchmelder gerichtet. Es kam ihr mit einem Mal so vor, als stehe die Zeit still; nicht einmal den Lärm von der Seestraße nahm sie mehr wahr.

Er hat Elyas nichts getan. Wer würde sich schon an einem Teenager vergreifen?

Jula fuhr Wallraff durchs Fell. Sie stellte fest, dass sie selten innerlich so aufgewühlt und gleichzeitig so klar in ihren Gedanken gewesen war wie in diesem Augenblick. Nichts von dem, worüber sie sonst nachdachte – Moritz, Familie, Karriere, Paul, Medikamente –, war jetzt noch von Belang. So, dachte Jula, musste sich ein Mensch fühlen, dem sein Arzt mitgeteilt hatte, dass er nur noch wenige Tage zu leben hatte. Am Boden zerstört und dennoch fokussiert auf die anstehenden Entscheidungen.

Was soll schon sein? Dieser Typ will mich doch nur einschüchtern, weil ich auf etwas gestoßen bin. Damit muss ich leben. Das ist der Beruf, den ich mir ausgesucht habe.

Jula tastete erneut nach ihrem Handy, das neben ihr auf den Boden gefallen war. Noch einmal wählte sie Elyas' Nummer.

Immer noch die Mailbox.

Entschlossenheit keimte in ihr auf. Sie gestand sich ein, dass es jemanden gab, der ihr möglicherweise helfen konnte. Auch wenn er so ziemlich der Letzte war, den sie jetzt gebrauchen konnte.

Es hilft nichts. Ich muss ihn anrufen.

Jula wählte eine Nummer, die noch unter ihren Favoriten abgespeichert war, obwohl sie sie eigentlich schon in der vergangenen Nacht hatte löschen wollen.

»Julchen! Hast du den Brief etwa schon gelesen?«

Die Überraschung und gleichzeitige Freude in Pauls Stimme bereiteten Jula weiteres Unbehagen. Es war naheliegend, dass ihr Rückruf nach nur wenigen Minuten Hoffnung bei ihm wecken musste.

»Nein, sorry! Paul, das ist jetzt echt wichtig! Als du gerade bei mir im Haus warst, hast du da jemanden gesehen? Oder ist dir irgendwas aufgefallen? Egal, was!«

»Was ist denn los?«

»Bitte beantworte einfach meine Frage! War da jemand? Egal, wer.«

»Jula, wenn du ein Problem hast, dann …«

»Lass das bitte! Es ist mir wirklich ernst, bitte beantworte einfach meine Frage!«

Kurz war es still in der Leitung. Dann antwortete Paul:

»Na gut, also, wie gesagt, die Tür stand offen. Das hat mich gewundert, ich meine, wer lässt heutzutage schon mitten im tiefsten Wedding die Haustür offen stehen? Aber jemanden gesehen? Klar, vor dem Haus ist ja immer was los, aber ich kann mich an nichts Besonderes erinnern.«

»Bitte, streng dich an!«

Paul schien nachzudenken.

»Direkt vor deiner Haustür ist ein Wagen aus einer Parklücke rausgefahren. Das ist mir aufgefallen, weil man so ein Glück in der Stadt ja eigentlich nie hat.«

»Und ist der Fahrer vorher aus meinem Haus rausgekommen?«

»Tut mir leid, Jula, keine Ahnung. In dem Moment habe ich echt nur nach Parkplätzen geguckt. Tunnelblick.«

»Okay.«

»Was ist denn passiert? Soll ich zurückkommen, brauchst du Hilfe?«

»Nein, schon in Ordnung.«

»Julchen, wenn du dich wieder in irgendeine Notlage manövriert hast, dann stehe ich dir bei, was es auch ist. Das weißt du genau!«

Jula spürte für einen Sekundenbruchteil das Bedürfnis,

Paul wirklich zu sich zu bitten. Doch sofort bekam sie ihre Gefühle wieder in den Griff.

»Schon okay. Später, Paul. Ich muss jetzt auflegen. Danke!«

Während Paul noch nachhaken wollte, beendete Jula das Gespräch. Erneut sah sie zu ihrem Kater.

»Ich soll herausfinden, was ich verloren habe …« Wallraff reagierte auf Julas Ansprache so wie immer: gar nicht. »Er liefert mir eine tödliche True-Crime-Story?« Jula lachte verzweifelt auf. »Der Typ will doch nur erreichen, dass ich nicht weiter bei Hegel nachforsche. Der will mich nur einschüchtern.«

Wallraff schnurrte monoton. Jula legte den Kopf auf die Seite und blickte zur Wand, an der zahlreiche Bilderrahmen hingen, in denen jedoch kein einziges Foto zu sehen war.

Früher hatten Bilder ihrer gesamten Familie hinter dem Glas gesteckt. Nach dem Tod von Moritz war das Glück der Ansorges jedoch wie ein Kartenhaus in sich zusammengefallen. Nach dem Abend, an dem es schließlich zum endgültigen Bruch zwischen Jula und ihrer Mutter gekommen war, hatte sie die Familienfotos kurzerhand aus den Rahmen entfernt, um sich von deren stiller Symbolik daran erinnern zu lassen, was sie verloren hatte.

Der Typ wusste, dass ich bei Kalinsky und Hegel war. Der kann mich ja nicht die ganze Zeit über beobachtet haben. Das muss ihm also jemand erzählt haben.

Wie konnte es nur sein, dass irgendein Spinner mit verstellter Stimme ihr solchen Respekt einflößte, dass sie verstört auf ihrem Sessel kauerte und die Decke ihrer verdammten Wohnung anstarrte?

Jetzt habe ich die Schnauze voll! Du Idiot wirst mich

nicht einschüchtern! Ich fahre jetzt zu Elyas ins Tonstudio, und sobald ich mich vergewissert habe, dass es ihm gut geht, finde ich heraus, wer diese Obdachlose war und warum Hegel freiwillig im Knast sitzt. Und was er mir mit seinem letzten Satz sagen wollte. Du hast dich mit der Falschen angelegt, Fistelstimme!

Adrenalin schoss durch Julas Blut, betäubte ihre Schmerzen und befähigte sie wieder dazu, klare Gedanken zu fassen. Erneut betrachtete sie den Rucksack, der direkt neben ihr stand.

Aber warum hätte Elyas herkommen und das Ding vor meiner Tür abstellen sollen?

Jula entschied, in den Rucksack hineinzusehen. Als sie ihn ein Stück weit geöffnet hatte, fiel ihr Blick auf etwas, das Elyas niemals, aber auch wirklich niemals auch nur für eine Minute außerhalb seiner Reichweite zurücklassen würde.

Sein Handy! Und es ist ausgeschaltet. O Gott, das bedeutet nichts Gutes …

Ohne auch nur eine Sekunde zu überlegen, griff Jula erneut nach ihrem Telefon und wählte Friedrichs Nummer. Nur, um die Bestätigung ihrer schlimmste Befürchtung zu bekommen.

KAPITEL 27

Jula versuchte, rational zu denken.

Elyas war verschwunden. Nicht bei Friedrich aufgetaucht. Entführt von einem Erpresser, der sie mit aller Macht davon abbringen wollte, Hegel zu helfen. Erst mit verstellter Stimme, danach mit unverhüllten Drohanrufen und nun mit körperlicher Gewalt. Wenn Jula noch einen Beweis brauchte, dass Matthias Hegel nicht der Mörder der Obdachlosen gewesen war, dann hatte sie nun die endgültige Bestätigung erhalten. Der wahre Täter musste noch immer auf freiem Fuß sein. Und ja, es würde ihm ganz sicher nicht gefallen, wenn jemand versuchen würde, die Wahrheit ans Tageslicht zu bringen. Warum aber sollte der wahre Mörder ausgerechnet Elyas in seine Gewalt bringen? Weshalb nicht einfach die Journalistin, die alles, was sie herausgefunden hatte, jederzeit an die Ermittlungsbehörden weitergeben konnte?

Warum wohl? Wenn mir jetzt, wo ich anfange, Fragen zu stellen, etwas zustößt, dann würde die Polizei den Fall Hegel doch erst recht neu aufrollen. Dieser Kerl hat sich über mich auf meinem Podcast informiert. Er kennt die Geschichte um Moritz. Er kann sich ja denken, wie wichtig mir mein zweiter Bruder ist.

Jula überlegte, die Polizei einzuschalten und den Beamten die Aufnahme vorzuspielen. Der Anrufer hatte Elyas darauf jedoch mit keinem einzigen Wort erwähnt. Er hatte noch nicht einmal gesagt, *womit* er überhaupt drohte. Wie viele Beamte würden sich wohl mit einer solchen Anzeige beschäftigen?

Ein Typ mit verstellter Stimme hat mich angerufen und gesagt, dass er mir was wegnehmen will. Jetzt bin ich mir nicht sicher, ob mein drogendealender, aktenkundiger Halbbruder entführt wurde oder ob er nur schon wieder mal eine Auszeit nehmen müsste, weil er in Schwierigkeiten steckt. Könnten Sie bitte mal nach ihm suchen? Also, ich weiß nicht, wo, aber so groß ist Berlin ja nun auch wieder nicht. Das dürfte ja sicher kein Problem für Sie sein, es verschwinden ja täglich kaum mehr als dreihundert Jugendliche in der Stadt.

»Das kannst du dir sparen.« Jula bemerkte gar nicht, dass sie zu sich selbst sprach.

Sie griff erneut nach ihrem Telefon, um ihren Vater anzurufen. Vielleicht hatte dieser verantwortungslose Kerl ja zufällig etwas von seinem Sohn gehört. Im selben Augenblick öffnete sich erneut ein Foto auf ihrem Display. Es war das Bild von der Obdachlosen, das Hadrian ihr bereits vorhin geschickt hatte.

KAPITEL 28

Die Luft roch nach Dung, und es war kalt. Die morschen Holzwände waren an mehreren Stellen undicht, der Boden war hart wie Stein, und die Bretter vor den zerschlagenen Fenstern nahmen der Hütte zwar das Licht, dichteten sie jedoch nicht gegen den immer grimmiger werdenden Herbstwind ab.

»Was soll diese verfickte Scheiße? Meine Leute machen dich kalt, du Hurensohn!«

Elyas war heiser geworden. Seine Rufe hatten noch eine Stunde zuvor über das halbe Gelände geschallt. Jetzt hätte man sie nicht einmal mehr im hinteren Teil der Hütte hören können.

Noch immer dröhnte der Schädel des Jungen. Die gnädige Betäubung hielt nicht mehr vor, Schmerz und Leid hatten sich in seinem Bewusstsein den vordersten Platz zurückerobert. Elyas hatte schon oft Marihuana geraucht, doch dieses Gefühl, innerhalb von Sekunden in eine andere Sphäre geschossen zu werden, hatte er noch nie zuvor erlebt. Dass ihn jemand gepackt und auf eine Ladefläche geworfen hatte, sah er weiterhin nur schemenhaft vor seinem geistigen Auge. Die Geräusche der Straße, die Stimme dieses Typen mit der Sonnenbrille, der Biergeruch im Fahrzeug, das alles war ihm wie eine einzige homogene Wahrnehmung vorgekommen, die ihn zunächst glücklich gemacht und dann in ein Meer aus Dunkelheit und Leere getaucht hatte.

Jetzt, durstig und frierend, spürte Elyas keine Glücksgefühle mehr.

»Du Penner bist so was von fällig, ich schwöre, du bist tot und deine Mutter auch!«

Irgendwo hinten im Raum meinte Elyas eine Katze gesehen zu haben. Doch es war dunkel geworden, vielleicht hatte er es sich auch nur eingebildet.

Als seine Handgelenke an der Fessel rieben, schoss erneut ein brennender Schmerz durch seinen Körper. Da Elyas mit aller Kraft versucht hatte, diese zu lösen, hatte sie in seine Haut geschnitten. Man hatte ihm die Handgelenke mit mehreren Schlingen aus robustem Leder zusammengebunden, eine Kette daran befestigt und diese wiederum an einen Stahlbügel angebracht, der vermutlich eigens zu diesem Zweck in die Hütte eingebaut worden war. Zuvor, als es noch heller gewesen war, hatte der Junge bemerkt, dass der Bügel glänzte und mit großen, massiven Schrauben im Boden verankert war. Irgendwann hatte Elyas etwas Ähnliches bei einem Ausflug mit der Gruppe vom Jugendamt gesehen. Den auffällig gewordenen Kindern wurden dabei Handwerksberufe vorgestellt, und irgendein Kerl auf einer Baustelle hatte ihnen gezeigt, wie er Fahrradständer im Boden verankerte.

Das kriegst du auf keinen Fall rausgerissen.

Elyas hatte sich oft vorgestellt, wie es wohl wäre, entführt zu sein oder selbst einen Menschen zu entführen. Die Kreise, in denen er verkehrte, waren nicht eben als bürgerlich zu bezeichnen, und ein Leben als Gangster, Erpresser, Dealer oder gar Auftragskiller erschien nicht wenigen seiner Freunde als ernst zu nehmende berufliche Perspektive.

»Soll das irgendein Scheißtest sein? Du Spast, ich hab's kapiert. Lass mich raus, du Hurensohn!«

Seine Worte blieben ihm nun endgültig im Hals stecken, denn seine Kehle war vollkommen ausgetrocknet. Er kannte den Durst, den er jedes Mal nach dem Kiffen verspürte. Das Zeug, das man ihm verabreicht hatte, schien so unverhältnismäßig viel stärker gewesen zu sein, dass der Junge sich den Flüssigkeitsverlust, den es verursacht haben musste, kaum vorzustellen wagte. So sank Elyas' Kopf nieder, die Augen fielen ihm zu, und er tauchte in einen Zustand zwischen Schlafen und Wachen ein. Als er plötzlich einen leichten Tritt gegen seine Schuhsohle spürte, wusste er nicht, wie viel Zeit vergangen war. Sekunden oder Stunden, er hätte es nicht einzuschätzen vermocht.

»Sind wir jetzt endlich zur Ruhe gekommen?«

Elyas öffnete seine Augen nicht. In seiner Vorstellung sah er stattdessen einen bedrohlichen Schatten vor sich, der vom Mondlicht an die Wand einer dunklen Gasse geworfen wurde.

»Du bist also Elyas Messadi, der unglücklicherweise der Halbbruder von Jula Ansorge ist.«

Jula? Was hat Jula damit zu tun?

Elyas schreckte aus seinem Delirium hoch, als habe man einen Eimer voll kaltem Wasser über seinem Kopf ausgegossen.

»Du Wichser, wenn du Jula auch nur ein Haar krümmst …!«, röchelte er.

»Hier.«

Die Gestalt, die für Elyas nur als Schattenriss erkennbar war, beugte sich nieder und hielt ihm etwas an den Mund. Der Junge erkannte, dass es flüssig und kühl war.

»Deine Sorge sollte nicht Jula, sondern dir selbst gelten. Das Betäubungsmittel hat deinen Körper sehr stark entwässert, das würdest du nicht lange aushalten. Deshalb bekommst du jetzt Wasser von mir. Aber genieße es, denn danach kommt keins mehr.« Elyas umklammerte die Flasche mit seinen zusammengebundenen Händen und trank so gierig, dass er die Worte des Fremden kaum noch hörte. Kurz darauf vernahm er ein Geräusch: Der Kerl schob eine kleine Kiste zu ihm hinüber. Dann warf er dem Jungen noch eine Wolldecke zu. »Falls dir kalt wird! In der Kiste ist ein Kopfkissen und ein Eimer, in den du pinkeln kannst.«

Elyas ballte seine Hände zu Fäusten.

»Was hast du mit mir vor, Arschloch?«

Die Wasserflasche war ausgetrunken. Der Unbekannte ließ sie sich von Elyas reichen und trat einen Schritt zurück.

»Du wirst in den folgenden Tagen einiges über das Leben lernen, mein junger Freund. Eine der wichtigsten Lektionen wird sein, dass man nur solche Fragen stellen sollte, auf die man auch die Antwort zu ertragen imstande ist. Und noch was.« Der Mann erhob sich und verschwand aus Elyas' Blick.

»Was machst du?«

Elyas konnte deutlich hören, dass dieser Kerl keuchend irgendetwas vom Boden hochwuchtete, das schwer zu sein schien. Tatsächlich konnte er jetzt im Dunkel erkennen, dass der Unbekannte sich wieder auf ihn zubewegte, wobei er nun jedoch etwas Sperriges vor sich hertrug. Etwas, das im Spiel der Schatten wie ein zusammengerollter Teppich oder ein großer Kleidersack aussah.

»Hier, damit du nicht so allein bist.«

Damit warf der Mann das, was er getragen hatte, vor Elyas auf den staubigen Boden. Der Junge streckte seine zusammengebundenen Hände aus, und tatsächlich war die

Kette lang genug, dass er nach dem vermeintlichen Teppich greifen konnte.

»Das ist doch …« Dem Jungen blieben die Worte im Hals stecken.

»Die Alte hätte sich nicht einmischen sollen!«

Jetzt konnte Elyas deutlich erkennen, dass es eine leblose Frau war, die dieser verdammte Mistkerl vor seine Füße geworfen hatte, als sei sie Abfall.

»Alter, ist das eine Leiche?« Elyas hatte seine Augen weit aufgerissen.

Verdammt, ja! Da war doch was! Eine Stimme, diese alte Frau. Ich weiß es wieder, er hat sie geschlagen. Immer wieder. Fuck, der Penner hat sie kaltgemacht!

Das Lächeln seines Entführers konnte Elyas im Dunkel nicht sehen, aber er nahm wahr, dass der Mann sich von ihm und der Frau abwandte und sich mit kaum hörbaren Schritten entfernte. Bevor er die Hütte wieder verließ, drehte er sich noch einmal um und rief Elyas zu:

»Du wirst ihr bald Gesellschaft leisten. Schließlich bist auch du nur ein Mensch, der nach spätestens drei Tagen verdurstet. Und wenn die Alte erst mal zu stinken anfängt, wirst du dich sogar danach sehnen. Ich bin mal gespannt, wie lange du durchhältst!«

KAPITEL 29

Diese junge Frau lässt einfach nicht locker. Sie will noch einmal mit Ihnen sprechen.« Varbelow sah seinen Mandanten eindringlich an.

Der Anwalt war wie immer tadellos gekleidet. Sein Maßanzug, die handgefertigten Schuhe und seine Schweizer Armbanduhr mussten ihn die Einnahmen mehrerer Tage gekostet haben. Und das, obwohl allein sein Stundenhonorar schon über dem Tagesverdienst eines durchschnittlichen Berliners lag.

»Ich denke doch, dass ich mich vorhin sehr unmissverständlich ausgedrückt habe.«

»Es hat sich zwischenzeitlich offenbar eine gewisse Dringlichkeit ergeben. Wenn Sie meine Empfehlung interessiert – Sie sollten sich wirklich anhören, was Frau Ansorge zu sagen hat.«

»Sollte ich das?«

Varbelow musste nicht überlegen.

»Wie es scheint, hat sie den Staub, den sie aufwirbelt, jetzt selbst in die Augen bekommen.«

Hegel richtete sich auf.

»Wir wussten ja beide, dass irgendwann jemand kommen würde, der Fragen stellt. Aber ausgerechnet eine überambitionierte Podcasterin, die für einen Radiosender Popsongs abspielt …«

Varbelow nickte.

»Lohnt es sich denn für mich, sie noch mal anzuhören?«

»Mit Sicherheit. Sie hat nämlich wieder mit dem Erpresser telefoniert, und es gibt erneut eine Aufzeichnung davon. Sie sagt, dass der Mann dieses Mal auf den Stimmenverzerrer verzichtet hat.«

»Das ist in der Tat interessant …« Hegel griff sich ans Kinn.

»Und nicht nur das!«

»Was denn noch?«

Varbelow senkte die Stimme, obwohl ohnehin niemand die beiden belauschen konnte:

»Sie deutet an, etwas über *die Obdachlose* herausgefunden zu haben.«

Hegel hielt inne, und etwas in seinem Blick veränderte sich.

»Also gut. Wo ist sie?«

»Vor der Tür. Ich habe sie gleich mitgebracht.«

Hegel klopfte seinem Anwalt auf die Schulter.

»Dann soll sie mal reinkommen.«

KAPITEL 30

Sie möchten also immer noch nicht lockerlassen?«
Hegel hatte sich so in den Besprechungsraum gesetzt, dass sein Gesicht zur Wand gerichtet war. Jula konnte lediglich seinen Hinterkopf sehen, was sie bei jedem anderen Gesprächspartner als Respektlosigkeit aufgefasst hätte. In Hegels Fall schien es ihr jedoch wahrscheinlich, dass er auf diese Art visuelle Reize ausblenden und sich vollkommen auf ihre Stimme konzentrieren wollte.

Du musst nicht darauf achten, wie du klingst. Du sagst die Wahrheit. Also konzentriere dich auf deine Botschaft, nicht auf dein Zwerchfell!

»Ihre Show können Sie sich sparen! Ich habe herausgefunden, wen Sie damals angeblich ermordet haben.«

»Haben Sie das?« Hegels Stimme zeigte keinerlei Veränderung. Nicht einmal einen Hauch von Verunsicherung konnte Jula erkennen. Er blieb einfach nur regungslos mit dem Gesicht zur Wand auf seinem Stuhl sitzen.

»Hier! Kommt Ihnen dieses Foto bekannt vor?« Jula streckte ihm ihr Handy entgegen, auf dem sie ein Foto des Opfers aufgerufen hatte.

Erst jetzt bewegte sich Hegel. Ganz langsam, fast schon so, als wolle er Jula damit verspotten, drehte er sich zu ihr um. Er neigte sich demonstrativ zu dem Foto, das er einige Sekunden lang mit desinteressierter Miene betrachtete. Weder kam ihm dabei ein Wort über die Lippen, noch zeigte sein Gesicht eine Reaktion.

»Nein? Also gut, dann helfe ich Ihrem Gedächtnis mal ein bisschen auf die Sprünge: Ich habe dieses Foto auf einem der ersten sozialen Netzwerke gefunden, die es je gab. Bei *Wer-kennt-wen*. Das war noch vor der Ära von Facebook, es wurde mittlerweile abgeschaltet. Aber wie es eben immer so ist, das Internet vergisst nichts! Und offensichtlich hat Johanna, die Sie angeblich ermordet haben, sich vor zehn Jahren mal dort angemeldet.«

»Johanna?« Noch immer blieb Hegel gelassen. Er klang in etwa so ungerührt wie die Stimme eines Navigationssystems.

»Ja, Johanna! Es gibt Möglichkeiten, bereits gelöschte Internetseiten wieder zu digitalem Leben zu erwecken. Mein Informant hat zwar nicht alle Daten wiederherstellen können, aber das, was er noch im Cache über *Johanna K.* herausgefunden hat, war sehr aufschlussreich.«

»Und ich darf vermuten, dass Sie Ihr Wissen gleich mit mir teilen wollen?«

Jula ließ sich nicht aus dem Konzept bringen.

»Das dürfen Sie! Aber nur, wenn ich vermuten darf, dass Ihnen der Arsch gleich auf Grundeis gehen wird. Johanna war nämlich Polizistin!«

Endlich regte sich etwas in Hegels Gesicht. Er schien innerlich bewegt zu sein.

»Was Sie nicht sagen. Und diese Information hatte sie in einem sozialen Netzwerk hinterlegt?«

»Mein Informant hat den Namen und das Foto noch etwas weiter durch das Internet verfolgt. Und dabei herausgefunden, dass Johanna keine gewöhnliche Polizistin war, sondern sogar eine mit hervorragenden Aufstiegschancen. Inklusive Ausbildung beim BKA!«

»Und was wollen Sie mir nun damit sagen?«

Jula wurde ruhiger. Eher sachlich als triumphierend entgegnete sie:

»Sie beide kannten einander. Sie haben zusammengearbeitet, waren Kollegen. Habe ich recht?«

Hegel wendete seinen Blick von Jula und sah kurz zu seinem Anwalt hinüber, der dem Gespräch schweigend, aber nicht ohne Interesse folgte.

»Also gut, Sie haben recht. Die berufliche Beziehung zwischen Johanna und mir war damals der Grund für den Ausschluss der Öffentlichkeit im Prozess.«

»Diese ganze Sache geht noch sehr viel tiefer, als alle es bisher gedacht haben, oder?«

Hegel sprach plötzlich sanfter.

»Also, falls Sie mit Ihrer neuen Erkenntnis meine Unschuld wahrscheinlicher wirken lassen wollten, dann ist das jedenfalls voll nach hinten losgegangen. Im Gegenteil, Sie haben damit nur mein Tötungsmotiv glaubhafter gemacht. Vergessen Sie bitte nicht, die Prozessbeteiligten haben das ja hinter verschlossenen Türen alles gewusst. Überlegen Sie doch mal selbst: Dass ich eine Obdachlose töte, wäre ja in der Tat etwas merkwürdig. Aber eine Kollegin? Da kommen ja ganz plötzlich zahllose denkbare Motive infrage.«

»Und ist da auch eins dabei, dessentwegen Sie Johanna erst erschlagen und danach dann noch wie ein Besessener dreiundzwanzig Mal auf sie einstechen würden? Ich weiß, dass Sie es nicht waren!«

»*Wissen* Sie es, oder *wünschen* Sie es sich nur?«

Jula fühlte sich, als würde die Enge des Raumes nach ihr greifen. Ihr Herz schlug schneller, ihre Rückenschmerzen waren wie betäubt, und alles, was hier gerade geschah, fühlte sich für sie an wie ein seltsamer Traum.

»Ich weiß es!«

»Frau Ansorge, Sie sind wirklich eine begabte Journalistin, aber tun Sie uns bitte beiden den Gefallen, die Finger von dieser Sache zu lassen. Sie haben schon viel zu viel herausgefunden, und es wird immer gefährlicher für Sie.«

Jula war einen Moment sprachlos. Und obwohl sie genau dies hatte unterdrücken wollen, traten ihr Tränen in die Augen, als sie entgegnete:

»Ich kann nicht von dem Fall ablassen. Dafür ist es leider schon zu spät.«

Hegel hörte die Sorge in Julas Stimme.

»Was ist passiert?«

Jula senkte den Blick, und eine Träne tropfte dabei auf den Tisch.

»Ich glaube, mein kleiner Bruder wurde entführt.«

»Sie glauben?«

Hegel sah Jula mit fragendem Blick an, während Varbelow weiterhin stumm und reglos dasaß.

»Dieser Typ hat mich wieder angerufen. Er hat gesagt, er habe mir etwas aus dem Leben gerissen. Seitdem kann ich Elyas nicht mehr erreichen.«

Hegel strich Jula mit der Kuppe seines Zeigefingers eine Träne aus dem Gesicht. Dann richtete er sich auf und sagte:

»Ich habe gehört, dieser Anrufer hat seine Stimme dieses Mal nicht technisch verfremdet?«

»Das scheint er jetzt nicht mehr für nötig zu halten.«

»Das ist nur einer der denkbaren Gründe dafür. Mein Anwalt sagte, Sie haben das Gespräch aufgezeichnet?«

»Ja!« Jula fasste sich wieder.

Hegel verschränkte seine Hände hinter dem Nacken und schloss die Augen.

»Also dann, ich bin bereit.«

KAPITEL 31

»Es tut mir leid, aber wenn er Ihren Bruder wirklich entführt haben sollte, dann sieht es nicht gut für den Jungen aus.« Hegel hatte sich den Mitschnitt aufmerksam angehört. »Dieser Kerl mit seiner hohen Stimme kommuniziert kooperativ. Er ist freundlich, formuliert klare Ich-Botschaften, hat Sie ausreden lassen und ist auf Ihre Antworten eingegangen. Er hat Ihnen nicht gedroht, er hat lediglich seine Absichten erklärt. Das, womit er Ihnen droht, entspricht seinem tatsächlichen Vorhaben. Er will Ihnen eine *tödliche True-Crime-Story* verschaffen. Ohne Happy End. Mit anderen Worten: Wenn er Ihren Bruder wirklich in seiner Gewalt hat – und das ist nach allem, was Sie sagen, naheliegend –, dann kann ich deutlich hören, dass er wirklich dazu bereit ist, den Jungen sterben zu lassen. Seine Stimmung hellt sich jedes Mal auf, wenn er vom Tod spricht. So wie wenn ein frischgebackener Vater von seinen Kindern erzählt.«

Der Raum wird kleiner, die Wände pulsieren, es stinkt nach Nikotin und Fäkalien. Gleich kommt Antonio rein, der Typ von der Botschaft in Buenos Aires, und redet genau so viel Müll wie dieser verdammte Hegel.

»Frau Ansorge? Geht es Ihnen nicht gut?«

Jula schreckte aus ihren Gedanken auf.

»Doch, doch. Also, dass dieser Kerl wirklich bereit wäre, Elyas sterben zu lassen, bedeutet doch nicht zwangsläufig, dass er es auch tun wird. Oder?«

Hegel zuckte mit den Schultern.

»Dazu müsste ich eine Kristallkugel haben. Doch das, was ich persönlich vermute, wird Ihnen nicht gefallen.«

Bevor Jula etwas erwidern konnte, schaltete sich Varbelow ein.

»Sie sollten unbedingt die Polizei hinzuziehen.«

Jula schüttelte den Kopf.

»Ich habe mit der Polizei keine besonders guten Erfahrungen gemacht, und diese Aufnahme hier beweist kaum, dass …«

Hegel fiel Jula ins Wort. Er ergriff ihre Hand und sprach dabei schneller als zuvor:

»Sie werden unter keinen Umständen die Polizei rufen! Bitte, tun Sie das nicht!«

Jula war für einen Augenblick sprachlos. Ihr Blick irrte zwischen Hegel und Varbelow hin und her, bevor sie sich wieder fasste.

»Ich, ja, also – okay. Aber warum ist Ihnen das so wichtig?«

Hegel schloss kurz die Augen und senkte dabei den Kopf. Er warf seinem Verteidiger einen kurzen Blick zu, was Jula nicht entging.

»Das kann ich Ihnen jetzt nicht sagen.«

Jula sah ebenfalls kurz zu Varbelow hinüber. Dann blickte sie Hegel fest in die Augen, woraufhin dieser das Wort an seinen Anwalt richtete:

»Können Sie Frau Ansorge und mich bitte für einen Moment allein lassen?«

Varbelow beugte sich zu seinem Mandanten vor.

»Herr Hegel, ich muss Sie ausdrücklich …«

»Bitte tun Sie mir den Gefallen. Nur für einen Augenblick.«

Varbelow nickte, erhob sich und ließ sich vom Wärter die Tür öffnen. Als Hegel mit Jula allein war, deutete er an, dass sie sich zu ihm setzen solle. Dann sah er sie eindringlich an.

»Frau Ansorge, ich werde nicht einfach dasitzen und Ihren Bruder sterben lassen. Aber ich kann auch nicht das tun, was Sie sich von mir erhoffen.«

Jula war überrascht, dass Hegel plötzlich mit solcher Wärme zu ihr sprach.

»Bitte, Sie müssen mir helfen. Sie sind Elyas' einzige Chance!«

»Also gut, hören Sie mir jetzt genau zu: Der Anrufer verzichtet neuerdings auf seinen Stimmenverzerrer, was verschiedene Gründe haben könnte. Diese Verzerrung entfernt jegliche emotionale Komponente aus der Sprache. Das, was er tut, zielt aber mehr als alles andere auf Ihre Emotionen ab. Trotzdem verfremdet er seine Stimme; so hoch spricht er sonst nicht. Seine Stimmbänder schwingen nicht komplett, nur an den Rändern. Das nennt man Falsett, damit schwingt der Ton eine Oktave höher. Wichtiger ist aber, dass er dieses Mal sehr viel ruhiger und unaufgeregter spricht. Ihren Bruder in seiner Gewalt zu haben scheint ihm eine Sicherheit zu geben, die er bei seinem ersten Anruf noch nicht hatte. Er spricht aus seiner Mitte, er atmet ruhig, jedes Wort kommt aus ihm heraus, als sei es in Stein gemeißelt. Er wirkt wie ausgewechselt!«

Jula atmete tief durch.

»Das alles hilft Elyas nicht! Können Sie mir nicht etwas über diesen Kerl selbst sagen?«

»Natürlich kann ich das. Er ist ein Pedant. Seine geschliffene Wortwahl ist zwanghaft, er macht beim Sprechen keinen einzigen Fehler, zumindest keinen, den er selbst bemerken würde. Ich gehe davon aus, dass sein gesamtes Auftreten, seine Kleidung, seine Wohnung oder sein Auto ebenfalls extrem penibel gewählt, gepflegt und sauber sind. Er war Kettenraucher, das klingt in seinem kratzigen Timbre mit. Aber er hat mit dem Rauchen aufgehört; ich schätze, dass seine Lunge kaputt war und aufwendig therapiert werden musste. Vielleicht sogar mit einer Operation. Der Kerl ist ein Einzelgänger. Zwanghafte Menschen können Leute nicht ertragen, die weniger akkurat sind als sie selbst. Und er hat keine Kinder.«

»Woraus können Sie denn das schließen?«

»Kinder würden sein Gewissen belasten. Haben Sie das verstanden?«

Jula war einen Moment sprachlos, bevor sie erwiderte:

»Ja, habe ich.«

»Gut. Sehr gut. Das ist nämlich wichtig.«

»Können Sie mir denn nicht noch etwas Genaueres sagen? Zum Beispiel, wo er sich ungefähr aufhält?«

Hegel winkte ab.

»Genau genommen war sogar das schon zu viel. Sie sehen doch, wie ich hier lebe. Im Augenblick bin ich in Einzelhaft, aber sobald sich das wieder ändert, habe ich keine ruhige Minute mehr. Ich stehe auf der Speisekarte der miesesten Typen in diesem Knast ganz weit vorn. Und trotzdem werde ich hierbleiben, solange ich lebe! Reicht Ihnen das nicht, um meine Empfehlungen ernst zu nehmen?«

Für einige Sekunden hing eine Stille im Raum, die beinahe schmerzhaft war. Jula hatte das Gefühl, die Abwesenheit jeglichen Geräusches könne ihre Trommelfelle bersten lassen

»Was kann ich tun? Ich muss Elyas da rausholen, und wenn ich mich selbst für ihn opfere!«

Wieder wurde es still im Raum. So still, dass man von draußen die Geräusche der Haftanstalt hören konnte. Durcheinanderredende Männer, sich öffnende und schließende Stahltüren, Gelächter und Geschrei.

»Frau Ansorge, alles, was ich Ihnen sagen konnte, habe ich gesagt. Sie sind eine sehr kluge Frau, und ich hoffe, dass Sie mich verstanden haben.«

Jula wollte nachhaken, doch Hegels Blick verriet ihr, dass sie keine weiteren Hinweise von ihm bekommen würde. Sie nickte nur, nahm ihr Handy und ließ sich von außen die Tür öffnen.

Als Jula kurz darauf mit hallenden Schritten hinter Varbelow den Gang des Gefängnisses passierte, musste sie ständig an Hegels letzte Worte denken:

»Sie sind eine sehr kluge Frau, und ich hoffe, dass Sie mich verstanden haben.«

Er hat mir irgendeinen versteckten Hinweis gegeben. Aber was, verdammt noch mal, wollte er mir sagen?

KAPITEL 32

Was ist so brisant, dass Hegel es mir nur verschlüsselt und unter vier Augen sagen wollte?

Jula saß in der Sonnenallee in einem Internetcafé und überlegte, welche Information der Forensiker ihr gegeben hatte, mit der sie Elyas finden und höchstwahrscheinlich aus großer Gefahr würde befreien können. Doch alles Grübeln brachte sie nicht weiter, egal, wie oft sie die Unterhaltung noch einmal in Gedanken durchging.

Welche Verbindung besteht zwischen Elyas und Hegel? In welchem Zusammenhang steht seine Entführung mit der Ermordung einer Obdachlosen vor einem Jahr?

Seufzend öffnete Jula mehrere Suchmaschinen, doch bevor sie die Recherche im Fall Hegel fortsetzte, galt es erst einmal das Naheliegendste zu unternehmen. Sie griff zum Handy und wählte die Nummer ihres Vaters.

»Jula?«

Benno hatte sie an ihrer Rufnummer erkannt, klang aber nicht sehr erfreut. Eher gehetzt und außer Atem.

»Störe ich?«

»Nein, ähh, nicht wirklich.«

Euphorie klang anders. Zum Glück hatte Jula ihren Vater nur angerufen. Seitdem er die Beziehung mit seiner heimlichen Geliebten Aylin offiziell gemacht hatte, hatte sie ihn ohnehin nur selten besucht. Zu unangenehm war es ihr gewesen, der Frau gegenüberzusitzen, die bereits einen Sohn mit ihrem Vater gehabt hatte, als der Rest der

Familie noch nicht das Geringste von dieser Beziehung ahnte.

»Kannst du vielleicht in einer Stunde anrufen?«

Im Hintergrund hörte Jula eine Frau mit heller Stimme frivol kichern.

»Oder besser in zwei.«

Jula schob wütend die Computertastatur von sich weg und wurde lauter.

»Tut mir leid, wenn ich dich bei deinem Matratzensport störe, aber, es ist wirklich wichtig!«

»Kommst du, Captain?«, erklang der Ruf der kichernden Frau, die garantiert nicht Aylin war.

»Das ist jetzt nicht dein Ernst?«, entfuhr es Jula. »Du betrügst gerade die Frau, mit der du vorher jahrelang Mama betrogen hast?«

Julas Vater klang amüsiert, als er antwortete:

»Ich hätte nicht gedacht, dass ich das mal zu meiner eigenen Tochter sagen würde, aber: Es ist nicht so, wie es den Anschein hat …«

»Ach nein?«

»Aylin hat mich verlassen!«

Elyas Mutter?

»Echt jetzt?«

»Ja, echt jetzt. Wie es aussieht, habe ich schon wieder eine Familie in den Sand gesetzt.«

»Und wo ist Aylin jetzt?«

»Erst mal zurück nach Tunesien. Für ein paar Monate. Danach will sie weitersehen.«

Jula sah vom Computer auf und kniff die Augen zusammen.

»Das hätte mir Elyas doch gesagt! Er war heute früh noch bei mir!«

Noch. Und jetzt ist er verschwunden.

»Es wundert mich nicht, dass er dir nichts erzählt hat«, antwortete Benno. »Aylin hat ihn zurückgelassen, weil er sich in Tunesien ja überhaupt nicht auskennt und nicht mal die Sprache richtig kann. Der Junge leidet sehr darunter, dass sie weg ist. Aber das darf er nicht zeigen. In seiner Welt darfst du Gangster, Schläger oder Dealer sein. Aber ganz sicher kein Muttersöhnchen!«

Ja, das passt zu ihm, dachte Jula. »Wann hast du ihn denn zuletzt gesehen?«

»Ich weiß nicht. Ich schätze, vor zwei oder drei Tagen. Warum fragst du?«

Jula holte tief Luft.

»Papa, es tut mir leid, aber er ist verschwunden.«

»Na und? Das tut er ein-, zweimal im Monat. Er kommt auch nicht besonders gut mit Cherry klar.«

Cherry? Immerhin passte der Name zu der kieksenden Stimme. Jula dachte nach.

Okay, soll ich es ihm erzählen oder lieber nicht? Ich habe nicht das Gefühl, dass seine Kinder ihm das Gewissen so belasten, wie Hegel es gesagt hat. Und vermutlich glaubt er mir das sowieso nicht. Oder, noch schlimmer, er ruft die Polizei.

Jula seufzte.

»Du hast vermutlich recht, Papa. Elyas kommt schon wieder, wenn er was will. Dann geh mal wieder zurück zu deiner Stewardess, Captain! Die Bodenstation erteilt euch Starterlaubnis.«

Ihre Wut war einer Traurigkeit gewichen. Ihr Vater würde sich niemals ändern. Zeit seines Lebens war ihm sein eigenes Vergnügen wichtiger gewesen als das seiner Kinder.

Kinder!

Kaum hatte Jula aufgelegt, hallten plötzlich wieder Hegels Worte in ihrem Gedächtnis nach:

»Er hat keine Kinder. Kinder würden sein Gewissen belasten. Haben Sie das verstanden? Das ist nämlich wichtig.«

– Kinder.

– Wichtig!

Es gab nichts, was ein so intelligenter Mann wie Hegel in dieser Weise betonen würde, wäre es nicht von großer Wichtigkeit. Nicht er, dessen Job es war, Worte auf der Goldwaage akustisch zu sezieren.

Hegel selbst war kinderlos, das wusste Jula aus ihren bisherigen Recherchen. Zumindest offiziell. Und dennoch spürte sie, dass in seiner Bemerkung der Schlüssel zu einem Geheimnis lag. Ein Geheimnis, das auf irgendeine Art, die sie jetzt noch nicht begriff, mit Elyas in Zusammenhang stand.

Halt dich an die Fakten!, rief sie sich die erste journalistische Grundregel in den Kopf, die sie beim Radio gelernt hatte. Und die einzigen harten Informationen, die sie noch nicht überprüft hatte, waren die, die Hadrian ihr zugespielt hatte.

Sie zog die Tastatur wieder zu sich und machte eine Invers-Bildersuche mit dem Foto von Johanna K., der Obdachlosen, die Hegel vorgeblich getötet hatte.

Dabei stieß sie unter anderem auf ein Uni-Abschlussfoto, auf dem Johanna abgebildet war. Zum ersten Mal las Jula bei dieser Gelegenheit den vollständigen Namen der Obdachlosen.

Johanna Konradi. Sieh mal einer an, sie war Jahresbeste und hat sogar eine Dissertation geschrieben.

Und dann war sie auf der Straße gelandet?

Julas Finger flogen regelrecht über die Tasten, während

um sie herum die Kakofonie des Neuköllner Internetcafés tobte. Doch Handyklingeln, Tippen und Stühlescharren konnten sie nicht von ihren Gedanken ablenken. Jula war wie in einem Gedankentunnel, und so dauerte es nicht lange, bis sie die Doktorarbeit von Johanna Konradi auf einer speziellen Website für Dissertationen ausfindig gemacht hatte.

»*Kronzeugenregelungen im internationalen Vergleich*«, las sie sich selbst vor. »Puh, das ist ganz sicher kein leichter Stoff.«

Jula bemerkte, dass es möglich war, in die ersten Seiten des Textes hineinzusehen. Sofort klickte sie den entsprechenden Link an, überflog die Widmung und studierte das Inhaltsverzeichnis. Schnell merkte sie dabei, dass es ihr vermutlich nicht weiterhelfen würde. Es war komplex, voller Fachbegriffe, und das gesamte komplizierte Werk konnte sie ohnehin nicht lesen. Was hätte ihr das auch bringen sollen?

Moment mal, die Widmung!

Jula klickte sich wieder zur ersten Seite zurück. In geschwungener Schrift stand dort zu lesen:

Meinen Eltern Margrit und Bodo gewidmet.

– Kinder.

– Wichtig!

Wieder spürte sie, dass hier zwei Zahnräder ineinandergriffen. Sie wusste nur noch nicht, in welche Richtung sie sich drehen würden, wenn sie weitermachte.

Sofort rief Jula das Online-Telefonbuch auf. Sie wusste zwar, dass sich in einer fortwährend paranoider werdenden Gesellschaft immer weniger Menschen dort eintragen ließen, doch die Eltern von Johanna mussten ja schon älteren Semesters sein. Angehörige einer Generation, in welcher der Eintrag der Festnetznummer ins Telefonbuch ebenso zum Standard gehörte wie Verträge mit der Telekom und der GASAG.

Tatsächlich fand Jula in ganz Berlin nur drei Einträge zum Namen *Konradi. B. und M. Konradi* wohnten in Kladow. Eilig rief sie die Adresse des Ehepaares auf und berechnete, wie lange sie dorthin benötigen würde. Immerhin, der Straßenverkehr beruhigte sich mit fortschreitender Stunde, und Johannas Eltern würden um diese Zeit vermutlich zu Hause anzutreffen sein. Kurz entschlossen notierte sich Jula die Anschrift und machte sich auf den Weg.

KAPITEL 33

Kladow war nicht unbedingt mit Neukölln zu vergleichen. Dünn besiedelt, voller Wälder und Parks, war es direkt an der Havel gelegen und gehörte zweifellos zu den schönsten Wohngegenden der Hauptstadt.

Jula hielt mit ihrem Twingo einige Hundert Meter vom Haus der Konradis entfernt, um zunächst aus sicherer Entfernung einen Blick auf das gutbürgerliche Anwesen richten zu können, das in einer Sackgasse in einem kleinen Wohngebiet errichtet worden war.

Warum zum Teufel hat eine promovierte BKA-Beamtin, die aus so einer Familie stammt, als Obdachlose gelebt?

Jula war gerade aus ihrem Wagen gestiegen und auf das Gebäude zugelaufen, als sich die Haustür der Konradis öffnete und ein kleines Mädchen, vielleicht zehn Jahre alt, heraustrat.

Okay, Jula, einfach ganz ruhig weiterlaufen, nicht auffallig gucken. Wenn du in der Nähe bist, stehen bleiben, Schnürsenkel zubinden und lauschen.

»Tschüss, Mathilda!« Die energische ältere Dame musste wohl Margrit Konradi sein. »Viel Spaß bei Leonie, und wenn was ist, ruf an!«

»Ja, mache ich! Tschüss, Oma!«

Jula, die auf der Straße niedergekniet war, um dabei festzustellen, dass ihre Schuhe gar keine Schnürsenkel hatten, ließ sich nichts anmerken. Und das, obwohl sie vor Anspannung beinahe zitterte.

Oma!

Johanna hatte eine Tochter!

Noch immer wusste sie nichts mit dieser neuen Erkenntnis anzufangen. Zumindest brachte sie sie Elyas keinen erkennbaren Schritt näher. Aber sie fühlte, dass sie auf der richtigen Spur war.

– *Kinder.*

– *Wichtig!*

Und wenn sie ehrlich war, war es die einzige Spur, der sie nachgehen konnte.

Jula beobachtete, wie das Mädchen zur nahe gelegenen Bushaltestelle ging, wartete noch zwei Minuten ab und trat dann an den Zaun zum Grundstück der Konradis heran. Die ältere Dame stand noch immer in ihrem Vorgarten und betrachtete das Beet mit den selbst angebauten Küchenkräutern.

»Guten Abend, Frau Konradi. Bitte entschuldigen Sie die Störung, mein Name ist Ansorge.«

Konradi sah zu Jula auf und verschränkte die Arme.

»Ich werde meine jahrzehntelang gefestigte religiöse Überzeugung ganz bestimmt nicht ablegen, nur weil jemand bei mir klingelt und mir eine Broschüre mit wirrem Geschwätz in die Hand drückt.«

Jula wich einen Schritt vom Zaun zurück.

»Nein, Entschuldigung, das ist ein Missverständnis. Ich will Sie nicht bekehren, und ich will auch nichts verkaufen. Ich bin wegen Johanna hier.«

Schlagartig verstummte die ältere Dame. Ihre Gesichtszüge entglitten ihr, und ihre Stimme wurde brüchig.

»Tut mir leid, meine Tochter ist im Ausland. Und ich weiß auch nicht, ob und wann sie wiederkommt.«

Jula schüttelte den Kopf.

»Das glaube ich nicht.«

Konradi trat ein Stück zurück, obwohl sie bereits mehrere Meter von Jula entfernt stand und zudem der Grundstückszaun zwischen den beiden lag.

»Das ist Ihr Problem. Gehen Sie und fragen Sie nie wieder nach Johanna.« Margrit Konradi wandte sich zu ihrem Haus um, als Jula ihr zurief:

»Ich denke, dass Ihre Tochter vor einem Jahr getötet wurde. Und, dass man den falschen Mann deswegen verurteilt hat.«

Die alte Frau atmete tief durch. Dann trat sie mit festem Schritt an Jula heran und musterte sie demonstrativ von oben bis unten.

»Gehen Sie jetzt besser. Ich möchte auf keinen Fall deutlicher werden müssen.« Der Blick der resoluten Frau wanderte kurz zur Bushaltestelle.

Offenbar will sie sich vergewissern, dass ihre Enkeltochter schon auf dem Weg zu ihrer Freundin ist.

Und noch ehe Jula ein weiteres Wort sagen konnte, hatte Johannas Mutter sich auch schon auf dem Absatz umgedreht, war zurück ins Haus gegangen und hatte die Haustür geschlossen. Jula wartete noch einige Sekunden ab und ging dann zur Straße zurück, um in ihrem Auto darüber nachzudenken, wie sie nun vorgehen sollte. Als sie an der Bushaltestelle vorbeikam, bemerkte sie, dass sich dort ein Schulbuszeichen befand. Sie trat näher und überprüfte, was auf den Schildern zu lesen war.

Mathilda fährt von hier aus über die Heerstraße zur Waldschule. Interessant. Sehr interessant …

KAPITEL 34

Der Auslöser hatte mehrere Male in Folge geklickt, als Jula von der Bushaltestelle zurückkehrte. Dank der einseitig verspiegelten Scheibe des Vans, der auf der gegenüberliegenden Straßenseite geparkt war, konnte sie davon jedoch nichts mitbekommen. Der Mann im schwarzen Anzug zoomte mit dem Objektiv seiner hochauflösenden Kamera näher an Jula heran und sah, dass sie gerade ihre Wagenschlüssel aus der Hosentasche zog. Als Jula kurz darauf in ihren Twingo stieg und den Motor anließ, griff der Mann nach seinem Handy und rief jemanden an, der sich bereits nach wenigen Sekunden meldete.

»Hat sie die Spur aufgenommen?«

Der Mann sah, wie Jula den Blinker einschaltete und langsam anfuhr.

»Ja. Soll ich an ihr dranbleiben?«

Der Befragte dachte kurz nach.

»Nicht nötig. Wenn sie wirklich was rausfindet, bekomme ich das sowieso mit.«

»Ich soll sie also nicht verfolgen?«

»Nicht nötig, Heiko. Du bekommst morgen weitere Anweisungen. Und keine Sorge, das wird alles nicht mehr lange dauern. Höchstens noch ein paar Tage.«

»Wie Sie wünschen. Dann fahre ich jetzt zum Haus der Freundin, bei der Mathilda heute übernachtet.«

»Gut!«

Damit endete das Telefonat. Heiko sah aus seinem parkenden Van heraus zu, wie Julas Wagen hinter der nächsten Kreuzung verschwand. Dann legte er die Kamera auf den Beifahrersitz und lehnte sich zurück.

»Ein Jammer«, sagte er zu sich selbst, während er seine Rückenlehne in eine bequemere Position stellte. »Das ist echt ein lockerer Job. Schade, dass er bald endet.«

KAPITEL 35

Von draußen näherten sich Schritte. Hegel konnte alle Wärter am Geräusch ihres Ganges unterscheiden, doch jetzt, lange nach dem nächtlichen Einschluss, konnte es ohnehin nur einer von ihnen sein.

»Diese junge Frau hat mir nicht den Eindruck gemacht, dass sie sich hier besonders wohlgefühlt hätte.«

Ludwig Köhler hatte Hegels Zelle so leise wie möglich aufgeschlossen. Die anderen Häftlinge sollten nicht mitbekommen, dass er den meistgehassten Mann der Haftanstalt regelmäßig besuchte, sobald es im Zellenblock ruhig geworden war. Zweifellos hätten sie vermutet, dass Hegel sich als Gefängnisspitzel bei der Leitung der JVA beliebt zu machen versuchte. Und das, obwohl es etwas ganz anderes war, das den bulligen Wärter zu ihm führte.

»Sie hat schlechte Erfahrungen gemacht und ist sehr verletzlich. Wenn sie auch versucht, es sich nicht anmerken zu lassen.«

Köhler musterte Hegel aufmerksam. »Sie wirken so anders als sonst. Irgendwie besorgt.«

»Was sind denn das für ungewohnte Töne, Ludwig? Wer therapiert denn hier wen?«

Ludwig Köhler hatte sich Hegel bereits wenige Wochen nach dessen Haftantritt anvertraut. Obgleich dieser ohnehin schon bemerkt hatte, dass sein Aufseher unter einer klinischen Depression litt, die er hinter einer Mauer von demonstrativer Stärke und gespielter Fröhlichkeit zu verbergen gelernt hatte. Waren die Gespräche der beiden zunächst eher ein nächtlicher Zeitvertreib für Hegel gewesen, hatte sich daraus schon bald eine tiefe Verbundenheit entwickelt, wie Hegel sie hinter den Mauern der Haftanstalt Moabit sonst mit keinem anderen Menschen teilte.

»Ich will Ihnen nicht zu nahe treten, entschuldigen Sie bitte. Gibt es Neuigkeiten in Ihrem Fall? Ich meine, Ihr Verteidiger war doch seit Monaten nicht hier, und jetzt gleich mehrmals täglich?«

»Nein, nichts Neues. Es gibt halt eine Menge Dinge zu regeln, solange ich hier festsitze. Diese junge Dame ist meinem Verteidiger dabei als Assistentin behilflich. Für die Abwicklung meiner Angelegenheiten außerhalb von Moabit ist Dr. Varbelow ja eher überqualifiziert. Die beiden werden in den kommenden Tagen sicher noch öfter kommen.«

»Kann es sein, dass Sie sich wegen dieser Frau Sorgen machen?«

Hegel sah seinen Wärter mit großen Augen an.

»Wie kommen Sie darauf?«

»Na ja, Sie haben immerhin Ihren Anwalt zu mir rausgeschickt, um allein mit ihr reden zu können.«

»Nicht schlecht, Ludwig. Sehr aufmerksam. Wissen Sie, ich habe das Gefühl, dass die junge Frau dazu neigt, Dinge zu tun, die sie dann später bereuen muss. Da schien mir ein vertrauliches Wort angebracht. Aber genug davon! Wie geht es *Ihnen* heute?«

Köhler sah noch einmal durch den Spion in den Flur hinaus, bevor er den einzigen Stuhl in der Zelle zu sich zog und Platz nahm. Hegel saß, noch immer in seinen Trainingsanzug gekleidet, auf seinem Bett.

»Ich bringe leider keine guten Nachrichten.«

Hegel zeigte keine Regung.

»Ich weiß. Sie sprechen wieder tiefer als sonst, und Ihre Sprache klingt monoton. Sie driften bei manchen Lauten ins Zittern ab. Sie sind traurig und haben Angst.«

Köhler senkte den Blick.

»Eine Scheißangst sogar. Ich will unsere nächtlichen Treffen nicht aufgeben, ich kann ja sonst mit niemandem über meine Probleme reden!«

Köhler griff in die Hosentasche seiner Uniform und zog etwas Kugelförmiges hervor, das in Alufolie eingewickelt war. Hegel griff danach, entwickelte das Gebinde und entnahm ihm eine Tüte mit Pralinen darin.

»Das sind die handgemachten!«

Hegel öffnete die Tüte und roch an deren Inhalt. Der Duft von Marzipan, Nüssen und dunkler Schokolade stieg auf und ließ seine Gedanken für eine Sekunde zu den Weihnachtsfeiern seiner Kindheit zurückkehren. Kurz schloss er die Augen und lächelte genießerisch. Dann versteckte er das Geschenk achtsam unter seinem Kopfkissen.

»Wissen Sie, was eine Therapiesitzung früher bei mir gekostet hat? Und soll ich Ihnen was sagen? Das ganze Geld meiner Patienten hat mir nicht so viel bedeutet wie Ihre kleinen Aufmerksamkeiten!«

»Was immer Sie brauchen! Sie wissen ja, ich kann Ihnen hier reinschmuggeln, was Sie wollen.«

»So habe ich das nicht gemeint, Ludwig. Ich freue mich ja, Ihnen helfen zu können.«

Der gutmütige Wärter kämpfte schon seit Jahren gegen seine Depressionsschübe an, die ihn unvermittelt heimsuchten. Doch seine psychische Erkrankung durfte er sich nicht anmerken lassen, gerade nicht in dieser Gefängnisumgebung. Eigentlich hätte er sich schon längst dienstunfähig melden müssen, aber der Beruf war sein Leben und die Gespräche mit Hegel das Wichtigste, das er hatte.

Köhler sah zum vergitterten Fenster, gegen das seit einigen Minuten heftiger Regen prasselte. Jetzt, da es dunkel geworden war, kam dem Wärter die Zelle noch viel kleiner und trostloser vor als sonst. Nicht einmal Bilder durften die Inhaftierten an die Wände hängen; zu groß war die Gefahr, dass jemand Drogen oder andere illegal eingeschmuggelte Gegenstände dahinter versteckte.

»Ich fürchte, dass unsere heimlichen Treffen bald enden.«

Hegel lehnte sich gegen die Wand. Dabei knirschte der Lattenrost unter seiner Matratze und verriet dem Professor durch die Tonhöhe, dass er wieder abgenommen hatte. Seit seiner Inhaftierung waren es bereits mehr als fünfzehn Kilo. Das meiste davon hatte Hegel innerhalb der ersten acht Wochen verloren.

»Haben Sie etwa wieder diese Gedanken?«

Köhler atmete jetzt flacher.

»Die sind immer da. Wenn sich das Gedankenkarussell wieder so schnell dreht, dass ich es nicht mal mehr mit Alkohol betäuben kann. Wenn ich meinen Sohn nicht anlächeln kann, obwohl ich weiß, dass ich es tun müsste. Schon allein, damit er nichts merkt.«

»Suizidgedanken können manchmal hilfreich sein. Sie beenden das Gedankenkarussell.«

»Sie beenden vor allem Leben!«

Hegel schlug seine Beine übereinander.

»Gedanken beenden keine Leben. Sie verderben sie uns nur gelegentlich. Was wollen Sie in einer solchen Lage lieber loswerden? Ihr Leben oder die bösen Gedanken?«

Köhler starrte mit reglosem Gesicht auf die Wand und

schwieg. In manchen Sitzungen tat er das mehrere Minuten lang, und Hegel ließ ihm die Zeit. Sehr leise stieß der Wärter schließlich hervor:

»Es ist vorbei. Sie werden mir nicht mehr helfen können.«

»Sicher?«

»Ich habe es heute erfahren. Sie können nicht länger in Einzelhaft bleiben. Die Leitung hat entschieden, Sie wieder zu den anderen zu bringen.«

Hegel hielt kurz den Atem an. Noch immer prasselte der Regen gegen die Fenster, als wolle er heraufziehendes Unheil ankündigen.

»Wann?«

»Morgen früh ziehen Sie um. Ich habe mich ein bisschen umgehört. Es tut mir leid, aber Mick und seine Jungs erwarten Sie bereits.«

Hegel dachte kurz nach.

»Machen Sie sich mal nicht allzu große Sorgen deswegen. Ich glaube, ich habe eine Idee, wie ich dieses Problem für uns beide lösen kann. Es wird aber nicht ganz einfach werden.«

Köhler horchte auf, während wieder Hoffnung in ihm aufkeimte.

»Wirklich? Kann Ich Ihnen denn irgendwie dabei helfen?«

Hegel schüttelte den Kopf.

»Das schaffe ich schon allein. Aber Sie können etwas anderes für mich tun.«

»Alles!«

»Sie haben doch die Nummer meines Anwaltes?« Köhler nickte. »Ich habe ihn schon vor einigen Wochen gebeten, seine Kontakte spielen zu lassen und mir die Akten zu einem bestimmten Kriminalfall zu beschaffen. Vor allem die Videoaufzeichnungen der Zeugenaussagen. Können Sie ihn bitte anrufen und in meinem Namen Druck machen? Ich schätze, dass ich diese Informationen sehr bald benötigen werde.«

»Natürlich, kein Problem. Um welchen Fall geht es denn?«

Hegel schloss die Augen.

»Er hängt jedenfalls mit der jungen Frau zusammen. Schreiben Sie sich das jetzt besser auf. Es ist wichtig. Und es eilt!«

KAPITEL 36

Ich bin Mathilda, und wer bist du?«

Das Mädchen sah von seiner Brotbox auf, der es gerade eine mit Gouda belegte Schrippe entnommen hatte. Der Anblick der freundlichen jungen Frau, die sich auf dem Pausenhof zu ihr gesetzt hatte, schien die Zehnjährige nicht zu beunruhigen.

»Ich bin Jula.«

Die Kleine kräuselte die Stirn.

»Du meinst wohl *Julia?*«

Jula konnte sich ein Lächeln nicht verkneifen. Fast jeder, dem sie sich vorstellte, dachte vermutlich das Gleiche. Doch es bedurfte schon eines Kindes, um es zur Sprache zu bringen.

»Ich heiße wirklich Jula. Das bedeutet *von Gott geliebt.* Oder *Bartflaum,* aber das Erste ist mir lieber!«

»Bist du eine Lehrerin?« Mathilda stellte ihre Brotbox neben sich auf die Bank und öffnete ein Notenheft, das sie bereits vor Julas Auftauchen auf ihrem Schoß balanciert hatte.

Jula sah sich um. Noch hatte niemand davon Notiz genommen, dass sich eine fremde Frau unter die Grundschüler gemischt hatte.

»Ich bin heute erst mal nur da, um zu sehen, ob ich hier arbeiten will. Gefällt dir die Schule?«

Mathilda biss in ihr Brötchen und blätterte mit ihrer freien Hand in dem Notenheft. Nachdem sie einige Sekunden später noch immer nicht geantwortet hatte, fragte Jula weiter:

»Du magst wohl Musik?«

»Hm.« Mathilda kaute unbeirrt weiter an ihrem Frühstück, während ihre Blicke dabei über eine Partitur flogen, die Jula höllisch kompliziert vorkam.

»Ich mag Musik auch gern.« Noch immer sah das Kind nicht zu Jula auf. »Aber meine Eltern hatten leider kein Geld für ein Piano. Hast du denn zu Hause ein Klavier?«

»Hm.«

»Hat deine Mama dir das gekauft?« Jula blieb ruhig und souverän, auch wenn es ihr in der Seele wehtat, die Kleine auf ihre ermordete Mutter anzusprechen. Doch es ging um Elyas. Er war allein deswegen entführt worden, damit sie nicht weiter im Fall Hegel recherchierte. Und Hegel selbst hatte ihr einen eindeutigen Hinweis gegeben, dass Kinder ein Druckmittel seien, mit dem man Menschen zu fast allem bringen kann. Sogar dazu, Straftaten zu begehen. Bis hin zu Mord.

Saß Jula eventuell gerade dem Druckmittel gegenüber, mit dem Hegel gezwungen worden war, auf die Obdachlose einzustechen? Eine Obdachlose, die in Wahrheit Doktor der Kriminalwissenschaften war? Noch immer wusste Jula nicht, wie die einzelnen Teile des Puzzles zusammenpassten, doch es war weitaus mehr als ihr journalistisches Bauchgefühl, das ihr sagte, dass sie den Fall Hegel verstehen musste, um Elyas zu finden. Und damit musste sie herausfinden, ob und welche Verbindung es zwischen ihm, Johanna und Mathilda in Wirklichkeit gab.

»Ist das von deiner Mutter?«, fragte sie noch einmal.

Mathilda sah von ihren Notenblättern auf und hörte auf zu kauen. Ihr Blick wurde traurig.

»Meine Mama ist nicht da. Ich wohne bei meinen Großeltern.«

»Wo ist deine Mama denn?«

Mathilda schüttelte den Kopf und gab zu verstehen, dass sie nicht darüber reden wolle.

»Wann hast du sie denn zuletzt gesehen?«

»Weiß nicht.«

»Aber ihr telefoniert doch bestimmt oft, oder?«

»Nein. Wieso willst du das wissen?«

Zwei Mädchen hatten sich aus der Gruppe der Kinder gelöst, die etwas weiter vorn an einem Klettergerüst gespielt hatten. Sie kamen zu Mathilda gelaufen und betrachteten Jula voller Argwohn.

»Wer ist die denn?«

Jula hatte kaum geschlafen und war am Morgen so eilig zu Mathildas Schule aufgebrochen, dass sie sogar vergessen hatte, ihre Tabletten zu nehmen. Ihr Rücken schmerzte heftig, während sie sich ein weiteres Mal umsah. Drei Lehrer hatten Pausenaufsicht, doch noch hatte keiner Notiz von ihr genommen. Der Schulhof war groß und verwinkelt, und ein fremder Mann wäre vermutlich viel eher aufgefallen als eine junge Frau. Dennoch hatte Jula keine Zeit zu verlieren.

»Das ist eine neue Lehrerin. Sie heißt Julia, nur anders.«

Die beiden Mädchen nickten, machten aber keine Anstalten, wieder zu gehen. Jula überlegte, wie sie das Gespräch unauffällig auf Mathildas Vater bringen konnte, denn schließlich musste es diesen ja irgendwo geben. Sie spürte jedoch, dass die Kleine allmählich misstrauisch wurde, und mit ihren beiden Freundinnen als Zeugen war es nochmals schwieriger geworden, keinen Verdacht zu erregen. Während sich Jula ihre nächste Frage zurechtlegte, signalisierte ihr Telefon mit einem hellen Klang den Eingang einer WhatsApp-Nachricht.

»C!«, sagte Mathilda unvermittelt.

Ohne besondere Gemütsregungen zu zeigen, stand das Kind auf und sah auf seine rosafarbene Armbanduhr. Mathildas Brot war aufgegessen, und anscheinend näherte die Pause sich ihrem Ende.

»C? Was meinst du?«

Die anderen Mädchen lachten, als Mathilda hinzufügte:

»Ja, das zweigestrichene.«

»Ich verstehe nicht.«

»Sie ist ein bisschen komisch!«, sagte eine von Mathildas Freundinnen.

Das Kind stampfte mit dem Fuß auf.

»Bin ich nicht! Der Klingelton ist ein zweigestrichenes C. Was ist daran so komisch?«

Jula sah zu den anderen Mädchen.

»Sie hat das absulative Gehör«, kicherte eins der beiden. »Die kann jede Note einfach so erkennen, ohne Hilfe«

O mein Gott, das kann doch nicht wahr sein!

Jula begann in der warmen Herbstsonne zu frösteln. So als wäre die Erkenntnis, die ihr gerade gekommen war, ein Kühlmittel, das langsam in ihr Bewusstsein sickerte.

»Es heißt *absolutes Gehör,* und ich bin nicht komisch!« Mathilda lief wütend davon.

Die Mädchen folgten ihr, doch der plötzliche, lautstarke Aufbruch hatte zur Folge, dass einer der Lehrer von der Pausenaufsicht für mehrere Sekunden in Julas Richtung sah.

Wenn das stimmt, dann …

Jula spürte, wie sich ihr an beiden Armen eine Gänsehaut bildete. Hatte sie das gerade wirklich richtig verstanden, handelte es sich um einen dummen Zufall, oder spielten ihr vielleicht auch einfach nur ihre Sinne einen bitterbösen Streich? Wie angewurzelt blieb sie stehen und blickte den Kindern nach. Obwohl sie wusste, dass auch sie nun besser den Rückzug antreten sollte. Gerade als Jula sich wieder gefasst hatte und auf das Schultor zuging, vernahm sie hinter sich die Stimme eines Mannes:

»Hey, bleiben Sie stehen! Wer sind Sie? Was haben Sie hier zu suchen?«

Verdammt!

Und ohne sich auch nur umzudrehen, rannte Jula los, so schnell sie nur konnte.

KAPITEL 37

Mathilda ist Ihre Tochter! Sie hatten ein Verhältnis mit Johanna Konradi, und ich wette, die Kleine hat den Auftrag, niemandem etwas davon zu erzählen. Aber wie soll ein Kind so was durchhalten? Mal davon abgesehen, dass Mathilda eindeutig nach Ihnen kommt. Ihre Nase, ihre Haare, das absolute Gehör!«

Hegel stand, den Rücken gegen die kalte Gefängnismauer gelehnt, an dem Münztelefon, auf das ihm Julas Anruf durchgestellt worden war. Er schloss die Augen und fuhr sich mit der Hand durchs Gesicht. Seine Zelle war an diesem Morgen bereits um sechs Uhr früh aufgeschlossen worden, nachdem Hegel in der Nacht kaum ein Auge zugetan hatte. Stand ihm doch nach mehreren Wochen Einzelhaft zum ersten Mal wieder die Begegnung mit seinen Gefängnisgenossen bevor. Doch bevor er auf Mick und dessen Schergen treffen würde, hatte er sich zunächst noch einer ganz anderen Konfrontation zu stellen.

»Bitte, Sie dürfen nicht mehr weiterforschen. Ich flehe Sie an!«

»Sie selbst haben mich doch darauf gestoßen, dass ein Kind im Spiel ist. Ich stehe jetzt kurz vor dem Durchbruch, da kann ich nicht einfach aufhören. Elyas ist immer noch verschwunden, und die Zeit arbeitet gegen ihn!«

»Ja, ich weiß. Verdammt, warum bringen Sie mich in diese Lage? Ich habe immer gesagt, dass ich Ihre Hilfe nicht will. Warum haben Sie sich nicht einfach daran gehalten?«

Julas Stimme klang jetzt leiser durch den Hörer.

»Das ist nicht hilfreich, ich kann das jetzt nicht mehr rückgängig machen. Herr Hegel, bitte seien Sie ehrlich: Ist Mathilda das Druckmittel? Sitzen Sie ihretwegen freiwillig für einen Mord im Knast, den Sie nie begangen haben?«

»Ich kann und werde das nicht beantworten. Schon allein deswegen, weil Ihnen die Antwort Elyas nicht zurückbringen würde. Im Gegenteil, er würde nur noch in größere Gefahr geraten.«

»Als ob das überhaupt noch möglich wäre! Ich habe mir Gedanken gemacht: Johanna wurde ja nicht in Ihrem Haus ermordet. Sie wurde nur vom echten Tatort aus dorthin geschleppt. Wenn der wahre Täter diesem Schema treu bleibt, dann könnte der eigentliche Tatort auch der Ort sein, an dem er Elyas gefangen hält.«

»Das sind doch alles nur Theorien, Frau Ansorge! Wenn Sie immer noch glauben, dass ich nicht der Mörder bin, haben Sie sich dann mal überlegt, dass ich den wahren Tatort möglicherweise deswegen nie verraten haben könnte, weil ich ihn einfach nicht kenne? Noch einmal: Ich *kann* Ihnen nicht helfen!«

»Bitte, geben Sie mir was. Irgendwas!«

Hegel schloss die Augen und horchte in sich hinein.

»Ich habe Ihnen fast alles über diesen Anrufer gesagt. Das Einzige, was ich Ihnen noch erzählen kann, ist, dass er versucht, einen Brandenburger Dialekt zu verbergen. Für Außenstehende sprechen die Brandenburger Berlinerisch, aber das stimmt nicht. Sie haben verschiedene Abwandlungen, zum Beispiel, wie sie das *ch* aussprechen. Dazu kommt, dass das auch noch von Region zu Region variiert. Der Mann, der Ihnen am Telefon droht, stammt aus dem Landkreis Oberhavel. Aber das bedeutet nicht, dass er da heute noch lebt.«

»Das war alles?« Jula klang ruhig und abgeklärt.

»Ich würde Ihnen gern etwas Hilfreicheres sagen, aber die Chancen für Elyas stehen nicht sehr gut. Bitte seien Sie vorsichtig bei allem, was Sie tun. Und noch was!« Sein Ton wurde schärfer: »Ich weiß, dass Sie Ihren Bruder nicht im Stich lassen werden. Aber wehe Ihnen, wenn Sie Mathilda in Gefahr bringen!«

Damit legte er auf und schloss die Augen. Dann machte er sich auf den Weg zu den anderen Häftlingen. Sie würden ihn bereits erwarten.

KAPITEL 38

Hegel 20-02-75.« Jula war noch immer wie benommen, doch die Uhr tickte, und sie wollte das Gewirr ihrer Gedanken ordnen, indem sie eine weitere Notiz für ihren Podcast aufzeichnete. »Die Wahrheit beginnt sich zu zeigen. Leider nur langsam. Das Opfer war eine hochdekorierte Polizistin, vermutlich war sie nur als Obdachlose getarnt. Sie hatte sich auf das Thema Zeugenschutz spezialisiert, es wäre denkbar, dass sie als scheinbar Obdachlose ein Safe House bewacht oder etwas Vergleichbares getan hat.«

Kurz deaktivierte Jula die Aufzeichnung und sah auf die Uhr. Elyas war jetzt seit etwa vierundzwanzig Stunden in der Gewalt seines Entführers, und keine ihrer Erkenntnisse hatte sie bislang auf eine echte Spur zu ihm gebracht. Sie konzentrierte sich und setzte die Aufzeichnung fort:

»Johanna Konradi hatte ein Kind mit Hegel, was unter Geheimhaltung steht. Warum? Beide hatten mit gefährlichen Verbrechern zu tun, und Kinder sind ein hervorragendes Druckmittel für solche Kriminellen. Kinder machen Menschen verwundbar. Hegel wird mir ab jetzt nicht mehr helfen, er hat Angst um seine Tochter. Und ich kann ihn verstehen. Ich bin ab jetzt auf mich allein gestellt, also, was habe ich? Ich suche einen eitlen Pedanten aus der Region Oberhavel, der eine schwere Lungenkrankheit hatte, weil er davor starker Raucher war.« Jula hielt inne.

Dann führte sie ihr Handy erneut vor ihre Lippen und fügte mit brüchiger Stimme hinzu: »Und wenn ich ihn nicht sehr bald finde, dann werde ich es bitter bereuen, dass ich nicht von Anfang an auf seine Warnungen gehört habe.«

KAPITEL 39

Hegel war in der Wäscherei eingesetzt, in der für die Arbeiter am Tag bis zu zwölf Euro zu verdienen waren, die sie gegen Lebensmittel oder Gegenstände des täglichen Bedarfs eintauschen konnten.

In einer Schleuse wurden zunächst alle Häftlinge auf Waffen oder andere unerlaubte Gegenstände kontrolliert. Eine Sicherheitsmaßnahme, die jedoch spätestens dann ins Leere lief, wenn einer der Gefangenen selbst als Waffe angesehen werden konnte. So wie im Fall von Mick.

»Wen haben wir denn da?«, schallte es in beißendem Ton durch den Waschraum.

Mick Breitfelders Schädel war stets zu einer Glatze rasiert, der größte Teil seines Körpers – einschließlich Hals und Hinterkopf – war tätowiert. Seine Freizeit verbrachte er üblicherweise beim Krafttraining auf dem Gefängnishof, und einer seiner Schneidezähne war einer Meinungsverschiedenheit zwischen ihm und einem Mithäftling zum Opfer gefallen. Mick war zehn Jahre zuvor zu einer lebenslangen Haftstrafe verurteilt worden, nachdem er zunächst eine Spielbank überfallen und im Anschluss daran auf der Flucht zwei Geiseln erschossen hatte. Während seiner Zeit in Moabit hatte er sich einen Ruf erkämpft, der es ihm ermöglichte, seine Mitinsassen so weit zu kontrollieren, dass sie nahezu willenlos seinen Befehlen gehorchten. Nicht zuletzt deshalb, weil die Auseinandersetzung, die ihn seinen Zahn gekostet hatte, seinen Gegner auf die Intensivstation gebracht hatte.

»Mick, mein Guter.« Hegel wusste, dass er jetzt jeden Anschein von Schwäche vermeiden musste. »Hast du mich vermisst?«

Der Angesprochene sah sich nach den Wärtern um. Einer von ihnen behielt Hegel aus der Ferne im Blick; sein Kollege Ludwig Köhler hatte ihn darum gebeten.

Mick grinste und entblößte dabei seine Zahnlücke.

»Du siehst aus wie ein Jammerlappen. Einzelhaft bekommt dir nicht, was?« Er musterte Hegel, als sei dieser ein Stück Fleisch, das ihm vom Metzger angeboten worden war. »Macht ja fast keinen Spaß, dich zu vermöbeln. Aber auch nur fast.«

Hegel trat einen Schritt auf Mick zu und musterte ihn von oben bis unten.

»Ein paar Jungs sind wohl nicht besonders gut auf mich zu sprechen, weil sie denken, dass sie meinetwegen hier einsitzen. Und das, obwohl sie ihre Verbrechen selbst begangen haben. Ganz ohne meine Hilfe.«

Mick schnalzte mit der Zunge.

»Sagt der Typ, der auf wehrlose Frauen einsticht!«

Ohne sich nach den Wärtern umzusehen und lediglich mit einer leichten Prise Sarkasmus erwiderte Hegel:

»Ja, die Frauen … Um *deine* Frau kümmern sich ja nun schon seit zehn Jahren andere Männer. Vermutlich sogar welche mit Zähnen im Mund.«

Ein Raunen ging durch die Gruppe der Umstehenden, die dem Gespräch aufmerksam, aber in gebührendem Abstand folgten. Mick vermied es, seinen Blick von Hegel abzuwenden; dieser hätte es als Unsicherheit interpretieren können. Stattdessen trat er dicht an Hegel heran und ließ die Gelenke in seiner Faust knacken.

»Überleg dir genau, was du als Nächstes sagst!«

»Okay, wie gefällt dir das: Der Sex mit deiner Frau dürfte dir nicht besonders fehlen.«

Obwohl die Wärter bemerkten, dass die beiden Männer offenkundig nicht mit dem Austausch von Freundlichkeiten zugange waren, griffen sie nicht ein. Es kam regelmäßig zu Konflikten zwischen den Häftlingen, und bis zu einem gewissen Punkt überließen die Aufseher deren Klärung den Beteiligten selbst.

»Was meinst du damit, du Penner?«

Mick entging nicht, dass die Umstehenden auf einmal ganz still geworden waren. Angespannt warteten sie auf Hegels Erwiderung. Der Geruch von kaltem Zigarettenrauch, der aus Micks Mund drang, war so penetrant, dass Hegel sich am liebsten abgewendet hätte. Doch er wich keinen Zentimeter zurück.

»Also, jahrzehntelang nur mit Männern eingeschlossen zu sein, dürfte jedenfalls keine besondere Einschränkung für dein Liebesleben sein.«

Mick legte den Kopf schräg, während sich sein Atem beschleunigte.

»Die Wärter können dich nicht rund um die Uhr beschützen, du blödes Stück Scheiße!«

Hegel machte eine Kunstpause, bevor er antwortete:

»Wovor denn? Vor deinem Zorn oder vor deinem Schwanz?«

»Was?!«

»Willst du dich nicht endlich zu dem bekennen, was du bist?«

Zum ersten Mal mischte sich einer der Aufseher energisch ein.

»Jetzt aber mal an die Arbeit! Wir sind hier nicht beim Kaffeeklatsch!«

Mick drehte sich zu dem Wärter um, der hinten in der Nähe der Tür stand und zu der Gruppe hinübersah.

»Es geht um die Arbeitsabläufe. Matthias war ja ein paar Wochen nicht hier.« Damit wandte sich Mick wieder Hegel zu. »Okay, was willst du mir damit sagen, du Opfer?«

Hegel vergewisserte sich, dass die Umstehenden der Unterredung noch immer folgten. Dann sagte er so laut, dass alle es verstehen konnten:

»Du bist schwul! Und es wundert mich, dass du das so lange geheim halten konntest. Ich meine, die meisten Jungs hier sind sicher nicht besonders liberal oder weltoffen, aber angesichts des Frauenmangels hättest du in den vergangenen Jahren doch sicher viel Spaß im Knast haben können.«

Sekundenlang schwieg Mick, während die Ader an seiner rechten Schläfe anschwoll. Schließlich zischte er:

»Willst du sterben?«

Hegel blinzelte nicht einmal.

»Deine Sprache driftet immer dann ins Schauspiel ab, wenn du von Sex mit Frauen sprichst. Du gibst dann nämlich keine auf tatsächlichen Erlebnissen basierten Erinnerungen wieder, sondern improvisierst aus Bildern, die du vermutlich mal in Pornofilmen gesehen hast. Deine Aggressionen und dein betont männliches Revierverhalten zeigen, dass du Angst hast, für unmännlich gehalten zu werden. Das nennt man Kompensation. Und obwohl du hier seit einem Jahrzehnt nur von Männern umgeben bist, trainierst du nach wie vor deinen Körper und läufst bei jeder Gelegenheit oben ohne rum. Wie ein Pfau, der seine Federn spreizt.«

Mick konnte es sich nicht verkneifen, kurz nach links und rechts zu sehen. Die Mithäftlinge wichen seinem Blick aus.

»Du hast gerade dein Todesurteil besiegelt, Alter.«

Hegel lächelte milde. Dann sah er sich demonstrativ um, bevor er fortfuhr:

»Ich will nur, dass es endlich raus ist. Glaub mir, du wirst es mir danken.«

Mick trat Schweiß auf die Stirn.

»Du kommst dir krass schlau vor mit deinen Titeln und deiner Kohle, was? Aber du sitzt mit deinem Arsch hier fest, und du wirst nie wieder rauskommen. Und ab heute wirst du dir jeden Tag wünschen, deine räudige Mutter hätte dich nie ausgeschissen!«

Jetzt trat der Wärter direkt an die Männer heran.

»So, jetzt reicht's!«

Während sich die Umstehenden an ihre Arbeitsplätze begaben, musterte Mick Hegel noch einmal durchdringend.

»Ich habe zwei Leute kaltgemacht, die lassen mich hier nie wieder raus. Du blöder Wichser, was soll mir schon noch passieren, wenn ich dich einfach absteche?«

Damit wandte sich Mick ab und machte sich an die Arbeit.

KAPITEL 40

Jula hatte im Verlauf ihrer Internetrecherchen so viele Browserfenster geöffnet, dass sie beinahe den Überblick verloren hatte. Während sie unter den gelangweilten Blicken ihres Katers Wallraff eine weitere Schmerztablette mit einem Schluck viel zu starken Kaffees hinunterspülte, stieß sie auf eine Seite, die von Mathildas Grundschule hochgeladen worden war. Es handelte sich um die Onlineversion der Schülerzeitung, die von den Kindern der höheren Klassenstufen einmal im Vierteljahr angefertigt und in den meisten Fällen zum Selbstkostenpreis an die Eltern ausgegeben wurde. Jula gab den Namen *Mathilda Konradi* in die Suchfunktion der Seite ein und gelangte dadurch zu einem Aufsatz, den Hegels Tochter offenbar auf einem Klassenausflug geschrieben hatte. Julas Augen weiteten sich, als sie das Datum las, an dem die Kinder den Ausflug unternommen hatten.

Das war genau zu der Zeit, als ihre Mutter ermordet wurde!

Sofort öffnete Jula den Text und las, was die Kleine geschrieben hatte. Offenbar hatten alle Kinder die Aufgabe gehabt, einen Aufsatz zu verfassen, in dem sie ein besonders eindrucksvolles Erlebnis ihrer Klassenfahrt beschreiben sollten. In Mathildas Geschichte war von Kissenschlachten die Rede, von nächtlichem Aufbleiben und einem Abend am Lagerfeuer, bei dem sie alle gemeinsam Würste auf Stöcke gespießt und über dem offenen Feuer gegrillt hatten. Aufmerksam las Jula, welche Erinnerungen Mathilda darüber hinaus niedergeschrieben hatte, und tatsächlich hatte sich das Kind seine Lieblingsgeschichte für den Schluss aufgehoben. Am dritten Tag ihres Aufenthaltes hatten die Schüler mit ihren Lehrern einen Ausflug zu einem Brandenburger See unternommen.

Jula begann jedes Wort von Mathildas Geschichte daraufhin zu durchleuchten, ob sich der genaue Ort des Schulausfluges darin erkennen ließ. Doch an keiner Stelle war erwähnt, wo genau die Kinder gewesen waren. Auch sonst waren Mathildas Ausführungen zu dem Ausflug eher vage formuliert. Gruselig sei es gewesen, wegen der vielen Ruinen am See, obwohl Mathilda ausdrücklich betonte, sie habe keine Angst gehabt. Die Lehrer hätten die Kinder immer wieder aufgefordert, sich nicht von der Gruppe zu trennen, und Mathilda habe darauf geachtet, dass jeder sich daran hielt. Sie berichtete zudem, dass sie nicht in die unheimlichen baufälligen Gebäude hineingegangen waren, weil die Lehrer dies für zu gefährlich gehalten hatten. Und dass einige ihrer Mitschüler verlangt hatten, schnell wieder zu gehen. Eine Passage des Aufsatzes erschien Jula jedoch besonders interessant: Mathilda behauptete, sie habe im Anschluss an den Ausflug *die Gruppe gerettet*. Zwar hatte sich das Kind in der gesamten Erzählung als furchtlose Heldin dargestellt, doch Jula konnte sich des Gefühls nicht erwehren, dass diese Bemerkung möglicherweise wichtig sein konnte.

Warum hat sie die Gruppe gerettet?

»Mathilda schreibt, dass sich alle auf dem Rückweg verlaufen haben.« Mittlerweile war Jula dazu übergegangen, Wallraffs Nacken zu massieren. »Und dass die Handys der Lehrer nichts genützt haben, weil es im Wald keinen Empfang gibt. Sie sagt, dass sie alle zurück zum Schullandheim geführt hat, weil sie sich so gut in der Gegend auskennt.« Wallraff quittierte den Zwischenbericht mit Ignoranz, was man von seiner Reaktion auf die Nackenmassage nicht behaupten konnte. »Wo sind sie gewesen? Und warum hat sich Mathilda da draußen in der Pampa so gut ausgekannt?«

Am Ende der Geschichte hatte die Schule ein Foto hochgeladen, das die Kinder mit ihren Lehrern auf einem gestellten Gruppenbild am Ufer eines Sees zeigte. Jula rückte ihren Schreibtischsessel etwas zurück und vergrößerte das Bild, soweit es möglich war. Nachdem sie die Aufnahme eingehend betrachtet hatte, schloss sie die Augen.

Irgendwas an diesem Bild kommt mir bekannt vor. In dieser Geschichte scheint es keine Zufälle zu geben, also denk nach. Warum kannte sich Mathilda in dieser Gegend so gut aus? Und wo habe ich zuletzt ein Bild von einem See gesehen?

Jula öffnete die Augen, und das Erste, worauf ihr Blick fiel, war ein Schornstein. Weit hinter dem Wasser ragte er, gerade noch zu erkennen, in den Himmel hinauf.

»Natürlich!« Jula klatschte in die Hände und sprang so ruckartig auf, dass ein brennender Schmerz durch ihren Rücken fuhr und sie sich sofort wieder auf den Sessel fallen ließ. Wallraff hob irritiert den Kopf, als wolle er Jula fragen, was sie herausgefunden hatte.

Das Video von Kalinsky! Von der Gartenparty in Hegels Wochenendhaus. Da war auch so ein Schornstein im Hintergrund zu sehen, nur aus einer anderen Perspektive. Das muss derselbe sein! Mathilda kannte sich dort aus, weil sie oft in der Gegend war. Mit ihren Eltern. In diesem verdammten Wochenendhaus! Am Tag der Ermordung ihrer

Mutter war sie da ganz in der Nähe auf einem Schulausflug!

Jula hob ihren Kater vom Tisch und drückte ihm einen Kuss auf die Stirn.

»Ich weiß noch nicht, was das zu bedeuten hat, Wallraff. Aber ich weiß, dass ich ganz nah dran bin, das Puzzle zusammenzusetzen. Wo auch immer Elyas ist, ich werde ihn da rausholen!«

KAPITEL 41

Elyas konnte den Blick nicht von der Frau wenden. Wie ein Kartoffelsack lag ihr Körper, von dem der Junge im schwachen Licht nur die Konturen ausmachen konnte, nicht einmal zwei Meter von ihm entfernt auf dem kalten Boden. Seltsam verkrümmt und auf unheimliche Weise Ehrfurcht einflößend.

Ich bin am Arsch! Alter, ich muss hier irgendwie raus, bevor dieser Penner zurückkommt!

Von Elyas' Entführer war weit und breit nichts zu sehen. Der Junge war trotz seiner Lage immer wieder für einige Minuten eingeschlafen, was jedoch nicht der Bequemlichkeit seines Lagers geschuldet war. Vielmehr lag es daran, dass ihn der Flüssigkeitsmangel Energie kostete und die Drogen, die ihn außer Gefecht gesetzt hatten, sich nur langsam in seinem Körper abbauten. Doch jetzt, irgendwann, die Uhrzeit vermochte er nicht zu erahnen, war er endlich wieder bei klarem Verstand, wenn auch seine Kehle trocken war und ein Druck auf seinen Schläfen lastete, der von Minute zu Minute stärker wurde. Elyas wendete den Blick vom Körper der Frau ab und sah sich um, dieses Mal jedoch weit konzentrierter als noch am Abend zuvor, als Angst und Wut seine Sinne vernebelt hatten. Draußen, das war durch die vernagelten Fenster deutlich zu erkennen, war es Tag, wenn er auch kaum die Wärme der Sonne spürte. Ihr Licht drang jedoch an mehreren Einfallsstellen in den Raum und ermöglichte dem Jungen Orientierung.

Grundsätzlich komme ich hier locker raus, alle Türen und Fenster sind aus Holz. Vermutlich auch noch morsch. Aber dafür muss ich erst mal diese verschissenen Fesseln loswerden!

Der Junge betrachtete seine wundgescheuerten Handgelenke, die mit einer Eisenkette an den Stahlbügel im Boden gebunden waren. Weder würde er die Kette bezwingen noch den Bügel aus dem Boden hebeln können. Die schwächste Stelle waren die Lederbänder um seine Handgelenke. Sie waren stabil und sehr fest gebunden, ließen dem Jungen dabei aber trotzdem ausreichend Bewegungsfreiheit, um sich hinlegen oder seinen Toiletteneimer nutzen zu können.

Wenn ich es schaffe, die Bänder anzuritzen, könnte ich sie vielleicht aufreißen.

Elyas sah sich um. Innerhalb seiner Reichweite war nichts Scharfkantiges zu sehen, mit dem er ein massives Lederband auch nur hätte ankratzen können. In seiner Not versuchte er es mit den Zähnen, musste aber bald feststellen, dass diese eher abbrechen als das Leder beschädigen würden.

»Wie es aussieht, liege ich bald neben dir.« Elyas sah wieder zu der Frau neben sich. Seine Stimme wurde brüchig. »Tut mir leid, dass du meinetwegen draufgegangen bist. Da will mir schon mal jemand helfen, und dann beißt er dafür ins Gras. Ich würde den Typen auch echt gern dafür bestrafen, aber ich kriege meine Fesseln nicht ab.«

Elyas wickelte seine Decke um sich und schloss die Augen. Der Durst schien seine Wahrnehmung verändert zu haben, und mit jedem Mal, wenn er die Gedanken an Wasser oder die Leiche neben sich zu verscheuchen versuchte, wurden die Bilder, die stattdessen vor seinem geistigen

Auge auftauchten, schärfer. Er konnte sich nicht erinnern, wann er zuletzt über einen so langen Zeitraum hinweg nur allein mit sich und der Stille gewesen war.

Wer, verdammt noch mal, hat denn bitte was davon, mich zu entführen? Und was soll Jula damit zu tun haben?

Elyas vermochte keine Antwort auf seine Fragen zu finden. Stattdessen kam ihm ein Gedanke, der ihn beängstigte:

Diesem Typen geht es doch garantiert um Lösegeld. Aber wer würde denn jemals dafür bezahlen, dass ich freigelassen werde? Die sind doch alle froh, wenn sie mich los sind.

Hier, in diesem muffigen, kalten Schuppen, konfrontiert mit der eigenen Sterblichkeit, durstig und angekettet auf einem steinharten Boden, verfiel Elyas in Selbstmitleid. Und obwohl er sich dafür hasste, konnte er seine Gedanken nicht unterdrücken.

Meiner Mutter bin ich doch sowieso scheißegal. Die hat sich einfach verpisst und mich mit einem Vater allein gelassen, der mich mein Leben lang als peinlichen Unfall verheimlicht hat. Die ist doch froh, wenn ich tot bin. Dann hat sie noch mehr Zeit für sich selbst und spart auch noch Kohle. Und Friedrich? Für den bin ich doch nur ein Kanacke, mit dem er sich zeigt, damit ihn seine reichen Arschlochfreunde für cool halten. Wenn ich tot bin, dann sucht der sich ein anderes Gettokid, mit dem er sich wie ein Gangster fühlen kann. Und Jula … Elyas stockte, als er erkannte, dass er sich noch nie zuvor mit der Frage auseinandergesetzt hatte, wie Jula wohl wirklich von ihm dachte. Oder wie er selbst von Jula dachte. *Na, was schon. Die hängt doch nur mit mir rum, weil sie ihren richtigen Bruder vermisst. Als Ersatz ist der kleine Bastard, der ihre Eltern auseinandergebracht hat, gerade noch okay. Klar, die sagt immer nette Sachen, aber damit meint sie doch gar nicht mich. Ihr blöder Moritz hat Scheiße gebaut, sich aufgehängt, und ich muss ihn jetzt ersetzen. Wie in so einer verschissenen Fernsehserie. Wenn da mal ein Schauspieler aussteigt, dann kommt halt irgendein anderer und spielt die Rolle weiter. Egal, wer. Und wenn ich tot bin, dann geht sie zu ihrem Paul zurück und bekommt ein Kind mit dem Affen. Ich bin doch in Wirklichkeit nur ein blöder, nutzloser Idiot, der immer nur nervt, nie Danke sagt und aus dem sowieso nie was wird.*

Elyas gab es auf, an den Bändern um seine Handgelenke zu zerren. Er hüllte sich nur noch etwas fester in seine Decke ein, lehnte sich zurück und lauschte dem Geräusch des Windes, der zwischen den Brettern hindurch in sein Versteck wehte. Leichtes Donnergrollen kündete ein Gewitter an, doch es schien noch weit weg zu sein.

Was hatte ich eigentlich noch mit meinem Leben vor? Ein Rapper werden, Millionen kassieren, krasse Partys, geile Bitches? Als ob!

Elyas öffnete die Augen, und sein Blick fiel auf den Eimer, der neben ihm auf dem kalten Boden stand.

Sieh's ein: Du bist die Pisse in diesem stinkenden Dreckseimer nicht wert.

Ein heftiges Stechen in seinem Schädel ließ den Jungen zusammenzucken. Mittlerweile konnte er kaum noch schlucken, da sein Körper fast vollständig ausgetrocknet war. Erneut betrachtete er den Eimer mit seinem Urin darin, während in ihm ein Gedanke zu keimen begann, den er jedoch unverzüglich wieder von sich schob.

Denk nicht mal dran! Das wirst du nie im Leben tun! Aber, wenn ich die Fesseln nicht losbekomme, dann …

Er sah wieder auf die Frau neben sich.

»Weißt du, dass du vielleicht der einzige Mensch in meinem kurzen Kackleben warst, der sich wirklich für mich eingesetzt hat?« Ohne darüber nachzudenken, rückte Elyas so weit zu der Frau hinüber, wie es ihm möglich war, und streckte seine zusammengebundenen Hände aus. »Das würde ich deiner Familie gern noch sagen.«

Und so wie seine Mutter es früher manchmal bei ihm gemacht hatte, begann er, der Frau über den Kopf zu streicheln. Es dauerte einige Sekunden, bis er es bemerkte, doch schließlich weiteten sich seine Augen, und ohne dass er es hätte unterdrücken können, rief er quer durch den Schuppen:

»Du bist ja warm!« Er wollte aufspringen, doch die Ketten erstickten den Versuch im Keim. »Scheiße, das gibt's ja nicht! Du lebst noch!«

KAPITEL 42

Zur Musik von Mozart konnte sich Friedrich am besten konzentrieren. Obwohl er *Eine kleine Nachtmusik* ganz sicher nicht abgespielt hätte, wenn seine Neuköllner Rapperfreunde bei ihm gewesen wären.

»Mann, Elyas, warum gehst du nicht ans Handy? Wo treibst du dich denn wieder rum?«

Der Anruf der verunsicherten Jula am Tag zuvor hatte Friedrich nachdenklich gemacht. Es war tatsächlich das erste Mal gewesen, dass Elyas einen Studiotermin nicht wahrgenommen hatte, und ein ausgeschaltetes Handy kam bei ihm nur dann vor, wenn wieder einmal der Akku leer war. Doch es dauerte selten länger als eine knappe Stunde, bis man ihn wieder erreichen konnte.

Friedrich erhob sich von seinem Sessel, stellte Mozart noch etwas lauter und ging ins Bad seiner Einliegerwohnung. Er trat an das etwas zu gewaltige Marmorwaschbecken, öffnete den Kaltwasserhahn und spritzte sich mit beiden Händen eiskaltes Wasser ins Gesicht. Dann sah er in den Spiegel, kniff die Augen so zusammen, dass die Brauen seinem Gesicht einen bedrohlichen Ausdruck verliehen, und erklärte im Brustton der Überzeugung:

»Ich finde dich schon, Big Ely!«

Damit griff er sich eines der Handtücher, welche die Putzfrau ihm täglich frisch gewaschen neben das Becken legte, frottierte sich das Gesicht ab und setzte sich erneut an seinen Rechner.

Okay, gucken wir doch mal, wo du warst, als du dein Handy ausgeschaltet hast.

Friedrich hatte oft genug die Telefonrechnung seines Freundes bezahlt, wenn dieser wieder einmal pleite gewesen war. Und da Elyas sein Smartphone zudem oft betrunken auf Partys hatte liegen lassen, hatte er sich einen Ortungszugang anlegen lassen, mit dem man den letzten Aufenthaltsort des Handys bestimmen konnte.

Friedrich loggte sich in eben dieses System ein und aktivierte die iPhone-Suche. Es dauerte nicht einmal dreißig Sekunden, bis er die Nachricht mit den Koordinaten erhielt, an denen Elyas' Telefon zuletzt online gewesen war.

»Echt jetzt?« Friedrich starrte mit offenem Mund auf den Monitor seines Rechners. »Bei Jula zu Hause? Was, zum Teufel, hat das zu bedeuten?«

KAPITEL 43

Elyas hatte die Frau unter größter Kraftanstrengung so nah zu sich herangezogen, dass sie jetzt direkt neben ihm auf dem Boden lag. So wie er es irgendwann einmal in einem Film gesehen hatte, hatte er sein Ohr über ihren Mund gehalten und dabei festgestellt, dass sie tatsächlich noch atmete.

Was machst du jetzt? Komm schon, du weißt es. Diese Lappen waren doch mal in der Schule und haben irgendwas von Erster Hilfe gelabert.

Elyas hatte sich gemerkt, dass er auf den Brustkorb eines leblosen Menschen pressen musste. So machte er sich mit seinen gefesselten Händen an eine Herzmassage, obwohl diese angesichts der Tatsache, dass die Frau atmete und bereits die Nacht überlebt hatte, eher unnötig war. Als ihm bald darauf die Kräfte ausgingen, hielt Elyas inne und sprach die Frau direkt an:

»Komm schon, du schaffst das! Der Penner denkt, dass du tot bist. Wenn du wach wirst, kannst du mich easy hier frei machen, und dann hauen wir ab!«

Elyas spürte, wie der Flüssigkeitsmangel seine Wahrnehmung weiter und weiter einschränkte. Allein die neue Hoffnung, die in ihm aufgekeimt war, verlieh ihm noch Energie. Unwillkürlich blickte er immer wieder zu dem Urineimer. Und mit jedem Mal erschien ihm die Vorstellung etwas weniger absurd, sich dazu zu überwinden, ihn zu leeren.

Die Loser im Dschungelcamp machen noch ganz andere Sachen. Ich muss die Frau retten, dafür brauche ich Kraft. Die wäre fast für mich gestorben, da kann ich ja wohl ihr zuliebe mal ein bisschen Pisse trinken. Scheiß drauf!

Da ertönte ein Poltern, das Geräusch von einem Schlüssel in einem Schloss, das Ächzen einer Holztür, die kraftvoll aufgedrückt wurde. Elyas konnte hinten im Raum die Silhouette eines Mannes erkennen, der in den Schuppen trat.

Shit, wenn der merkt, dass die Alte noch lebt, dann macht er sie kalt!

»Na, hast du Sehnsucht nach mir, du blöder Penner?«

Elyas versuchte sich so zu verhalten, als liefe für seinen Entführer alles nach Plan. Dabei beunruhigte es ihn, dass die Gestalt nicht direkt zu ihm trat, sondern lediglich irgendetwas unter die Tür klemmte, um noch einmal nach draußen zu gehen und verschiedene Gegenstände aus seinem Wagen zu holen.

»Was soll das denn werden?«

Elyas' Augen hatten sich nach fast zwei Tagen in dieser verdammten Hütte längst an die schlechten Lichtverhältnisse gewöhnt, sodass er gut erkennen konnte, dass der Mann einen dreibeinigen Hocker und ein langes Tau in den Raum getragen hatte. Erst nachdem der Fremde die Tür wieder geschlossen hatte, trat er an Elyas heran. Sofort bemerkte er, dass der Körper der Frau jetzt direkt neben dem Jungen lag.

»Sag bitte nicht, dass du heute Nacht mit der Leiche gekuschelt hast. Oder bist du vielleicht nekrophil?«

»Fick dich, Arschloch!« Elyas streckte beide Mittelfinger in die Höhe.

Sein Entführer ging darüber hinweg.

»Ich habe schlechte Nachrichten für dich.«

Viel mehr als diese Ankündigung beunruhigte Elyas die Tatsache, dass er zum ersten Mal in der Lage war, das Gesicht dieses Kerls zu erkennen.

Wenn ich weiß, wie er aussieht, dann kann er mich doch unmöglich noch freilassen. Die Frau ist mein letzter Trumpf, er darf auf keinen Fall merken, dass sie noch atmet.

Um sich nicht durch einen unbedachten Blick zu verraten, schloss Elyas die Augen, während sein Kidnapper fortfuhr:

»Die Ereignisse sind aus dem Takt geraten. Ich wollte dich eigentlich verdursten lassen, aber deine große Schwester hat bei ihren Nachforschungen leider unvorhergesehene Erfolge erzielt. Dabei hasse ich es, wenn die Dinge nicht so laufen, wie ich es mir vorstelle!«

»Jula sucht nach mir?« Elyas öffnete seine Augen wieder, richtete sich so gut wie möglich auf und spürte zu seiner Überraschung ungeahnte Kraftreserven. »Dann kannst du dir schon mal einen Sarg kaufen!«

Der Angesprochene zuckte nicht einmal mit der Wimper. Stattdessen griff er nach seinem Handy, um nach der Uhrzeit zu sehen. Der Schein des Displays erleuchtete sein Gesicht.

»Wusstest du eigentlich, dass eine ziemlich erfolgreiche Polizistin in diesem Schuppen zu Tode gekommen ist?«

»Was laberst du?«

Der Unbekannte rief offenbar sein Anrufverzeichnis auf.

»Unsere gemeinsame Zeit neigt sich ihrem Ende zu.«

Elyas erschauerte. Doch nicht weil das heraufziehende Gewitter den Schuppen auf unwirtliche Temperaturen herabgekühlt hatte. Es war etwas anderes, das ihn erblassen ließ: Zum allerersten Mal hatte dieser verdammte Kerl mit tiefer Stimme zu ihm gesprochen!

Er zeigt mir sein Gesicht und lässt mich seine Stimme hören! Verdammt, ich bin am Arsch!

Elyas sah sich um. Nicht dass er dies während seiner Gefangenschaft nicht schon tausendmal gemacht hätte. Zuvor hatte er jedoch nach Flüssigkeit oder einer Chance gesucht, seine Fesseln zu lösen, während er nun nach etwas anderem Ausschau hielt. Sein Blick fiel auf die Holzkiste vor seinen Füßen.

»Weißt du Arschloch eigentlich, dass du einen Fehler gemacht hast?« Elyas hatte so leise gesprochen, dass sein Entführer ihn kaum hatte verstehen können.

»Bitte?«

Elyas sprach jetzt sogar noch etwas leiser:

»Du machst einen Fehler.«

Der große Kerl, der noch immer sein Handy griffbereit hielt, um einen Anruf zu tätigen, trat ganz nah an Elyas heran und neigte sich zu dem Jungen hinunter.

»Und der wäre?«

Elyas packte blitzschnell die Holzkiste und schlug sie seinem Entführer mit solcher Wucht ins Gesicht, dass diese zerbrach. Der kräftige Mann heulte auf, fiel seitlich zu Boden und krümmte sich vor Schmerz. Diese Gelegenheit nutzte Elyas, um seinem Widersacher so kräftig in die Rippen zu treten, dass dieser erneut aufschrie und sich stöhnend aus der Reichweite seiner Geisel verkroch.

»Was hast du kleines Arschloch dir denn bitte dabei gedacht?«

Jetzt war keine gruselige Freundlichkeit mehr in der Stimme dieses Kerls zu hören.

»Und, Mackie Messer?« Obwohl er nach wie vor gefesselt war, fühlte sich Elyas auf einmal, als könne er es mit der ganzen Welt aufnehmen. »Wie fühlt sich das an? Ist dir *blümerant?*«

Der Mann richtete sich auf und fasste an seinen rechten Wangenknochen, über dem eine heftig blutende Wunde klaffte.

»Du kleines Stück Dreck bist gerade zum letzten Mal jemandem auf den Sack gegangen!«

Der Entführer sah sich auf dem Boden um, fand sein Handy, ergriff es und zog sich damit unter groben Verwünschungen in eine Ecke des Raumes zurück. Dort begann er fluchend mit den Gegenständen zu hantieren, die er mitgebracht hatte. Elyas hingegen sah wieder zu der Frau.

Ich habe ihn sauer gemacht. Wenn ich sauer bin, kann ich nicht klar denken. Vielleicht geht dem das ja auch so. Vielleicht macht er jetzt irgendeinen Fehler. Jedenfalls rechnet er nicht im Traum damit, dass du noch im Spiel bist. Warte mal ab. Sobald der sich wieder verpisst, hole ich dich ins Leben zurück, und dann wird er sehen, mit wem er sich angelegt hat.

»Deine Zeit läuft ab!« Der Mann trat noch einmal an Elyas heran.

»Du hast da was!« Der Junge deutete mit unverhohlenem Grinsen auf die Wunde im Gesicht seines Kontrahenten.

»Das muss man dir lassen, du hast Eier in der Hose. Leider werden die bald verwest sein. Ich werde dich jetzt noch mal verlassen, aber wenn ich das nächste Mal komme, wird es auch das letzte Mal sein. Tut mir leid, ist nichts Persönliches.«

Damit wandte er sich um.

»Hilfe!«

Der Entführer blieb stehen, während Elyas die Luft anhielt.

Scheiße, dachte er nur, während der Blick des Mannes auf den Körper der Frau fiel.

Die soeben zum falschesten aller Zeitpunkte zu sich gekommen war.

KAPITEL 44

Jula ahnte, dass Hegels Wochenendhaus offenbar eine wichtige Rolle in diesem immer mysteriöser werdenden Fall spielte. Möglicherweise war es nur ein Zufall, dass Mathilda exakt zum Zeitpunkt der mysteriösen Tat in unmittelbarer Nähe gewesen war. Aber dass es dann auch noch am Todestag ihrer Mutter in dem Alibivideo von Kalinsky auftauchte, war dann ein weiterer.

Und das erschien ihr einer zu viel.

Sie hatte noch einmal Wallraffs Fressnapf aufgefüllt und war dann in ihren Wagen gestiegen, um zur JVA Moabit zu fahren. Unterwegs schaltete sie ihre Freisprechanlage ein und wählte die Nummer von Gunnar Varbelows Büro.

»Es tut mir leid, aber ich kann Ihnen so schnell keinen Termin mit meinem Mandanten machen.«

Jula schlug auf ihr Lenkrad. Dachte dieser Idiot etwa, dass sie Hegel nur einen Höflichkeitsbesuch abstatten wollte?

»Ich muss wissen, wo sein Wochenendhaus ist. Und er muss mir erlauben, da reinzugehen. Ich brauche den Schlüssel!«

Varbelow ließ sich nicht aus der Ruhe bringen.

»Wie kommen Sie denn jetzt bitte darauf?«

»Nur ein Gefühl. Aber ein verdammt starkes! Das Haus und die Gegend, in der es steht, tauchen immer wieder auf. Egal, von welcher Seite aus ich in diesem Fall ermittle. Ich muss da einfach hin und mich umsehen. Zumal man in dieser gottverlassenen Gegend nicht nur gut einen Mord begehen, sondern auch eine Geisel verstecken könnte!«

Varbelow atmete demonstrativ durch die Nase aus.

»Hören Sie, mein Mandant ist heute aus der Einzelhaft verlegt worden. Er arbeitet wieder. Ich kann Sie frühestens morgen zu ihm bringen, und auch nur dann, wenn er einverstanden ist.«

»Dann sagen *Sie* mir doch bitte, wo dieses Haus ist. Es ist wichtig!«

»Dazu bin ich nicht befugt. Auch, wenn mir die Sache mit Ihrem Bruder natürlich leidtut, aber ich bin der Anwalt von Herrn Hegel, nicht Ihrer.«

»Steht das Haus denn zumindest in der Region Oberhavel?«

»Frau Ansorge, weder darf ich Ihnen diese Information ohne die Zustimmung meines Mandanten geben – noch möchte ich es! Und nur rein vorsorglich: Lassen Sie sich nicht einfallen, bei Herrn Hegel einzubrechen.«

»Ihre Sorgen möchte ich haben! Okay, dann fahre ich eben zu diesem Kalinsky. Vielleicht kann der mir ja helfen! Guten Tag!«

Jula beendete das Telefonat, bevor Varbelow noch etwas erwidern konnte. Sie hielt vor einer roten Ampel.

Okay, zu Hegel komme ich so schnell nicht. Aber mit ein bisschen Glück hat Kalinsky vielleicht noch den Schlüssel. Immerhin ist Hegel ja gleich am Tag nach der Feier verhaftet worden.

Jula sah in den Rückspiegel und wendete ihren Wagen, um zur Stadtautobahn zu fahren, über die sie zügig das Wohnhaus von Peer Kalinsky erreichen würde.

Aber was, wenn er nicht zu Hause ist? Oder wenn er ebenfalls mauert? Denk nach, verdammt. Denk nach!

Sicher, Oberhavel war ein guter Ansatz für Julas Suche. Aber letztlich kannte sie dadurch auch nur die ungefähre Lage des Heuhaufens, in dem sie nach einer Stecknadel suchen sollte.

Ich brauche einen Plan B, falls Kalinsky mir auch nichts erzählen will. Das Grundbuchamt? Blödsinn, das dauert ewig, außerdem steht Hegel vielleicht nicht mit eigenem Namen da drin, falls er das Haus über eine Firma gekauft hat. Möglicherweise ist es ja auch nur gemietet? Mathildas Großeltern vielleicht? Unsinn, die reden doch niemals mit mir. War denn vielleicht irgendwas auf diesem Video von Kalinsky zu sehen, das mir helfen könnte?

Der Berliner Stadtverkehr war auch an diesem Tag zäh und frustrierend. Während sich Jula von einer roten Ampel zur nächsten schob, versuchte sie sich die Bilder von Kalinskys Video ins Gedächtnis zurückzurufen.

Viele Menschen, Gewusel, Kellner mit roten Fliegen, Musik.

Jula war sehr aufmerksam gewesen, als sie den Film auf Kalinskys Handy gesehen hatte. So waren ihr viele Details in Erinnerung geblieben.

Ich kann mir noch mal Kalinskys Freundesliste auf Facebook angucken. Vielleicht erkenne ich ja jemanden wieder, der auf der Party war? Oder ich suche nach seinen Angehörigen. Die werden ja sicher auf der Feier gewesen sein.

Jula zog an der nächsten roten Ampel ihr Smartphone aus der Tasche und suchte nach dem Profil von Peer Kalinsky. Dabei kam ihr der Gedanke, dass sie auch einfach Hadrian fragen konnte. Für den Hacker wäre es ein Kinderspiel, die Online-Datenbanken nach einer Immobilie mit Verbindung zu Hegel zu durchsuchen.

Das wäre dann allerdings so, als ob man Mark Zucker-

berg bitten würde, einen Taschenrechner zu bauen. Und wer weiß, was Hadrian diesmal dafür haben will? Egal! Es geht um Elyas.

Jula wollte Hadrian gerade eine Nachricht schicken, als es hinter ihr hupte. Sie schrak auf, ließ von ihrem Handy ab, sah nach vorn und stellte fest, dass die Ampel mittlerweile grün geworden war und sie gerade den gesamten Verkehr aufhielt.

Jeder Mensch kann immer nur so gut Auto fahren wie die Frau in dem Twingo vor ihm.

Warum fiel ihr dieser Spruch ausgerechnet jetzt ein? Paul hatte ihn regelmäßig verwendet, wenn er neben ihr im Wagen saß und Jula bei Nachlässigkeiten im Straßenverkehr erwischt hatte.

Verdammt, das ist der Schlüssel! Paul!

Jula trat das Gaspedal so kräftig durch, dass sie beinahe den Motor abwürgte. Dennoch konnte sie es nicht mehr verhindern, dass nur noch sie selbst über die grüne Ampel fuhr, während die Fahrer hinter ihr eine weitere Rotphase würden abwarten müssen. Ihr Blick fiel auf ein kleines Restaurant, an dem sie gerade vorbeifuhr.

Der Kellner auf dem Video hat mich an Paul erinnert. Weil er auch rothaarig und groß war. Und wegen der roten Fliege, so eine hat Paul auch mal getragen, bei einem Junggesellenabschied.

Vor Julas geistigem Auge formte sich ein Plan, wie sie die Lage des Wochenendhauses herausfinden konnte, falls Kalinsky ihr nicht half. Doch dafür musste sie so schnell wie möglich an ihren Rechner. In diesem Moment kündigte Julas Freisprechanlage einen eingehenden Anruf an. Jula sah auf das Display ihres Handys, und ihr Puls beschleunigte sich.

Das ist Friedrich! Ob Elyas sich bei ihm gemeldet hat?

Eilig nahm Jula das Gespräch entgehen.

»Hallo, Jula.« Friedrich klang vorwurfsvoll.

»Was gibt es denn? Hast du was von Elyas gehört?«

»Eben nicht! Deswegen habe ich mal ein bisschen recherchiert. Und dabei bin ich auf etwas gestoßen …«

»Auf was denn?«

»Ich weiß jetzt, wo er sich zuletzt aufgehalten hat.«

Jula ging vom Gas, ohne es zu bemerken.

»Wo denn?«

»Das weißt du selbst ja wohl am besten!«

Jula blinzelte und stellte das Gespräch lauter, um Friedrich besser verstehen zu können.

»Stimmt was nicht? Du klingst so feindselig.«

Eine Weile rauschte es nur in der Leitung, bis Friedrich sich wieder meldete. Er klang jetzt etwas beherrschter, aber dennoch angespannt.

»Sorry, ich … ich bin nur verwirrt. Ich hab Elyas' Handy geroutet.«

»Und?«

»Na ja, es lag zuletzt in deiner Wohnung!«

Ah, okay. Verstehe.

»Ich weiß. Da liegt es immer noch!« Jula wechselte die Spur.

»Jula, kannst du mir nicht mal langsam sagen, was eigentlich los ist? Ich mache mir Sorgen!«

»Das tue ich auch.«

»Steckt Elyas in Schwierigkeiten?«

Jula atmete schwer und räusperte sich.

»Ganz ehrlich, ich weiß es nicht.«

»Aber du fürchtest es?«

»Ja.«

»Kann ich … kann ich irgendwie helfen?«

Jula wollte schon ablehnen, besann sich dann aber eines Besseren.

»Warte mal, ich glaube schon! Ich stecke hier noch im Verkehr fest. Du musst was für mich recherchieren. Schaffst du das?«

»Klar, erzähl!«

»Du musst jeden einzelnen verdammten Cateringservice anrufen, der in Berlin und Brandenburg Kellner für Partys bereitstellt. Du musst rausfinden, welche Firma damals den Service beim Geburtstag eines gewissen Peer Kalinsky gemacht hat. Das ist ein Freund eines Typen namens Matthias Hegel. Wer die sind, erkläre ich dir später. Erzähl, dass du da Gast und sehr zufrieden warst. Und, dass du die jetzt auch buchen willst.«

»Und das bringt uns Elyas zurück?«

»Du hast gefragt, ob du helfen kannst. Nicht, ob ich Zeit habe, dir die ganze Geschichte zu erklären!«

»Okay, okay. Und dann, was noch?«

»Finde irgendwie raus, wo genau die Party war. In welchem Haus, und wo das liegt. Ich muss so schnell wie möglich die Adresse dieses Hauses haben! Kriegst du das hin?«

Friedrich klang, als sei er persönlich beleidigt.

»Ich kriege alles hin!«

»Das wollte ich hören! Und ich habe auch noch einen Tipp, damit du den richtigen Partyservice schneller findest: Die Kellner von denen tragen rote Fliegen!«

»Wird erledigt!«

Jula war zwischenzeitlich vor dem Haus von Peer Kalinsky eingetroffen. Sie parkte ihren Wagen.

»Es kann auch sein, dass ich die Adresse hier gleich selbst rausfinde. In dem Fall gebe ich Bescheid. Ansonsten melde dich, sobald du was hast!«

Damit beendeten die beiden das Telefonat. Jula stieg aus ihrem Wagen und ging zur Haustür. Wie bereits bei ihrem ersten Besuch musste sie kurz nach dem Klingelschild von Kalinsky suchen. Das Haus hatte zahlreiche Bewohner, und die Schilder waren so oft überklebt und neu beschriftet worden, dass es schwer war, sich mit ihnen zurechtzufinden. Jula klingelte. Schon kurz darauf wurde die Gegensprechanlage aktiviert, doch anstatt eines *Hallo!* oder *Wer ist da?* konnte Jula nur schweres Atmen vernehmen.

Ist der besoffen?

»Hallo, Herr Kalinsky?« Noch immer blieb es ruhig auf der anderen Seite der Sprechverbindung. »Jula Ansorge hier. Darf ich bitte kurz raufkommen? Es geht nur um eine Kleinigkeit.« Wieder blieb eine Antwort aus. Stattdessen erklang das Surren der Türanlage. »Danke!«

Damit trat Jula in den Hausflur und steuerte auf Kalinskys Wohnung zu.

KAPITEL 45

Mick hatte seinen Feind nicht eine Minute aus den Augen gelassen. Während der gesamten Schicht achtete er darauf, dass keiner der anderen Häftlinge mehr als ein paar Worte mit Hegel wechselte. Und auch während des gemeinsamen Mittagessens hatte Mick sichergestellt, dass sein Kontrahent keine Gerüchte über ihn in Umlauf bringen konnte. Dies war allerdings auch nicht besonders schwer gewesen, hatte doch fast durchgehend einer der Wärter in Hegels unmittelbarer Nähe gestanden.

Doch als alle Häftlinge nach Feierabend durchsucht und durch die Schleuse wieder in den Zellenblock entlassen worden waren, ließ die Qualität von Hegels Bewachung nach. Die Gefangenen verteilten sich überall auf dem Gefängnisgelände, und die Wärter konnten nicht mehr ununterbrochen in Hegels Nähe sein. Schon zumal nicht jeder von ihnen gut genug mit Ludwig Köhler befreundet war, um dem Kollegen zuliebe einen Mann zu schützen, der nicht eben wegen eines Kavaliersdeliktes einsaß.

Hegel hielt Ausschau nach Mick, während er auf den Sportplatz trat. In Filmen war der Gefängnishof regelmäßig der Ort, an dem die Häftlinge einander in Gruppen auflauerten, sich gängelten, erniedrigten oder mit selbst gebastelten Waffen überfielen. In der Realität war dies zwar nicht der Fall, doch Hegel war nicht entgangen, wie ängstlich Micks Drohungen geklungen hatten. Die Vorstellung, in einer Männerwelt wie der Haftanstalt Moabit auf Jahre hinweg als *warmer Bruder* zu gelten, hatte ihre Wirkung nicht verfehlt. Zudem war die Furcht vor Erniedrigung nicht eben dazu geeignet, aus Mick Breitfelder einen friedfertigeren Menschen zu machen.

Die meisten Häftlinge nahmen keine Notiz von Hegel. Im Hintergrund spielten einige von ihnen Basketball, während andere ihre Körper trainierten oder gemeinsam in einer Ecke saßen und rauchten. Doch zwei der Männer, die zu Micks Gefolgschaft zählten, drehten sich zu Hegel um und verschränkten die Arme vor der Brust.

»So, der Herr Professor möchte also ein wenig Sport treiben?«

Hegel sah dem einen der beiden fest in die Augen, als er erwiderte:

»Mens sana in corpore sano!«

Die Provokation hatte ihre Wirkung nicht verfehlt.

»Genau, Klugscheißer.« Der Gefangene mit den gelben Zähnen und der stark behaarten Brust stieß Hegel einige Zentimeter zurück. »Deine Mens-Sahne kannst du gleich vom Boden auflecken!«

»Weswegen sitzt du hier ein?« Noch immer war nicht einmal der Ansatz eines Bebens in Hegels Stimme zu vernehmen. »Raub? Betrug?«

»Was geht dich das an, Arschloch?«

»Also, ich sitze hier, weil ich einer Frau dreiundzwanzig Mal ein Messer in den Körper gerammt habe. Denkst du, ich bin wirklich der Richtige, wenn du dich mit jemandem anlegen willst?«

Der Angesprochene trat noch etwas dichter an Hegel heran, während sein Kumpan sich umsah.

»Sehe ich vielleicht aus wie eine Frau? Und wo hast du denn dein Messer?« Noch ehe Hegel etwas erwidern konnte, drehte sich der Mann auch schon zu der Gruppe der Häftlinge um, die Basketball spielten. Er steckte zwei Finger in den Mund und ließ einen gellenden Pfiff ertönen. Dann wandte er sich wieder Hegel zu: »Mitkommen!«

In diesem Augenblick warf einer der Basketballspieler einem anderen den Ball gegen den Kopf und warf ihm brüllend vor, dass dieser ihn gefoult habe. Innerhalb weniger Sekunden entstand zwischen den Männern ein Gerangel, das sich unter Beteiligung weiterer Häftlinge schnell zu einer Gruppenschlägerei entwickelte.

»Clever«, konstatierte Hegel nüchtern, als die beiden Männer ihn auch schon unsanft an den Armen packten und in den Flur zerrten, der zu den Zellen führte.

»Und, wo sind deine Beschützer jetzt?«, schallte es aus einem Winkel des Flurs.

Hegel hätte die Stimme auch dann erkannt, wenn er kein brillanter Phonetiker gewesen wäre.

»Hallo, Mick! Ich schätze, die Wärter sind gerade auf dem Sportplatz beschäftigt. Was für ein subtiles Ablenkungsmanöver.«

Mick nickte seinen Freunden zu, worauf sich diese zurück vor die Tür begaben, um sicherzustellen, dass niemand ungehindert in den Flur gelangen konnte. Von draußen war noch immer das Schreien und Raufen der Männer zu vernehmen, nun vermischt mit den Rufen der Wärter.

»Scheißidee, mir zu drohen!« Mick hatte seine Arme so vor der Brust verschränkt, dass seine imposanten Muskeln voll angespannt waren. »Ein paar Jungs haben deinen Müll vorhin gehört.«

»Einmal entsandt, fliegt das Wort unwiderruflich dahin!« Hegel sah sich um, jedoch ohne erkennbare Furcht in seinem Blick. »Was denkst du, sollte man immer nur für seine begangenen Taten bestraft werden, oder auch schon für seine bösen Gedanken?«

Mick trat näher.

»Was laberst du?«

»Du hast offensichtlich vor, mich auszuschalten, bevor ich das Gerücht verbreiten kann, dass du schwul bist.«

»ICH BIN NICHT SCHWUL!«

»Du klingst nicht glaubhaft, deine Stimme ist nicht in der Balance mit deinen Emotionen. Ich höre nur Trotz und Zorn in deinem Ton. Warum stehst du nicht einfach zu deinen Neigungen? Es würde dein Liebesleben sicher enorm ankurbeln!«

Mick hatte genug gehört. Gerade, als er auf Hegel zustürzen wollte, wandte sich dieser in Richtung Flur um. Mick meinte schon, Hegel wolle fliehen, als dieser mit voller Wucht gegen die Wand stürmte. Mit blutendem Gesicht stürzte er zu Boden, riss sich den Kragen seines T-Shirts auf und schlug seinen Kopf zwei Mal kräftig auf den Fußboden.

»Alter, bist du irre?« Mick betrachtete fassungslos das groteske Schauspiel.

»Was ist da los?«

Die Stimme des Aufsehers klang aus einer gewissen Entfernung durch den Flur. Anhand des Klanges konnte Hegel den räumlichen Abstand zum Sprecher berechnen und schätzte ein, dass dieser in etwa fünf Sekunden bei ihm sein würde. Er sah noch einmal zu Mick hinüber.

»Tut mir leid, dass du jetzt nur für deine bösen Gedanken bestraft wirst. Aber ich konnte diese Nummer hier nicht dir überlassen. Das ist zu wichtig, und du Idiot hättest es vermutlich vermasselt!«

KAPITEL 46

Jula war durch das Treppenhaus zu Kalinskys Wohnung hinaufgegangen.

»Hallo, Herr Kalinsky? Sind Sie da?«

Die Wohnungstür stand einen Spaltbreit offen, und Jula schlug derselbe Geruch von kaltem Rauch, abgestandenem Bier und Kaffee entgegen, der ihr schon am Vortag aufgefallen war. Doch von dem bulligen, ungepflegten Kalinsky war weder etwas zu sehen noch zu hören. Jula drückte leicht gegen die Wohnungstür, sodass diese sich noch ein Stück weit öffnete. Sie drehte sich noch einmal in den Hausflur um, der jedoch vollkommen ruhig war. Auch zuvor hatte Jula im Haus keine anderen Geräusche wahrgenommen als ihre eigenen Schritte.

»Hallo, Herr Kalinsky?«, wiederholte sie jetzt forscher.

Plötzlich vernahm Jula ein Grunzen aus der Wohnung. Fast klang es so, als würde jemand im Schlaf zusammenhanglos vor sich hinbrabbeln. Immerhin war es gut möglich, dass Kalinsky einfach nur betrunken war. So hatte er sich auch schon durch die Gegensprechanlage angehört.

Betrunken, krank oder …

Jula konnte vom Flur aus ins Wohnzimmer und in einen Teil der Küche sehen. Beide Räume waren leer.

… oder verletzt?

Das Geröchel hatte ausgesetzt, doch schon kurz darauf meinte Jula, jemanden schwer atmen zu hören. Sie beschloss, einzutreten und nachzusehen, ob Kalinsky möglicherweise Hilfe benötigte. Vom Flur aus konnte sie nun sehen, dass die Tür zum Schlafzimmer geschlossen war. Somit konnten die Laute nur aus dem Badezimmer dringen. Und tatsächlich, je näher sie dem Bad kam, desto lauter wurde das Atmen, das unvermittelt wieder in ein Keuchen überging.

Was, verdammt, macht der da?

Jula hatte das Bad erreicht und warf einen vorsichtigen Blick durch die offene Tür. Doch das, was sie erblickte, war so beängstigend, dass ihr das Blut in den Adern gefror. Es konnte absolut keinen Zweifel daran geben, dass die gequälten Laute aus dem Badezimmer kamen, doch während Julas Blicke wirr und hektisch über Waschbecken, Badewanne und Fliesen glitten, erkannte sie verstört, dass niemand – absolut niemand – in dem gefliesten Raum zu sehen war.

Dann traf sie etwas von hinten, und noch in derselben Sekunde wurde Julas Welt schwarz. Und still.

KAPITEL 47

»Es tut mir so leid, ich weiß gar nicht, was ich sagen soll …«

Ludwig Köhler war bleich, und Perlen kalten Schweißes standen auf seiner Stirn.

»Sie fühlen sich schuldig an meiner Lage?«

Hegel hatte sich mithilfe des Griffs über seinem Krankenbett hochgezogen und sein Kopfkissen so geordnet, dass es seinen Nacken stützte.

»Ich habe meinen Kollegen ausdrücklich gesagt, dass sie aufpassen sollen.«

»Sie trauen sich zu, dieses ganze Gefängnis allein zu kontrollieren, sogar in Ihrer Abwesenheit? Alle Insassen und Wärter?«

»Na ja …« Köhler sah sich ziellos in dem Krankenzimmer um.

»Ihre Kollegen sind mir fast den ganzen Tag nicht von der Seite gewichen.« Hegel befühlte sein blaues Auge, das deutlich angeschwollen war. »Ludwig, Sie haben mir so viel Schutz verschafft, wie es Ihnen möglich war.«

Hegel deutete auf den Stuhl, der neben seinem Bett stand, und Köhler setzte sich. Fast schon unterwürfig sagte er:

»Ich habe mit dem Direktor gesprochen. Sie werden erst mal ein paar Tage hier auf der Station bleiben, und danach entscheidet er, ob Sie wieder in Einzelhaft kommen.«

Hegel hätte am liebsten aufgelacht, doch dies hätte zu sehr geschmerzt.

»Sehen Sie, was wir heute erreicht haben?«

Köhler blickte ihn erstaunt an.

»Wie meinen Sie das?«

»Sie haben absolut keine Schuld an meiner Lage! Ich habe das hier absichtlich herbeigeführt.«

»Bitte?«

Hegel bedeutete dem Wärter, das Kopfteil seines Bettes aufzurichten. Nachdem Hegel nahezu aufrecht saß, fuhr er fort:

»Ich habe Mick als schwul geoutet.«

Köhler riss die Augen auf.

»Mick ist schwul?«

Obwohl Hegels Gesicht geschwollen und verfärbt war, zeichnete sich ein schelmisches Grinsen darauf ab.

»Eher nicht. Aber er weiß, dass es mir jeder glaubt, wenn ich es behaupte. Daher hat er mir seine Schläger geschickt. Jetzt habe ich zwar ein paar Prellungen, aber dafür wieder meine Ruhe vor den Typen da draußen. Und unsere nächtlichen Therapiesitzungen können wir auch weiterführen.«

Köhlers zuvor fast leblose Miene wandelte sich zu einem Ausdruck von Verwunderung.

»Das also war der Plan, von dem Sie gestern Nacht gesprochen haben?«

»Ludwig, ist es möglich, dass Sie sich heute nicht zum ersten Mal die Schuld an etwas gegeben haben, wofür Sie gar nichts konnten?«

Der Wärter schloss für einen Moment die Augen. Dann zog er ein zerknittertes Taschentuch hervor und tupfte sich damit den Schweiß von der Stirn.

»Vielleicht haben Sie recht.« Köhlers Stimme klang so brüchig, dass selbst Hegel ihn kaum verstehen konnte.

»Denken Sie einfach mal in Ruhe darüber nach.« Hegel

fasste die Hand seines Wärters und drückte sie. Eher beiläufig fragte er: »Haben Sie denn schon mit meinem Verteidiger gesprochen? Wegen der Unterlagen?«

Köhler schreckte auf.

»Ach so, ja, natürlich!« Er sprach jetzt viel schneller und sah Hegel dabei in die Augen, obwohl er Blickkontakte üblicherweise vermied. »Dr. Varbelow sagt, dass er schon vor einigen Wochen einen ehemaligen Studienkollegen darauf angesetzt hat, der jetzt im Auswärtigen Amt arbeitet. Er hat noch mal Druck gemacht und alle Hebel in Bewegung gesetzt. Die Unterlagen sind jetzt da!«

»Sehr gut! Wann wird das Material denn bei mir sein?«

»Ihr Anwalt leitet wohl schon alles in die Wege. Also sehr bald.«

»Sehen Sie? Damit haben Sie heute schon dem zweiten Menschen einen großen Gefallen getan.«

»Wem denn noch?«

Hegel lächelte.

»Das weiß ich noch nicht so genau. Das wird sich erst zeigen, wenn ich die Unterlagen habe.«

KAPITEL 48

Jula fühlte sich völlig benebelt, als sie wieder zu sich kam.

In dem Badezimmer ist niemand. Elyas, wo ist Elyas? Was ist los? Bin ich im Krankenhaus? Ich kann hier nicht bleiben, ich muss …

Jula öffnete die Augen. Es würde noch einige Minuten dauern, bis sie wieder bei klarem Verstand wäre, doch eins war ihr bereits jetzt bewusst: Noch nie zuvor in ihrem Leben war sie an diesem Ort gewesen. Ihre Blicke irrten über die hohen Wände mit den edlen Ziertapeten. Sie sah den Kamin, die Gemälde und spürte die Wärme, die den Raum ausfüllte und ihr ein bisschen das Gefühl gab, als nehme sie jemand in die Arme. Als sich die noch immer leicht benommene Jula wieder in die Polster zurücklehnte, bemerkte sie ein beißendes Ziepen an ihrem Haaransatz.

Autsch, was ist denn das?

Als sie den Arm hob, um die schmerzende Stelle an ihrem Haaransatz zu betasten, bemerkte sie ein kleines Pflaster in der Armbeuge. Es befand sich an genau derselben Stelle wie die Pflaster, die Jula nach einer Injektion beim Arzt bekommen hatte.

Ich bin mit irgendwas betäubt worden. Unter Drogen gesetzt. Aber wo hat man mich hingebracht? Und vor allem: wer?

Ein Zucken durchfuhr sie, und mit einem Schlag war Jula wieder bei vollem Bewusstsein.

Kalinskys Wohnung, das leere Bad, aus dem das Röcheln gekommen ist, obwohl niemand darin war.

Jula sprang auf, als habe ihr jemand kaltes Wasser ins Gesicht geschüttet. Instinktiv lief sie aus dem prächtigen Raum in den Flur, erkannte, dass niemand in der Nähe zu sein schien, und sah sich nach einer Fluchtmöglichkeit um.

Da, die Haustür!

Sie stürmte auf den Ausgang zu, drückte die Klinke hinunter – und musste feststellen, dass die Tür abgeschlossen war. Hastig sah sie sich um, war jedoch nicht überrascht darüber, dass nirgendwo ein Schlüssel zu finden war.

Dann eben durch die Fenster!

Jula lief ins Wohnzimmer zurück. Ihr Erwachen und der Fluchtversuch waren offenbar von niemandem bemerkt worden. Anscheinend war sie allein in dem unbekannten Haus. Unbeirrt lief sie zum erstbesten Fenster und fasste an dessen Griff. Doch so kräftig sie auch drückte, er ließ sich nicht bewegen. Sie erkannte, dass es sich um abschließbare Sicherheitsfenster handelte.

War ja klar. Bei so einer Villa … Ob das Panzerglas ist? Finden wir es raus!

Jula drehte sich um. Sie hielt nach einem schweren Gegenstand Ausschau, mit dem sie versuchen würde, die Fenster einzuschlagen. Eher zufällig fuhr ihre Hand dabei über ihre Hosentasche. Sie spürte, dass sich etwas darin befand, mit dem sie unter den gegebenen Umständen nicht gerechnet hatte.

Mein Handy? Was für ein Entführer lässt seiner Geisel denn das Handy?

Jula griff nach ihrem Telefon und sah auf das Display. Der Akku war noch ausreichend geladen, doch darüber konnte sie sich nicht freuen.

Kein Netz.

Jula sah aus dem Fenster und erkannte, dass dieses Haus ringsum von dichtem Baumbestand umgeben war.

Wo bin ich hier, verdammt? Mitten im Wald? Dann ist es ja klar, dass es keinen Empfang gibt.

Erneut blickte sie sich suchend nach einem schweren Gegenstand um, als ihr plötzlich etwas in den Sinn kam. Um sich selbst zu beruhigen und ihre Gedanken zu ordnen, aktivierte sie die Aufnahmefunktion ihres Handys.

»Hegel 29-3-74. Ich wurde aus der Wohnung von Peer Kalinsky entführt und unter Drogen gesetzt. Nur Friedrich und dieser Varbelow wussten, dass ich zu Kalinsky fahren würde. Was war in Kalinskys Wohnung los, bevor ich da unerwartet aufgetaucht bin? Wem bin ich mit meinem Erscheinen in die Quere gekommen? Hatte es mit Elyas und Hegel zu tun? Immerhin hat es Kalinsky Angst gemacht, als ich erzählt habe, dass ich bedroht worden bin. Zu meinem jetzigen Aufenthaltsort: Ich weiß nicht, wo ich bin. Ich habe das Gefühl, dass niemand anderer hier ist, aber das Haus ist verschlossen. Ich weiß, ich sollte abhauen. Aber was, wenn ich wirklich von demselben Kerl entführt worden bin, der auch Elyas in seiner Gewalt hat? Ich kann hier noch nicht abhauen. Ich muss das Haus auf Hinweise durchsuchen. Wer weiß, vielleicht ist Elyas ja auch hier!«

Jula beendete ihre Sprachnotiz. Mit klopfendem Herzen blickte sie sich im Wohnzimmer um. Noch war die Sonne nicht untergegangen, doch durch die tief hängenden Gewitterwolken hatten ihre Strahlen bereits an Kraft verloren. Dennoch würde Jula die Lampen nicht einschalten, denn womöglich würde es jemand von draußen bemerken, der nichts Gutes im Schilde führte. Im dämmrigen Licht sah sie, dass der geräumige offene Wohnbereich nicht nur genauso sauber und ordentlich war wie der Rest des Hauses, sondern sogar aktuelle Fachzeitschriften auf dem Couchtisch lagen.

Magazine zu den Themen Forensik, Akustik und Kriminalistik.

Bei näherem Hinsehen bemerkte sie, dass sich auf den Zeitschriften noch die Adressaufkleber befanden, die in der Versandabteilung des Verlages aufgeklebt worden waren. Ohne darüber nachzudenken, aktivierte sie ihr Handy.

»Okay, ich weiß jetzt, wo ich hier bin. Das ist echt krass: Mein Verdacht hat sich bestätigt. Das Wochenendhaus von Hegel spielt eine entscheidende Rolle. Denn wieso sonst sollte ich hierhin verschleppt worden sein?«

KAPITEL 49

Vermutlich hat Hegel die Zeitschriften abonniert, und bislang ist noch niemand darauf gekommen, sie abzubestellen. Die Putzfrau leert wahrscheinlich regelmäßig den Briefkasten und legt sie ins Wohnzimmer.

Jula sah sich weiter um. Die abgezogenen Dielen glänzten, und es roch nach Zitronen. Jetzt bemerkte sie auch, dass an den Wänden Fotos von Mathilda hingen, sogar Johanna Konradi war auf einigen Aufnahmen zu sehen. Ein Bild, das Hegel selbst zeigte, konnte sie dagegen nicht entdecken. Jula trat wieder an das ebenso bequem wie teuer aussehende Sofa heran und berührte die Polster. Sie waren weich, staubfrei und von hoher Qualität. Jula ließ sich noch einmal in die Kissen sinken. Der Duft von Weichspüler stieg auf, und kurz fühlte sie sich, als sei es Sonntag und sie noch ein Kind. Sie musste lächeln, und die Freude über das nostalgische Gefühl verdrängte für wenige Sekunden die Sorge um Elyas. Allerdings nicht länger. Entschlossen nahm sie ihr Handy und setzte die Sprachnotizen fort:

»Okay, abgesehen von der Frage, wer mich hierhergebracht hat, würde mich mal interessieren, wer so eine Ordnung in einem Anwesen hält, das der Eigentümer lebenslang nicht mehr betreten wird? Und ich habe dazu auch schon eine konkrete Idee: Das ist hier alles so ordentlich, dass man Angst hat, auch nur zu niesen.«

Jula ließ ihren Blick erneut durch den Raum schweifen. Alles entsprach der Einrichtung eines gemütlichen Wohnzimmers. Lediglich die zahlreichen Ordner in einem der Regale erinnerten eher an das Arbeitszimmer eines Unternehmers. Sie trat näher und griff nach einem der Hefter.

Interessant! Das scheinen Hegels alte Patientenakten zu sein. Und die lagert er mitten in seinem Salon? Diskretion sieht vermutlich anders aus. Obwohl, wer kommt hier schon her?

Jula blätterte einen Augenblick lang wahllos in der Akte und stellte sie dann wieder zurück an ihren Platz. Kurz überflog sie die Namen der Patienten, die auf den Rückseiten der Ordner vermerkt waren, konnte aber nichts Auffälliges bemerken. Sie stellte jedoch fest, dass sogar die Akten ordentlich entstaubt waren.

»Ich finde das hier alles sehr mysteriös.« Jula sprach wieder in ihr Handy: »Jetzt sehe ich mich mal im oberen Teil des Hauses um. Falls Elyas da irgendwo gefangen gehalten wird.«

Jula ging in den Flur und betrat die Treppe, die in die obere Etage führte. Die Stufen erzeugten so gut wie keine Geräusche. Aus ihrem Elternhaus kannte Jula noch das Ächzen und Knarzen des Holzes bei jedem Schritt auf der Treppe. Sie und Moritz waren geradezu Meister darin gewesen, sich so lautlos zu bewegen, dass man im elterlichen Schlafzimmer keine Geräusche hören konnte. Vor allem dann, wenn sie wieder einmal viel zu spät nach Hause gekommen waren. Hier waren derartige Balanceakte nicht notwendig. Die Treppe war massiv, teuer und frisch geölt.

Das Obergeschoss duftete ebenso rein wie der Rest des Hauses. Die Wände im Flur waren auch hier oben mit hochwertigen Tapeten verziert, und es standen edle Möbel im Gang, offenbar allein zu dekorativen Zwecken. Auch hier hingen Bilder der Familie an den Wänden. Anders als im Erdgeschoss war auf einigen dieser Fotos auch Hegel selbst zu sehen. Jula blieb stehen, und da bislang einzig ihre Schritte Geräusche verursacht hatten, war es nun vollkommen still um sie herum. So still, dass sie das Strömen des Blutes in ihren Ohren als leises Rauschen wahrnahm, das lauter zu werden schien, je länger sie reglos die Türen im Flur anstarrte.

Jula warf einen Blick in die einzelnen Räume, doch nirgendwo deutete etwas darauf hin, dass Elyas sich hier aufgehalten haben könnte. Bald hatte Jula alle Räume überprüft, bis auf den letzten ganz am Ende des Ganges. Ohne große Erwartungen, dort etwas Wichtiges vorzufinden, öffnete sie die Tür und blickte in den Raum.

Das gibt's doch nicht!

Sofort griff Jula nach ihrem Handy, nur, dass sie dieses Mal keine Sprachaufnahme machen würde. Stattdessen aktivierte sie die Videokamera. Mit ausgestrecktem Arm richtete sie die Kamera zunächst auf ihr Gesicht.

»Ihr würdet mir nicht glauben, was ich hier gerade entdeckt habe, deswegen mache ich ein Video. Es dringt Luft aus dem Raum, die muffig und chemisch riecht. Das ist allein schon seltsam, weil es im Rest des Hauses so frisch duftet.« Jula betätigte mit ihrer freien Hand den Lichtschalter. »Das ist wie in einem Horrorfilm! Seid ihr bereit?« Erst jetzt drehte sie die Kamera um. Und obwohl in dem Raum ein Bett und ein Nachttisch standen, handelte es sich dabei nicht um eine Schlafkammer. Viel eher wirkte der Raum wie ein Sterbezimmer.

Das hydraulisch verstellbare Krankenbett stand in der Mitte und erinnerte Jula an einen Film über Missstände in der Psychiatrie, den sie irgendwann einmal gesehen hatte. Abgeplatztes Emaille an den Haltegriffen, Gummischläuche zum Fixieren der Patienten, die sich über eine fleckige Matratze spannten. Neben dem Bett gab es eine Vielzahl an Dreifüßen, Tropfständern und einen Nachttisch, auf dem eine Nierenschale mit einem alten Spritzbesteck darin lag. Jula trat einen Schritt näher, den Blick auf das Display ihres Handys gerichtet, und bemerkte, dass sich leicht abwaschbares Krankenhauslinoleum unter ihren Füßen befand. Zudem waren die Fenster hier nicht einfach nur zugezogen, sondern mit einer blickdichten Jalousie regelrecht verbarrikadiert.

Hier kommt keiner raus!

Ein offener Medikamentenschrank, in dem halb geöffnete Pillenschachteln wild durcheinanderlagen, vervollkommnete das Bild einer Krankenstation, die so gar nicht in das ansonsten so luxuriöse Anwesen passen wollte. Jula wollte gerade damit beginnen, den Raum in allen Details durch Fotos zu dokumentieren, als ihr auffiel, dass am Bettrahmen mit einer Plastikklammer ein Zettel mit dem Namen des Patienten befestigt war, der hier gelegen haben musste.

War das einer der Patienten von Hegel?

Jula trat näher und las:

Jessica Schrödinger, geboren 1972.

War das die Person, die hier gelegen hatte? Und wenn ja, wo war sie jetzt?

Genau in dieser Sekunde schloss jemand im Erdgeschoss die Tür auf und trat mit schweren Schritten ins Haus.

KAPITEL 50

Kaum dass Jula die Geräusche vernommen hatte, war sie auch schon mit angehaltenem Atem zum Treppenabsatz geschlichen. Dass es ein Mann sein musste, der da unten gerade durch den Flur ging, meinte sie an den festen Schritten erkennen zu können. Und sollte es ihr Entführer sein, dann würde er in wenigen Sekunden bemerkt haben, dass sie nicht mehr betäubt auf der Couch saß, wo er sie zurückgelassen hatte.

Wie wird er reagieren? Denkt er, dass ich abgehauen bin, oder sucht er mich im Haus? Wenn ja …

Wieder sah Jula den Flur entlang und stellte ein weiteres Mal fest, dass es keine Möglichkeit für sie gab, zu entkommen, ohne die Treppe hinunterzulaufen. Sie atmete so hastig, dass ihr fast schwindelig davon wurde. Noch war sie außer Sichtweite, doch wie lange konnte es schon dauern, bis der Kerl sie hier oben suchen würde? Ihr Herz pochte wie verrückt, und sie wagte es nicht, einen Blick die Treppe hinunter zu werfen. Zu groß war ihre Angst, entdeckt zu werden.

Okay, ich habe nicht gehört, dass er die Haustür hinter sich wieder verschlossen hat. Sie müsste sich jetzt also öffnen lassen. Wenn ich schnell bin, kann ich vielleicht entwischen, bevor er mich findet.

Aber sollte sie es wirklich wagen, nach unten zur Tür zu schleichen? Was, wenn dieser Kerl sie erwischen würde?

Andererseits hatte er doch schon alle Gelegenheit, mich in Kalinskys Wohnung zu töten. Und hätte er mich hier auf das bequeme Sofa gesetzt, wenn er mir nach dem Leben trachten würde? Ich war ja nicht mal gefesselt! Er hat nur irgendwas an meinem Haaransatz gemacht und mir eine Spritze in den Arm gegeben. Verdammt, was will der eigentlich von mir?

So oder so, Jula würde keine Fluchtchance mehr haben, sobald dieser Mann die Treppe heraufkam.

Und in diesem verdammten Krankenzimmer gibt es keine Möglichkeit, sich zu verstecken.

Es gab nur eine einzige Chance für sie. Jula musste fliehen, solange sie es noch konnte. Sie nahm all ihren Mut zusammen und schlich zügig, aber behutsam die Treppe hinunter. Unten angekommen, wollte sie gerade zur Tür eilen, als sie einen Schatten im Spiegel bemerkte und intuitiv zur Seite in den schmalen Gang sprang, der zur Gästetoilette führte. Vorsichtig zog sie die Tür hinter sich zu, die Lungen zum Bersten gespannt, als wäre sie gerade nach einem Hundertmeterlauf ins Ziel gekommen. Noch konnte sie nicht wissen, ob der Kerl sie schon bemerkt hatte, doch zu ihrer Erleichterung geschah zunächst nichts, das diese Befürchtung bestätigt hätte. Jula sah sich um. Die Toilette war geräumig, aber es gab kein Fenster.

Okay, ganz cool bleiben. Er ist stärker als du, aber mit ein bisschen Glück bist du schneller.

Jula prüfte ihr Handy, doch wie befürchtet gab es hier in der fensterlosen Kammer erst recht keinen Empfang. Sie suchte nach einem WLAN-Hotspot, den sie auch fand. Doch er war mit einem Passwort verschlüsselt. Der Mann im Flur setzte sich unterdessen wieder in Bewegung. Jula öffnete die Badezimmertür ein wenig und konnte im Spiegel der Diele erkennen, wie ein Schatten in Richtung Küche huschte. Sie hatte bislang nicht mehr als die Hände des

Mannes sehen können, und auch jetzt konnte sie nur eine Silhouette erkennen.

Obwohl, irgendwas kommt mir vertraut vor. Ist es seine Gestalt oder vielleicht sein Gang?

Jula überlegte noch fieberhaft, was sie tun sollte, als sie wieder das Geräusch von Schritten vernahm. Doch dieses Mal kamen diese direkt auf sie zu.

Schnell, raus hier!

Als Jula mit dem Mut der Verzweiflung die Toilettentür öffnete, bemerkte sie im Spiegel die Reflexion eines Hinterkopfes. Nur für den Bruchteil einer Sekunde, doch etwas an ihm kam ihr bekannt vor.

Ist das nicht …? Nein, Unsinn, das kann gar nicht sein!

Es war genau diese Sekunde des Zögerns gewesen, die Jula zu ihrer Flucht gefehlt hatte. Denn schon einen Augenblick später packte eine kräftige Hand die Tür, hinter der sie lauerte, und riss sie mit voller Wucht auf.

»Bist du hier?«

Die Stimme war Jula wohlvertraut, und ein Schauer lief ihr den Rücken hinunter. Sie wollte schreien, die angestaute Wut und Angst herausbrüllen. In ihrer Not hatte sie die Flasche Deodorant gepackt, die auf dem Waschbecken gestanden hatte, unschlüssig, ob sie dem Kerl damit in die Augen sprühen oder sie ihm lieber über den Schädel schlagen sollte.

Doch plötzlich war alles ganz anders. Jetzt, da dort jemand vor ihr stand, mit dem sie in diesem Moment am allerwenigsten gerechnet hätte.

»Verdammt, was machst du denn hier?« Jula keuchte mehr, als dass sie sprach, während ihre Knie schwach wurden.

Paul dagegen wirkte völlig gelassen. Seelenruhig nahm er Jula das Deo aus der Hand und sagte fast schon lakonisch: »Dasselbe könnte ich dich fragen.«

KAPITEL 51

Elyas hatte sich seit mehr als einer Stunde so gut wie gar nicht bewegt. Es gelang ihm einfach nicht, die Bilder aus dem Kopf zu bekommen.

»War das die Alte?«, hatte der Entführer gefragt und sich zu der Frau hinuntergebeugt.

»Hilfe«, stieß sie abermals mit tonloser Stimme hervor.

»Ist denn das zu fassen?« Der Kerl lachte auf. »Was für ein zähes Stück Scheiße bist du denn bitte?«

»Lass sie!« Elyas versuchte, nach seinem Entführer zu treten, doch dieser ließ sich davon nicht beeindrucken.

»Was zum Teufel hat diese Alte in ihrem Leben gefrühstückt, dass sie einfach nicht totzukriegen ist? Das ist ja fast schon witzig!«

»Es geht dir doch um mich!« Elyas hatte gefleht, beinahe gebettelt. »Die pfeift auf dem letzten Loch, lass sie in Ruhe, sie hat damit nichts zu tun!«

Und tatsächlich hatte sich der Mann von der Frau abgewandt und Elyas gemustert.

»Da muss ich dir ausnahmsweise mal recht geben. Sie hat mit dieser Sache hier wirklich nichts zu tun.«

»Siehst du!«

»Und deshalb wird sie hier auch nicht mehr gebraucht.« Er hatte eine Pistole hervorgezogen, und noch bevor Elyas reagieren konnte, hallte auch schon ein Schuss durch den Raum.

Jetzt, nachdem der Killer gegangen war, versuchte Elyas

nicht daran zu denken, dass sein Gesicht vermutlich mit Blut, Schädelsplittern und möglicherweise sogar Teilen des Gehirns der Frau bespritzt war, die ihm bei seiner Entführung hatte zu Hilfe kommen wollen.

Er wagte es nicht, zu der Leiche zu sehen. Nur einen einzigen flüchtigen Blick hatte er riskiert, kurz nachdem der Schuss gefallen war. Die Dunkelheit hatte seine Augen vor allzu grauenvollen Details bewahrt, doch die Umrisse des deformierten Schädels wirkten ebenso verstörend auf ihn wie die Unmengen an Blut. Da es kühl war, konnten sich die Gerüche von Blut und Tod nur langsam entfalten, doch schon jetzt wusste Elyas, dass er sie niemals wieder aus seiner Nase bekommen würde.

Muss ich ja auch nicht, in ein paar Stunden bin ich sowieso tot. Ich kenne sein Gesicht, ich habe seine Stimme gehört, und ich bin Zeuge seines Mordes. Keine Chance, der kann mich gar nicht mehr am Leben lassen.

Erschöpft lehnte er sich zurück. Er hatte keine Vorstellung davon, wie spät es war. Im Herbst wurde es ohnehin bereits am Nachmittag dunkel, und ob es inzwischen später Abend oder bereits tiefe Nacht war – er hätte es nicht einschätzen können. Der Schock hatte ihn gelähmt, sein Schädel dröhnte, seine Gedanken verwirrten sich. Die Dehydrierung forderte ihren Tribut, und im Angesicht des herannahenden Todes erschien ihm allmählich auch die Leiche der unbekannten Frau nicht mehr vornehmlich als erschreckend. Im Gegenteil, von Minute zu Minute identifizierte er sich mehr mit ihrem Schicksal und verspürte nun sogar das fast schon wohlige Gefühl, dass seine mutige Helferin ihn hier zumindest nicht allein sterben ließ. Bald, wenn alles vorbei war, würde er sie in einer anderen Welt wiedersehen und ihr sagen können, wie viel ihr Opfer ihm bedeutet hatte. Die Gedanken des Jungen wurden immer wirrer, der Durst wurde immer drängender. Bis schließlich nur noch ein einziger Gegenstand in diesem ganzen verdammten Verschlag seine Aufmerksamkeit erweckte: der Eimer.

Du wirst auf keinen Fall deine Pisse saufen! Jetzt nicht mehr, es ist sowieso vorbei.

Am Morgen, als er noch halbwegs klar im Kopf gewesen war, hatte Elyas festgestellt, dass seine Lage ihn auf erstaunliche Gedanken gebracht hatte. Immer wieder hatte Jula ihm eingebläut, dass er niemals der schiefen Bahn entrinnen und Erfolg haben könne, wenn er nicht endlich damit anfinge, kritisch über sich und sein Leben nachzudenken. Doch er war dabei stets zu dem Schluss gelangt, dass Jula einfach keine Ahnung hatte. Seiner Ansicht nach konnte man nur ein richtiger Mensch werden, wenn man Regeln missachtete und Kritik zurückwies. Doch mittlerweile, nach fast zwei vollen Tagen in der Gefangenschaft dieses Unbekannten und in der unmittelbaren Nähe des Todes, hatte sich seine Sicht auf die Dinge zu wandeln begonnen.

Komm schon, es ist doch nur ein bisschen Pisse! In dem Porno, den du neulich geguckt hast, haben die das doch auch getrunken. Oder willst du kampflos verrecken? Willst du das? Soll dieser Penner gewinnen? Wenn du vielleicht doch noch entkommst, dann kannst du ihn für den Tod der Frau büßen lassen, und du kannst ihrer Familie erzählen, was für eine Heldin sie war. Was meinst du, wie schmeckt Pisse wohl? Bitter? Oder vielleicht süß?

Was für ein wunderbares Gefühl von Macht Elyas jedes Mal empfunden hatte, wenn er mal wieder irgendeinem Schnösel mit Krawatte am S-Bahnhof Savignyplatz oder sonst irgendwo inmitten des bürgerlichen Westens von Berlin zwei oder drei seiner Ampullen mit den weißen Krümeln für viel zu viel Geld verkauft hatte. Doch nun, so musste er sich eingestehen, hatte sich das Blatt gewendet.

Ist schon witzig. Vor den Jugendrichtern hatte ich nie Respekt. Voll die Waschlappen. Und dann kommt dieser Typ daher und zieht so einen krassen Scheiß mit mir durch. Der brummt mir keine Sozialstunden auf, sondern lässt mich einfach verrecken.

Es donnerte, und der Blitz, der den Nachthimmel durchschnitt, erhellte sogar den dunklen Verschlag. Elyas schreckte hoch, da er glaubte, die Silhouette seiner Mutter direkt vor sich im Raum zu sehen.

»Mama?«

Es dauerte nicht lange, bis dem Jungen bewusst wurde, dass ihm nur sein schwindender Verstand einen Streich gespielt hatte. Aber dennoch, der Blitz hatte ihn aus seiner Lethargie gerissen und ihn dazu befähigt, eine Entscheidung zu fällen.

Es reicht! Du wirst hier nicht krepieren, weil du zu feige warst, deine Pisse zu saufen!

Elyas raffte sich mühsam auf und zog den Eimer vorsichtig zu sich heran. Dieser hatte offenbar so gestanden, dass keine Blutspritzer hineingelangt waren. Zwar befand sich nicht viel Urin darin, aber es sollte zumindest reichen, um Zeit zu gewinnen, bevor sein Schädel zerplatzte. Langsam führte er die Nase an den Eimer.

O Mann, das stinkt ja schlimmer als das Tankstellenklo, auf dem ich den Pädo verkloppt habe!

Elyas sah tapfer, wenn auch nur kurz, zu der Leiche. Es half nichts. In diesem verdammten Kabuff, angekettet wie ein räudiger Köter, würde er nicht abtreten. Immerhin, was er dafür getan hatte, sein Leben zu retten, musste ja schließlich niemand erfahren. Mit einer Hand hob er den Eimer an, während er sich mit der anderen die Nase zuhielt. Er bewegte sich so langsam, dass es zehn Sekunden dauerte, bis er schließlich Flüssigkeit an seinen Lippen spürte.

Tu! Es! Jetzt!

Elyas nippte an seinem Urin, und noch bevor er einen Schluck davon im Mund hatte, hustete er und verschluckte sich. Seine Arme verkrampften sich so, dass seine geschwächten Muskeln den Eimer nicht mehr halten konnten. Mit einem dumpfen Geräusch schlug dieser auf dem Boden auf, sprang noch einmal kurz hoch und ergoss seinen Inhalt über den Boden.

Fuck!

Elyas überlegte, ob er seinen Urin schnell noch mit der Zunge vom Boden auflecken sollte, bevor er versiegen würde, doch dazu war er schon wegen seiner Fesseln gar nicht imstande. Abgesehen davon, dass der Boden mittlerweile vermutlich ohnehin mit allem bedeckt war, was aus dem Schädel dieser armen Frau gelaufen war.

Okay, Big Ely. Das war's. Immerhin, du wirst also wenigstens mit Würde abtreten.

Der Junge lehnte sich gegen die Wand und lauschte dem monotonen Prasseln des Regens, der mittlerweile eingesetzt hatte. Er lehnte den Kopf gegen das Rohr, das an der Wand verlief, schloss die Augen und überlegte dabei, ob er sie wohl jemals wieder öffnen würde.

Wie ging noch mal das arabische Wiegenlied, das meine Mama damals immer für mich gesungen hat?

Elyas begann leise zu summen, während er glaubte, dass

ihm langsam warm wurde. Einige Minuten lang lag er so da, als er plötzlich bemerkte, dass etwas an seiner Stirn hinunterzukrabbeln schien. Er wollte es sich aus dem Gesicht wischen, doch dafür war seine Kette zu kurz. Als sich das Kribbeln auf seine Lippen zubewegte, streckte Elyas instinktiv die Zunge danach aus. Doch das, was er dabei zu fühlen bekam, war kein Insekt.

Das ist Wasser!

KAPITEL 52

»O Gott, Paul! Gut, dass du da bist!« Jula trat auf ihren Ex-Freund zu und ließ sich, ohne darüber nachzudenken, in seine Arme fallen.

»Ich habe mir Sorgen gemacht, Julchen. Du hast bei deinem Anruf gestern so nervös geklungen, irgendwie ängstlich. Na ja, ich kenne diesen Ton in deiner Stimme, der bedeutet nichts Gutes. Und dann konnte ich dich ewig nicht auf dem Handy erreichen, also bin ich nach meiner Sendung einfach zu dir gefahren.«

Ich hätte nicht gedacht, dass ich mich noch mal so darüber freuen würde, dass Paul einfach nicht tut, was ich ihm sage …

»Aber wie bist du darauf gekommen, dass ich hier draußen in der Walachei bin?« Jula löste sich wieder aus der Umarmung. Nicht, dass Paul sich noch Hoffnungen machte, alles sei vergessen.

»Als ich bei dir angekommen bin, stand ein roter Porsche mit laut wummernden Bässen vor deinem Haus. Und wer saß drinnen? Unser Eminem für Fußgänger.«

»Friedrich?«

»Ja, er wollte auch gerade zu dir.«

Jula musste lachen.

»Gott, wenn ich ihm nicht den Auftrag gegeben hätte, über diesen Partyservice rauszufinden, wo dieses Haus steht …«

Paul nickte.

»Nachdem wir dich beide nicht erreichen konnten, hielten wir es für möglich, dass du die Adresse selbst herausgefunden hast und vielleicht hier bist.«

»Friedrich hat dir also den Weg gezeigt?«

»Ja. Er hat gesagt, dass du nach Elyas suchst und dass er in Gefahr wäre.« Paul bemerkte die Wunde an Julas Haaransatz. Zudem hatte sie eine Beule. »Da hat dir offenbar jemand ein Büschel Haare ausgerissen. Geht es dir gut?«

»Ob es mir gut geht?« Jula atmete demonstrativ aus. »Sag mal, wie bist du überhaupt hier reingekommen, das Haus war doch verschlossen?«

»Ja, das war merkwürdig: Der Schlüssel hat außen in der Tür gesteckt.«

»Na ja, so merkwürdig finde ich das gar nicht. Vielleicht hat mein Entführer damit verhindern wollen, dass ich das Schloss von innen öffnen kann.«

»Entführer?« Paul riss die Augen auf.

»Was denn sonst, verdammt? Meinst du, ich bin zum Spaß hier? Wo ist überhaupt Friedrich?«

Paul sah sich um, als wolle er sich vergewissern, dass sie allein waren.

»Der ist wieder losgefahren.«

»Warum das denn?«

»Das war auch ziemlich seltsam. Wir sind hergefahren, und als wir kurz vor dem Haus waren, haben wir gesehen, dass ein Typ rausgerannt ist.«

»Habt ihr ihn erkannt?« Jula lehnte sich gegen den Türrahmen. Langsam beruhigte sich ihr Atem wieder.

»Nein, aber Friedrich meinte, er hat ein schlechtes Gefühl bei dem Kerl. Er wollte die Identität von dem Typen rausfinden und hat sich an ihn drangehängt.«

»Das ist ja fantastisch! Das führt ihn vielleicht zu Elyas!« Jula klatschte in die Hände.

Bald bemerkte sie jedoch, dass sich ihre Euphorie nicht auf Paul übertrug. Als hätte er ihre Gedanken lesen können, sagte er:

»Wenn es dir nichts ausmacht, dann würde ich dir auch gern mal eine Frage stellen: Was hat das hier alles zu bedeuten?«

KAPITEL 53

Jula konnte sich nicht erinnern, wann Paul ihr gegenüber das letzte Mal so energisch aufgetreten war. Als sie einander kennengelernt hatten, war er ihr oft wie ein starker Ritter in glänzender Rüstung erschienen, an den sie sich anlehnen konnte, wann immer ihre verletzte Seele nach Geborgenheit suchte. Doch in der letzten Zeit hatten Gewohnheiten und Julas wachsendes Misstrauen das Knistern zwischen ihnen verstummen lassen.

Und dann steht er einfach vor mir und rettet mich aus meiner Notlage! Wie muss das hier bloß alles auf ihn wirken? Es hilft nichts, ich muss ihn einweihen. Wenn Friedrich rausfindet, wo Elyas steckt, dann brauche ich sowieso jede Hilfe, die ich bekommen kann.

»Also gut, komm mit!« Jula ging an Paul vorbei ins Haus.

»Moment mal«, Paul schüttelte den Kopf und deutete auf die Tür. »Sollten wir nicht lieber hier abhauen?«

»Das geht noch nicht. Ich muss sofort Friedrich anrufen, hier muss es irgendwo ein Festnetztelefon geben!«

Paul senkte seinen Blick, und Jula wusste, dass dies nichts Gutes zu bedeuten hatte. Paul hatte dies immer dann getan, wenn er etwas ausgefressen hatte.

»Tut mir leid.« Damit griff er in seine Tasche und zog ein Handy hervor, das in einer gold glitzernden Hülle steckte. »Ich habe während unserer Fahrt die ganze Zeit über versucht, dich von Friedrichs Handy anzurufen. Weil du an meins sicher nicht rangegangen wärst.«

Jula sackte in sich zusammen.

»Und jetzt hast du es immer noch bei dir. Na, super! Wenn Friedrich jetzt was rausfindet, dann muss er erst mal zusehen, wie er mich erreicht!« Jula dachte kurz nach. »Okay, es hilft ja nichts. Handys funktionieren hier im Wald nicht, also finde du jetzt das Festnetztelefon und ruf uns ein Taxi. Wir müssen zurück nach Berlin. Und ich muss hier noch nach einer Patientenakte suchen.«

»Patientenakte? Was soll das denn jetzt schon wieder heißen?«

»Es geht um eine *Jessica Schrödinger*. Und glaub mir, Paul, mehr weiß ich dazu gerade auch noch nicht.«

KAPITEL 54

Hegel 17-5-820.« Jula hatte die Akte von Jessica Schrödinger auf der Rückbank des Taxis überflogen und war dabei auf etwas gestoßen, das sie sofort zu ihren Sprachnotizen hinzufügen musste. »Stellt euch vor, ihr seid psychisch krank. Und ihr geht seit Jahren zu einem Therapeuten. Und der attestiert euch dann, dass ihr nicht selbstmordgefährdet seid. Weil ihr aber depressiv seid, verschreibt er euch Tabletten. Antidepressiva. Die Folge: Eure Stimmung wird zwar nicht schlagartig besser, aber eure Lethargie fällt von euch ab. Ihr fühlt zum ersten Mal seit langer Zeit wieder Tatendrang. Mit der bitteren Folge, dass ihr plötzlich die Kraft habt, euch etwas anzutun. Die Pillen öffnen ein Suizidfenster, das sich erst nach einigen Tagen, manchmal sogar Wochen, wieder schließt. Aus diesem Grund steht auch im Beipackzettel solcher Mittel, dass man seinem Umfeld sagen soll, wenn man mit der Einnahme von Antidepressiva beginnt. Damit Freunde und Verwandte einen im Auge haben. Ich habe im Wochenendhaus von Matthias Hegel erst das Krankenbett und dann die Akte von Jessica Schrödinger gefunden. Sie hat sich nicht an den Beipackzettel gehalten. Sie hat Cipralex genommen und kurz nach Beginn der medikamentösen Therapie versucht, sich das Leben zu nehmen. Obwohl ihr behandelnder Arzt suizidale Tendenzen ausgeschlossen hat. Und jetzt ratet mal, wer dieser Arzt war: Matthias Hegel!«

Jula legte den Aktenordner im Fußraum vor sich ab.

»Sind Se Schrüftsteller oder so wat in die Art?« Der Taxifahrer war ein freundlicher Mann mit gezwirbeltem Schnurrbart, dem die lukrative Fahrt nach Berlin mehr als gelegen kam.

»Nein, ich habe einen vernünftigeren Beruf! Ich mache Podcasts.«

Der Fahrer nickte nur; es war offenkundig, dass er nichts mit dieser Antwort anfangen konnte. Während er von der Landstraße abfuhr und sich auf den Weg zur Autobahn machte, drehte sich Paul vom Beifahrersitz zu Jula um.

»Willst du mir jetzt bitte endlich erzählen, warum wir zum Knast nach Moabit fahren? Und was hier eigentlich gespielt wird?«

Jula sah zum Taxifahrer. Ob es wohl für die aufgeschnappten Gespräche von Fahrgästen so etwas wie eine Schweigepflicht gab?

Was soll's, wenn der das jemandem erzählt, dann lassen die ihn sowieso in die Anstalt einweisen.

»Ich erkläre dir alles, aber erst mal muss ich einen Anruf machen!«

Jula hatte bemerkt, dass ihr Handy wieder Empfang hatte. Eine aktuelle Meldung von Friedrich war jedoch bislang nicht eingegangen. So wählte sie die Nummer von Gunnar Varbelow. Es dauerte nicht lange, bis Hegels Anwalt das Gespräch entgegennahm.

»Frau Ansorge, was hat Sie so lange davon abgehalten, mich zu kontaktieren?«

»Ich habe keine Zeit für Scherze! Ich MUSS Hegel sprechen, also setzen Sie Himmel und Hölle in Bewegung!«

»Es tut mir leid, aber Herr Hegel hatte heute eine kleine Auseinandersetzung. Er liegt auf der Krankenstation.«

»Verdammt!« Jula trat gegen die Rückenlehne, sodass

Paul nach vorn in den Gurt geworfen wurde. »Auch das noch! Ist er denn ansprechbar?«

»Das schon, aber ich denke …«

»Elyas' Zeit läuft ab! Sagen Sie Hegel, dass ich weiß, wer Jessica Schrödinger war. Und sagen Sie ihm, dass ich jetzt auch weiß, warum er freiwillig im Knast sitzt!«

Es blieb kurz still in der Leitung.

»Also gut. Ich werde sehen, was sich machen lässt.«

Damit beendete Varbelow das Telefonat. Als Jula ihren Blick zu Paul wandte, stellte sie fest, dass er sich zu ihr umgedreht hatte und sie verstört ansah.

»Warum läuft Elyas' Zeit ab?«

»Ich vermute, dass er von demselben Kerl entführt wurde wie ich. Von dem, hinter dem Friedrich gerade her ist.«

»Bitte, was? Wie, wieso …?«

»Er ist ohne Schuld in die Sache reingeraten. Ich bin allein dafür verantwortlich.«

»Verdammt, Jula, jetzt rede schon! Welche Sache?«

»Das am Telefon war der Anwalt eines Typen, der einen Menschen auf dem Gewissen hat und jetzt lebenslang im Gefängnis sitzt.«

»Der Kerl hat also jemanden ermordet?«

»Na ja, in den Augen mancher Menschen vielleicht. Aber ganz sicher nicht die Frau, für deren Tod er verurteilt wurde.«

Und während es Paul die Sprache verschlagen hatte, fand der Taxifahrer wieder Worte:

»Jute Schtorry! Ick habe et jewusst! Se sind DOCH Schrüftsteller!«

KAPITEL 55

»Entschuldigen Sie bitte, dass ich Sie unter diesen Umständen empfangen muss.« Hegels Wunden waren vom Gefängnisarzt noch einmal frisch behandelt und verbunden worden. Seine Schwellungen waren jedoch weiter angewachsen, sodass er in seinem Krankenbett ein mehr als beklagenswertes Bild abgab. »Ich habe gehört, dass Sie unbedingt wissen wollten, wo mein Wochenendhaus ist?«

»Wollte ich. Hat sich aber inzwischen erledigt.«

»Hat Kalinsky es Ihnen gesagt?«

»Nein, der konnte mir keine Antwort mehr geben.«

»Wie meinen Sie das?«

»Seine Wohnung war leer. Ich habe zwar Röcheln gehört, aber es war niemand zu sehen.«

»Wie bitte?«

»Und dann schleicht sich jemand von hinten an mich ran und schlägt mich bewusstlos. Dreimal dürfen Sie raten, wo ich wieder aufgewacht bin.«

Hegel schloss kurz die Augen.

»Frau Ansorge, das tut mir so leid. Die Dinge geraten außer Kontrolle. Haben Sie denn in meinem Haus irgendwas gefunden?«

»Das kann man wohl sagen!« Jula zeigte Hegel die Akte, die sie mitgenommen hatte.

»Jessica Schrödinger …« Er seufzte.

»Um sie geht es hier, habe ich recht? Jessica Schrödinger hat einen Selbstmordversuch unternommen, nachdem Sie ihr Medikamente verschrieben hatten. Weil Sie der Ansicht waren, dass die Frau nicht suizidgefährdet ist.« Hegel verzog keine Miene. Jula schlug eine Seite in der Akte auf, die sie mit einem Eselsohr markiert hatte. »Die Frau hat sich aus dem dritten Stock eines Hauses gestürzt, aber sie hat überlebt. Leider mit schweren Hirnquetschungen.«

Hegel rieb sich die Augen.

»Ja, furchtbar. Sie ist ins Wachkoma gefallen.« Hegel legte den Kopf in den Nacken. »Es stimmt, dass ich mich geirrt habe.«

»Sie sind aber nicht gerade jemand, der sich besonders oft irrt. Warum gerade in diesem Fall?«

»Auch ich bin nicht unfehlbar.« Hegel hob seinen Kopf. »Glauben Sie mir, das war einer der schlimmsten Fälle meiner Karriere. Wachkoma! Jessica konnte alles sehen und hören, aber sie war unfähig, Kontakt zur Außenwelt aufzunehmen.«

»Und warum wurde sie nach ihrer Entlassung aus der Klinik in Ihrem Wochenendhaus behandelt?«

»Sie wurde WAS?« Hegel richtete sich auf, zuckte vor Schmerz zusammen und ließ sich wieder in die Matratze sinken.

»Es gibt ein komplett eingerichtetes Krankenzimmer im ersten Stock.«

Noch einmal versuchte Hegel sich aufzurichten.

»Davon höre ich gerade zum ersten Mal!«

Jula sah Hegel an, als sei nun sie der Experte und er der ahnungslose Laie. Sie deutete auf die Gitter vor den Fenstern.

»Gefällt Ihnen das?«

»Was meinen Sie?« Hegel hatte Julas Stimme noch nie zuvor so im Einklang mit ihrer Persönlichkeit gehört. Jeder

Ton, jedes Luftholen, jede Pause strotzten vor Kraft und Selbstsicherheit.

»Die Gitter! Gefällt es Ihnen, bei lebendigem Leibe und klarem Verstand für den Rest Ihres Lebens weggeschlossen zu sein?«

Hegels Augen wurden feucht.

»Hören Sie bitte auf. Sie wissen schon viel zu viel. Mathilda ist alles, was ich noch habe.«

Jula bemühte sich, keine Reaktion zu zeigen. Weder mit ihrem Körper noch in ihrer Stimme.

»Ihretwegen war Jessica Schrödinger für immer in ihrem Körper eingeschlossen, und deswegen sollen Sie das jetzt auch sein. Hat der echte Täter Ihnen deswegen Johanna genommen? Weil Sie ihm auch seine Frau genommen haben?«

»Jessica hatte keinen Mann.«

Jula ließ sich nicht beirren.

»Ich weiß, davon steht nichts in der Akte. Aber vielleicht hatte sie einen Freund? Oder einen Vater? Jemanden, der sie geliebt und der Sie für ihre Lage verantwortlich gemacht hat. Hat er Johanna getötet und Sie dann gezwungen, den Mord zu gestehen, damit Sie genau dasselbe durchmachen müssen wie er? Hat er Mathilda bedroht, für den Fall, dass Sie nicht tun, was er sagt? Und bedroht er die Kleine immer noch, für den Fall, dass Sie hier jemals wieder rauskommen? War der Kerl, der Jessica in Ihrem Haus gepflegt hat, auch der anonyme Anrufer mit der hohen Stimme, der Elyas entführt hat? Und hat er genau dieselbe Nummer damals auch mit Johanna abgezogen?« Jula machte einen Schritt auf Hegel zu und sah ihn an, als könne ihr Blick ihn zu Stein werden lassen. »Ich stehe kurz davor, dieses verdammte Puzzle zusammenzusetzen. Also, wann hat dieser Kerl mit der Fistelstimme Sie das erste Mal angerufen?«

Hegel richtete sich mühsam auf und setzte sich auf die Kante seines Bettes. Noch einmal sah er Jula an, bevor er schließlich sagte:

»Fragen Sie bitte nicht weiter.« Er sah auf die Uhr, die an der Wand angebracht war. »Das ist *mein* Schicksal und *meine* Familie. Es gibt jetzt nur noch eine Sache, in der ich Ihnen helfen werde.«

»Elyas zu befreien?« Jula entging nicht, dass Hegel mit seiner Antwort zögerte. Sie setzte nach: »Also, was jetzt? Wo ist Elyas?«

Hegel holte noch einmal tief Luft. Dann sah er Jula an und sagte mit klarer, sonorer Stimme:

»Würde ich Ihnen dabei helfen, müsste ich das Leben meiner Tochter aufs Spiel setzen.« Jula öffnete den Mund, doch Hegel fasste ihre Hand, worauf sie innehielt. »Aber ich werde Ihnen helfen, das größte Trauma Ihres Lebens hinter sich zu bringen.«

Jula begann zu zittern.

»Was soll das heißen?«

»Haben Sie es dabei?« Hegel sprach zu Varbelow, der in seine Tasche griff und ein etwas altmodisches Aufnahmegerät hervorzog.

»Es kam heute früh bei mir an.« Damit reichte der Verteidiger Hegel das Gerät.

»Auf diesem Band befinden sich die Antworten auf alle Ihre Fragen. Es war streng geheim und unter Verschluss, allein meine ausgezeichneten Kontakte haben es möglich gemacht, dass ich es Ihnen jetzt vorspielen kann.«

Jula versuchte, etwas zu sagen, doch ihre Kehle war wie zugeschnürt.

»Das hier ist die Nachricht auf der Mailbox Ihres Bruders Moritz. Ihre komplette Vergewaltigung ist darauf zu hören, und ich werde Ihnen dieses Band bis zum letzten Blätterrascheln analysieren. Wenn Sie dafür sofort aufhören, meinem Fall nachzugehen.«

Und noch ehe Jula wieder Worte finden konnte, startete Hegel auch schon die Aufnahme.

KAPITEL 56

Die Stille, die eintrat, nachdem die Aufnahme bis zum Ende abgespielt war, war erdrückend. Während Hegel und sein Verteidiger reglos verharrten, war Jula totenbleich geworden. Der Raum schien sich um sie herum zu drehen, während der Gestank dieses widerlichen Vergewaltigers ebenso zu ihr zurückkehrte wie der Schmerz in ihrem Rücken, das Grapschen und Lecken, dieses ekelerregende Gekeuche, der Sand und die Steine, die Hand an ihrem Hals und letztlich auch noch Antonio von der Botschaft mit seinem verdammten aristokratischen Krocketgesicht.

»Jetzt wissen Sie es.« Jula flüsterte, und sie bemerkte selbst kaum, dass sie gerade sprach. »Das war nicht Moritz, und wenn Sie das der Welt sagen, dann wird man Ihnen glauben.«

Hegel nickte.

»Sie waren niemals meinetwegen hier. Mein Fall bedeutet Ihnen gar nichts, ebenso wenig wie die anderen angeblichen Justizirrtümer, denen Sie auf Ihrem Podcast hinterherjagen. Jeden Tag springt irgendwo eine Jessica Schrödinger aus irgendeinem Fenster, jeden Tag wird irgendwer ermordet und der Falsche dafür angeklagt. Warum sollte Sie das interessieren? Das Einzige, das Sie jemals angetrieben hat, war Ihr eigenes Trauma. Natürlich wussten Sie, dass Moritz Sie nicht vergewaltigt hat. Aber viel mehr noch als die Frage, wer Ihnen dieses abscheuliche Verbrechen wirklich angetan hat, wollten Sie wissen, warum Moritz gestanden und sich das Leben genommen hat. Und warum sich dieser eindeutige Beweis seiner Unschuld angeblich niemals gefunden hat.« Hegel hob das Abspielgerät in die Luft, als sei es seine Jagdbeute.

»Natürlich.« Obwohl Jula mit ihren Kräften nahezu am Ende war, brach sie nicht in Tränen aus. »Das war alles, was ich immer wollte. Frieden. Für Moritz, für mich und für meine Familie.«

»Jula, ich stehe Ihnen für einen umfassenden Podcast zur Verfügung, in dem ich jedes Detail Ihres Falles aufdecken und Moritz vollständig rehabilitieren werde. Im Gegenzug beenden Sie Ihre Suche nach der Wahrheit in meinem eigenen Fall. Sofort. Jetzt und hier.«

Jula sank auf den kalten Fußboden nieder. Es erschien ihr so, als drehe sich der Raum um sie herum wie ein Karussell, und während sie Varbelow vollkommen ausgeblendet hatte, erschien ihr Hegel mit seiner grotesk entstellten Fratze wie ein Dämon. Ein Bote des Bösen, der sie verführen wollte, mit ihrem eigenen Blut einen Vertrag zu besiegeln. Einen Vertrag, der sie retten – und Elyas töten würde.

»Eine Seele für eine andere Seele?«

Hegel horchte auf.

»Sie sollten besser zugreifen. Ich kann diese Beweise genauso schnell wieder aus der Welt verschwinden lassen, wie ich sie herbeigezaubert habe.«

Jula zuckte nicht einmal. Sehr klar und besonnen erwiderte sie:

»Dann tun Sie das doch. Wir drei haben das Band gehört. Und ganz egal, ob Sie das öffentlich zugeben oder abstreiten, ICH weiß, dass Sie es kennen. Und damit bin ich endlich nicht mehr der einzige Mensch auf der Welt, der von Moritz' Unschuld weiß!«

»Was soll das bedeuten?«

Jula hob den Blick und sah Hegel direkt in die Augen. Und obwohl ihre Stimme noch eine Minute zuvor klanglos und zittrig gewesen war, sprach sie jetzt so selbstbewusst wie selten zuvor in ihrem Leben:

»Ich will, dass Sie mir helfen, Elyas zu finden, bevor es zu spät ist. Sagen Sie mir einfach, wer mich in Ihr Haus gebracht hat. Wer es so gut in Schuss hält. Sagen Sie mir, wer Jessicas Schicksal rächen will!«

Hegel zuckte mit keiner Wimper.

»Wenn ich Ihnen diese Frage beantworte, erlischt mein Angebot, Moritz zu rehabilitieren. Wollen Sie das?«

Jula zögerte nicht.

»Es bleibt mir nichts anderes übrig. Also, wer droht mir? Wer hat Elyas entführt?«

Hegel zuckte mit den Schultern, bevor er erwiderte:

»Ich habe keine Ahnung!«

KAPITEL 57

Julas Gesicht verzog sich zu einem breiten Grinsen. Wenn auch nur für einen Augenblick, denn schon lief die erste Träne über ihre Wange, und ihr Blick wirkte schlagartig leer, als sei sie der Welt entrückt.

»Es geht hier nicht nur um das Leben Ihres Bruders.« Varbelow sprach so nüchtern, dass Jula fast meinte, er sei gar kein Mensch, sondern ein Rechtsanwaltsroboter.

»Schon klar.« Sie lachte auf, aber nicht fröhlich. »Verschanzt euch doch alle hinter euren Phrasen und euren Geheimnissen.« Sie stand auf, sah zunächst Varbelow mit eisigem Blick an und wandte sich dann wieder Hegel zu. »Ich brauche Sie gar nicht. Ich habe inzwischen genug selbst herausgefunden, um Elyas zu retten. Nur dass ich jetzt nicht mehr darauf achten kann, dass Mathilda nichts passiert. Bisher hatten Sie die Chance, mir dabei zu helfen, dass alle Beteiligten heil aus dieser Sache rauskommen. Aber wenn Sie nicht mehr wollen – im Gegensatz zu Ihnen kann ich jetzt einfach hier rausspazieren und da draußen meinen Bruder suchen. Guten Tag!«

Jula drehte sich um und ging an Varbelow vorbei zur Tür.

»Das meiste habe ich Ihnen schon gesagt.«

Jula drehte sich noch einmal um.

»Aber?«

Hegel schloss die Augen und rief sich noch einmal die Aufzeichnung von Julas Telefonat mit dem Erpresser ins Gedächtnis.

»Also gut: Deutlich ist noch, dass er zwar sehr auf seine Wortwahl achtet, dabei aber durchaus eine emotionale Komponente in der Stimme hat. Er spricht nicht kalt und emotionslos wie ein Profikiller, für ihn geht es um etwas sehr Persönliches. Das würde zu Ihrer Jessica-Theorie passen. Aber etwas ist seltsam. Das war mir schon beim ersten Hören aufgefallen, aber ich wusste noch nicht so recht, was ich damit anfangen sollte. Er sagt, er wolle Ihnen das Interesse an meinem Fall *wie einen Tumor herausschneiden*. Dieses Bild passt irgendwie nicht so recht zu seiner Rolle. Ich vermute, dass er Ihnen da unbewusst etwas über sich erzählt hat.«

»Was meinen Sie?«

»Wir können nicht sprechen, ohne dabei etwas von uns selbst preiszugeben. Ich kann hören, dass er starker Raucher war. Vermutlich wurde ihm wirklich ein Tumor entfernt. Seitdem ist das sein sprachliches Bild für das Entfernen von etwas Tödlichem.«

»Los, Hegel! Raus damit, was wollen Sie mir sagen?« Jula sah zur Tür, als sei sie jederzeit bereit, aus dem Raum zu stürzen und die Jagd auf diesen Kerl zu Ende zu bringen.

»Das Pflaster war erst da, nachdem Sie in meinem Haus aufgewacht sind, oder?« Hegel deutete auf Julas Armbeuge. »Genauso wie das Blut an Ihrem Haaransatz und die Beule?«

»Ja, das stimmt. Er hat mir Drogen gespritzt.«

»Nein, keine Drogen. Er hat Sie nur bewusstlos geschlagen, daher die Beule. Mit der Spritze hat er Ihnen nichts in den Körper gejagt – er hat Ihnen etwas entnommen.«

Jula zögerte.

»Sie meinen … Blut?«

»Ja! Und dann hat er Ihnen ein paar Haare ausgerissen. Er wird Elyas noch heute Nacht töten, und er wollte Sie in meinem Haus *parken,* damit Sie unter keinen Umständen ein Alibi für die Tatzeit haben.«

»Sie meinen, er will mein Blut und meine Haare am Tatort platzieren? Verdammt, das ergibt Sinn! Er tötet Elyas und sorgt dafür, dass ich dafür verurteilt werde. So ähnlich hat er es mit Ihnen gemacht …«

»Mein Wochenendhaus ist äußerst wertvoll und steht allein mitten im Wald. Natürlich habe ich das sichern lassen wie ein Gefängnis! Inklusive Panzerglasscheiben. Wenn Sie da eingeschlossen sind, kommen Sie nicht mehr raus. Wenn der Kerl nicht weiß, dass Sie entkommen sind, dann wird er seinen Plan weiter verfolgen. Ich schätze, er wird sich einen Tatort ausgesucht haben, der eine hohe Symbolik für ihn hat. Eine Klinik, ein Sanatorium, eine Anstalt. Aber für das, was er vorhat, bedarf es Abgeschiedenheit.«

Jula starrte ihr Gegenüber fassungslos an.

»Das ist alles?«

Hegel atmete tief durch.

»Mehr gibt die Aufzeichnung nicht her.« Er winkte Jula zu sich heran. Nachdem sie sich zu ihm hinuntergebeugt hatte, hauchte er: »Er hat einen Hang zur Theatralik. Mit ein bisschen Glück will er den Jungen erst um Punkt Mitternacht töten. Dann hätten Sie noch gut zwei Stunden Zeit.«

»Hat er das bei Johanna auch so gemacht?« Jula flüsterte ebenfalls.

»Das war meine allerletzte Hilfe!« Hegel umfasste Julas Hand mit festem Griff und fügte hinzu: »Viel Glück!«

KAPITEL 58

Heiko hatte die Lehne des Fahrersitzes in seinem Van leicht schräg gestellt, das Radio lauter gedreht und für einen Moment die Augen geschlossen. Mathilda war längst schlafen gegangen; das Licht im Kinderzimmer war schon lange erloschen. Als sein Handy klingelte, konnte er bereits am programmierten Klingelton erkennen, wer ihn anrief. Unverzüglich stellte er das Radio leiser und nahm den Anruf entgegen.

»Was gibt es denn?«

»Ist alles in Ordnung mit der Kleinen?«

Heiko sah noch einmal zum Haus von Mathildas Großeltern.

»Ja. Diese Frau hat sich seit Längerem nicht mehr blicken lassen.«

Der Anrufer wirkte nicht beruhigt. »Sie hat rumgeschnüffelt.«

»Das sollte sie doch?«

»Aber nicht so! Sie weiß schon viel zu viel, und das wird eine Kette von Reaktionen auslösen.«

Heiko blieb ruhig. Sein Beruf hatte ihm im Laufe der Jahre wahrhaftig schon andere Dinge abverlangt, als ein kleines Mädchen vor den Folgen der Recherchen einer jungen Journalistin zu beschützen.

»Wie lautet Ihre Anweisung?«

»Stellen Sie sich darauf ein, dass wir möglicherweise bald handeln müssen.«

Heiko öffnete das Handschuhfach. Seine Pistole war griffbereit, frisch geölt und geladen.

»Wie Sie wollen. Ich bin rund um die Uhr in Bereitschaft.«

Der Anrufer blieb sachlich.

»Gut so. Aber nicht vergessen, Sie handeln ausschließlich auf meine Anweisung! Wir werden jetzt erst mal abwarten müssen, aber wenn diese Ansorge so weitermacht, dann ist nicht auszuschließen, dass schon bald Blut fließen wird.«

KAPITEL 59

»Was ist denn mit dir los? Hast du irgendwas eingenommen?«

Jula hatte Paul bereits während der Taxifahrt über ihre Notlage und die Ereignisse der letzten beiden Tage aufgeklärt. Paul hatte Jula daraufhin vor der JVA abgesetzt und sich vom Taxifahrer zu seinem eigenen Wagen bringen lassen, der noch vor Julas Haus parkte. Mit seinem Volvo war er dann sofort wieder zurückgefahren und hatte auf der Straße vor der JVA ungeduldig gewartet.

»Im Gegenteil, ich habe keine Schmerztabletten mehr! Verdammt, ich werde gleich wahnsinnig!«

»Jula, bitte, ganz ruhig! Was war da drinnen los?«

»Das ist alles so eine verdammte Scheiße! Er kann beweisen, dass Moritz unschuldig ist, aber ... ach, egal!«

»Egal?«

»Dafür ist jetzt einfach keine Zeit! Ich bin mir sicher, dass Hegel viel mehr weiß, als er sagt. Aber er hat Angst um das Leben seiner Tochter, was soll ich da machen? Hat sich wenigstens Friedrich gemeldet?«

»Nein, leider nicht.«

»Verdammt! Dann lass uns wieder zum Wochenendhaus zurückfahren. Es kann ja sein, dass der Entführer da wieder auftaucht, um nach mir zu sehen.«

Jula bemerkte selbst, dass sie zunehmend wirrer klang. Bei ihr zeigten sich die ersten Ausfallerscheinungen eines Übermüdeten, die denen eines Betrunkenen sehr ähnlich waren.

Paul dagegen ließ sich nicht aus der Ruhe bringen. »Wir sollten lieber die Polizei informieren.«

Jula winkte ab.

»Wenn wir wüssten, wo Elyas steckt oder wer ihn entführt hat, dann schon. Aber wenn dieser Kerl jetzt mitbekommt, dass die Bullen hinter ihm her sind, dann kann es sein, dass er einfach abhaut und Elyas in seinem Versteck verrecken lässt. Das riskiere ich nicht.« Sie öffnete kurzerhand die Beifahrertür und stieg ein.

Paul erwiderte nichts. Seine einfühlsame Art und die Kunst, in solchen Momenten lieber zu schweigen, verfehlten nicht ihre beruhigende Wirkung auf Jula. Ihr kam ein neuer Gedanke.

»Hegel sagt, Elyas wird vermutlich in einer alten Klinik oder Anstalt festgehalten. Dazu muss es doch im Internet Hinweise geben. Los, fahr schnell zu mir.«

»Okay. Aber du solltest jetzt unbedingt schlafen.« Paul strich sanft über Julas Hand.

»Ich kann mich ausruhen, wenn ich Elyas befreit habe!«

Paul sprach jetzt langsamer, tiefer und mit weicherem Klang in der Stimme. So hatte er Jula immer in den Schlaf gewiegt, wenn ihre Sorgen sie wieder einmal nicht hatten zur Ruhe kommen lassen.

»Komm schon, wenigstens die paar Minuten, die wir zu deiner Wohnung brauchen. Sonst stehst du diese Sache hier niemals durch.«

Jula wollte schon widersprechen, doch der vertraute Duft von Paul, das warme, kuschelige Gefühl, das seine Wolljacke auf ihrem Gesicht verursachte, und das monotone Ticken der Fahrzeuguhr begannen sie in einen Zustand zwischen Schlafen und Wachen zu befördern. Die Bilder des Krankenzimmers und des verletzten Hegel wurden vor ihrem geistigen Auge unschärfer. Die Eindrücke des Tages verblassten und drohten, in einem wohligen Strom von sanfter Ruhe zu versinken. Und wenn Jula sich auch oft darüber lustig gemacht hatte, dass Paul in seinem Leben vermutlich mehr Versicherungen abgeschlossen als Abenteuer erlebt hatte, war die Sicherheit, die er ausstrahlte, nun doch wieder ein willkommener Halt für ihre aufgewühlte Seele.

Paul, der Fels in der Brandung. Schade, dass es am Ende doch nicht funktioniert hat.

Immer tiefer versank Jula in einen schlafähnlichen Zustand, während sich Geräusche und Gedanken immer weiter von ihr zu entfernen schienen. Aus irgendeinem Grund öffnete sie noch einmal kurz die Augen.

»Hast du das Ding immer noch?« Jula deutete auf die Dashcam, die Paul auf das Armaturenbrett montiert hatte.

»Noch nie gebraucht, aber wenn mal was passiert, dann bin ich froh, dass ich sie habe. Und jetzt ruh dich ein bisschen aus.«

Jula schloss wieder die Augen, und ohne dass sie hätte erklären können, wie sie darauf gekommen war, hauchte sie:

»Bestimmt war es auch Elyas' Entführer, der gestern den Rucksack vor meine Tür gestellt hat.«

»Vielleicht, ja«, flüsterte Paul und strich Jula über den Hinterkopf. Gleich würde sie eingeschlummert sein.

»Filmt deine Dashcam eigentlich immer?«

Paul antwortete noch ruhiger und langsamer. Die scheinbar unsinnige Frage bestärkte ihn in seiner Vermutung, dass Julas Sinne sich gleich in den Schlaf verabschiedet haben würden.

»Nur wenn der Motor läuft.«

Jula versank immer tiefer in Pauls Armen, und gerade als die Müdigkeit endgültig Besitz von ihr ergreifen wollte, fuhr ein letzter Gedanke durch ihren Kopf. Sie schoss so ruckartig hoch, als habe es eine Explosion gegeben. Paul erschrak, wich zurück und stieß sich den Hinterkopf am Fenster der Fahrertür.

»Was ist denn jetzt los?«

»Wie lange speichert die Kamera ihre Aufnahmen?« Mit einem Schlag war Jula wieder hellwach.

Paul war so verblüfft, dass er einige Sekunden benötigte, um klare Gedanken fassen zu können.

»Na, so zwei Tage bestimmt.«

»Du hast gesagt, dass du gestern mit deinem Wagen vor meinem Haus geparkt hast.«

»Ja, und?«

»Ich will sofort die Aufzeichnungen sehen!«

»Warum denn das?«

»Der Kerl, der Elyas' Rucksack vor meine Tür gelegt hat, muss kurz vor dir da gewesen sein. Vielleicht hat deine Dashcam ihn ja gefilmt!«

KAPITEL 60

Der einsetzende Regen hatte sich seinen Weg vom Dach des Schuppens an den Leitungen entlang gebahnt und war durch die undichten Wände auch in das Innere des Gebäudes gelangt. Das Rohr, an das sich Elyas gelehnt hatte, war so zu einer Art Wasserabfluss geworden. Instinktiv streckte er seine Zunge aus, auf die nun immer mehr Regenwasser lief. Zuerst waren es nur wenige Tropfen, die dem Jungen beim Schlucken im vertrockneten Hals wehtaten. Dann schließlich immer größere Mengen, die, soweit er sie nicht in seinen Mund leiten konnte, über sein Gesicht und seinen Hals an ihm herunterliefen und ihm von Minute zu Minute immer mehr von seiner Energie zurückbrachten. Und obwohl Elyas nach wie vor gefesselt und seinem Entführer hilflos ausgeliefert war, begann mit der allmählichen Rückkehr seiner Kräfte auch sein Kampfgeist wieder zu erwachen.

»Du wirst dich noch wundern, Penner! Ich bin schon mit ganz anderen fertiggeworden!«, rief er blindlings ins Dunkel des Verschlages hinein.

»Ach, tatsächlich?«

Elyas erschrak. Die Antwort war aus einem Winkel des Schuppens gekommen, den er nur schwer einsehen konnte. Er hatte sich allein in seinem Versteck gefühlt, und noch immer konnte er die Umrisse seines Entführers nirgendwo erkennen. Der Junge richtete sich auf, so gut er konnte.

»Wo versteckst du dich, du mieser Feigling?«

Elyas spähte durch den Raum, doch er konnte den Kerl nicht sehen.

Ob er wohl die ganze Zeit über hier gewesen war?

»Die Frage ist nicht, wo ich mich verstecke.« Die Antwort drang so klar zu Elyas' Ohren vor, dass ihn eine Gänsehaut überkam. »Die Frage ist, wann ich aus meinem Versteck hervortrete. Aber keine Sorge! Es wird nicht mehr lange dauern.«

KAPITEL 61

Es war nur eine kurze Fahrt von der JVA Moabit bis zu Julas Wohnung. Der Verkehr war um diese Zeit längst zur Ruhe gekommen, sodass Paul die Strecke in wenigen Minuten zurücklegen konnte. Zeit, die Jula nutzte, um kurz die Augen zu schließen und sich ein wenig zu erholen.

Wie nicht anders zu erwarten, fand sich kein Parkplatz in der dicht besiedelten Wohngegend. So stellte Paul seinen Wagen kurzerhand auf dem Bürgersteig ab. Die Polizeistreifen in Moabit hatten sich um diese Uhrzeit erfahrungsgemäß mit anderen Vergehen zu befassen als mit denen entnervter Autofahrer, die vor der Berliner Parkplatzsituation kapitulierten. Zumal das Gewitter inzwischen auch die Hauptstadt erreicht hatte und die Polizei üblicherweise eher ein Auge zudrückte, als im strömenden Regen einen Strafzettel auszustellen.

»Okay, wir müssen die Festplatte der Dashcam an deinen Rechner anschließen.«

Jula war wieder hellwach. Die Hoffnung auf verwertbare Hinweise hatte sie so beflügelt, dass Paul ihr beim Treppensteigen kaum hinterherkam. Während sie zunächst eilig den in der Küchentür mahnend miauenden Wallraff mit Wasser und Trockenfutter versorgte und dann endlich eine ihrer viel zu starken Schmerztabletten nahm, verband Paul den Speicher seiner Dashcam mit Julas Rechner und suchte nach der Uhrzeit, zu der er am Vortag bei seiner Ex-Freundin angekommen war.

»Und, hast du was?«

Paul klickte einige Male mit der Maus, bevor er antwortete:

»Ja, hier ist es!«

Jula zog einen Stuhl heran und setzte sich. Für den Bruchteil einer Sekunde erschien es ihr als das Selbstverständlichste der Welt, dass sie mit Paul am Wohnzimmertisch saß und ein gemeinsames Ziel verfolgte. Er roch wie immer; die Spuren des Duftes, den sie schon damals bei ihrer ersten Begegnung im Sender bemerkt hatte, waren überall an seiner Kleidung. Und wenn es auch nicht viel länger als für die Dauer eines Wimpernschlages war, so fühlte sich Jula doch wieder ans Ufer der Spree zurückversetzt, wo sie mit Paul an ihrem ersten gemeinsamen Abend bis zum Sonnenaufgang gesessen und Wein von der Tankstelle getrunken hatte.

»Okay, hier biege ich um die Ecke. Ich werde langsamer und gucke nach einem freien Parkplatz.«

Jula starrte gebannt auf den Monitor.

»Kannst du das in Zeitlupe abspielen?«

»Klar.« Paul stellte die Aufnahme auf halbe Geschwindigkeit. Die Bilder waren von guter HD-Qualität, jedes Detail war darauf auszumachen. »Erkennst du jemanden?«

Jula betrachtete die Menschen, die vor dem Haus zu sehen waren. Eine Frau mit Kopftuch, die einen kleinen Jungen an der Hand hatte, ein junger Mann mit Vollbart, der sein Handy in der Linken und einen *Coffee to go* in der Rechten hielt, sowie einen Briefträger, der offenbar deutlich hinter seinem Zeitplan zurücklag.

»Nein, nichts Besonderes.«

Paul hatte bei seinem ersten Versuch keinen Parkplatz gefunden und war noch einmal um den Wohnblock herumgefahren. Als er den Punkt seiner Aufzeichnung erreicht hatte, an dem er erneut vor dem Haus angekommen war, stoppte er die Wiedergabe.

»Okay, jetzt kommt der Moment, in dem die Parklücke direkt vor deinem Haus frei wird.«

Obwohl sie alles genau erkennen konnte, rückte Jula noch etwas dichter an den Monitor heran. Dabei streifte sie unbeabsichtigt Pauls Arm und musste bereits zum zweiten Mal an diesem Abend erkennen, dass sich die Berührung vertraut anfühlte.

»Da, jemand hat sich in den Wagen gesetzt.«

»Geh noch mal zurück!«

Paul wiederholte die Wiedergabe in Zeitlupe, doch den Mann, der in das Auto gestiegen war, konnte man nicht erkennen.

»Okay, lass weiterlaufen.«

Paul setzte die Wiedergabe fort. Der Wagen rangierte kurz in der Parklücke, bevor der Fahrer den Blinker setzte und sich in den fließenden Verkehr einfädelte.

»Bingo!« Paul drehte sich zu Jula um. »Das ist der Wagen des Typen am Haus, dem Friedrich gefolgt ist!«

Jula sprang von ihrem Stuhl auf und begann in ihrem Wohnzimmer auf und ab zu gehen.

»Okay, das ist also der Kerl, den wir suchen. Geh noch mal zurück und mach ein Standbild.«

Paul folgte der Aufforderung. Beide betrachteten aufmerksam, was sie zu sehen bekamen.

»Sein Kennzeichen ist nur teilweise zu erkennen. Hast du das ganze drauf?« Jula sah zur Uhr.

Bis Mitternacht blieben noch fast zwei Stunden, doch sie musste einkalkulieren, dass Elyas sehr wahrscheinlich außerhalb Berlins versteckt gehalten wurde.

»Nein, leider nicht.«

Jula betrachtete das Standbild aufmerksam. Durch den günstigen Aufnahmewinkel und die hohe Auflösung der Dashcam war es möglich, die Umweltplakette an der Frontscheibe des BMW zu sehen.

»Kannst du das Kennzeichen auf der Plakette lesen?«

Paul ging ganz nah an den Monitor, doch die Aufschrift war beim besten Willen nicht zu entschlüsseln. Dafür bemerkte Jula etwas anderes:

»Was ist das für ein Aufkleber neben der Umweltplakette?«

»Irgendein Logo. Sieht aus wie eine Vignette oder irgendeine Zufahrtsberechtigung.« Paul sah genauer hin und konnte eine Buchstabenkombination an dem Aufkleber erkennen. »Da steht HGS. Was immer das auch sein mag.«

Jula griff nach ihrem Handy und gab die Buchstabenkombination in die Suchmaschine ein. Zu ihrem Bedauern musste sie feststellen, dass sie dabei zahlreiche nutzlose Ergebnisse erhielt, die auch dadurch nicht hilfreicher wurden, dass sie den Suchbegriff *Oberhavel* hinzufügte.

Sie schloss die Augen.

»Das bringt doch alles nichts. Wenn der auf seinem Auto einen Aufkleber vom *Europapark* hätte, dann würde er Elyas deswegen ja trotzdem nicht da verstecken. Die Zeit läuft ab, und wir haben einfach keinen konkreten Hinweis.«

»Jula, wir sollten jetzt wirklich zur Polizei gehen. Bisher habe ich deine Sorge verstanden, aber jetzt stecken wir in einer Sackgasse.«

Jula wollte schon reflexartig widersprechen, als ihr in den Sinn kam, dass Paul möglicherweise recht hatte. Sie hatte die Rätsel um Elyas' Entführung und die wahren

Hintergründe im Fall Hegel zumindest weit genug entschlüsselt, um die Angelegenheit jetzt in professionelle Hände übergeben zu können. Die Polizei würde mithilfe einer Rasterfahndung vermutlich sehr bald wissen, wer der Halter des BMW auf dem Dashcam-Video war.

»Dann sollten wir das jetzt wohl tun.« Jula ließ sich auf den Sessel aus ihrem Elternhaus sinken. Die Erleichterung über die gewonnenen Erkenntnisse und das allmähliche Wirken ihrer Schmerztablette hatten schlagartig auch die Müdigkeit zu ihr zurückgebracht. Ihre Augenlider fühlten sich jetzt wieder so schwer an wie noch kurz zuvor in Pauls Wagen. Vielleicht sogar noch schwerer. »Aber wenn wir die Polizei jetzt einschalten, müssen die extrem vorsichtig sein …«

Paul stand auf und ging zu Jula hinüber. Er nahm die Decke von ihrem Sofa, in die sie sich immer gern beim Fernsehen einwickelte. Gerade wollte er diese auf Julas Schoß legen, als ihr Handy klingelte. Jula griff intuitiv nach ihrem Smartphone und nahm den Anruf entgegen, ohne zuvor auf das Display zu sehen.

»Ansorge hier.«

»Jula?«

Die Stimme, die sie am anderen Ende der Leitung hörte, ließ Jula in ihrem Sessel aufschrecken.

»Friedrich? Bist du das?«

KAPITEL 62

Hallo, Jula! War gar nicht so leicht, ohne mein Handy deine Nummer rauszufinden! Deshalb hat es auch so lange gedauert.« Die Stimme von Elyas' Freund klang so weit entfernt und verrauscht wie bei einer Telefonleitung in den Achtzigerjahren. »Ich hatte Probleme. Erst war mein Tank leer, und dann musste ich noch nachts in der Pampa irgendwo ein Telefon finden.«

»Hast du was über Elyas rausgefunden?«

»Mir geht es gut, danke der Nachfrage! Davon abgesehen glaube ich, dass *ich* jetzt wohl erst mal derjenige bin, der ein paar Fragen stellen darf! Mir ist klar, dass Elyas irgendwie in der Scheiße steckt. Aber warum, verdammt, sollte ich diesen Typen verfolgen?«

»Pass auf, dieser Kerl hat Elyas entführt und will ihn umbringen! Alles Weitere erkläre ich dir später!«

»Willst du mich verarschen?«

»Friedrich!« Jula schrie fast. »Dafür ist keine Zeit! Weißt du was über den Entführer?«

Es dauerte einige Sekunden, bis der Junge sich gefasst hatte. Klar und sachlich antwortete er:

»Tut mir leid, aber ich habe ihn verloren. Ich wollte genug Abstand halten, damit er mich nicht bemerkt. Und dadurch hat er es gerade noch über eine Bahnschranke geschafft, an der ich dann fünf Minuten warten musste.«

Jula sackte in sich zusammen, doch schnell fasste sie sich wieder.

»Okay, wo hast du ihn zuletzt gesehen?«

»Das war in der Nähe von Beelitz. Da, wo diese Horrorklinik ist.«

Moment mal, was hat Hegel gesagt? Der Kerl wird einen abgeschiedenen Ort brauchen, ein stillgelegtes Sanatorium, eine alte Klinik, irgendetwas Dramatisches.

»Was denn für eine Horrorklinik?«

»Die Heilstätte. Kennst du die nicht? Total gruselig.«

Da war Mathilda also mit ihrer Klasse! Und deswegen kannte sie sich da aus. Weil die Klinik in der Nähe vom Wochenendhaus ihres Vaters liegt.

»HGS!« Jula sprang von ihrem Sessel auf.

»Was ist denn los?« Paul blickte ratlos drein.

»HGS steht für *Heilstätte Grabowsee!* Das passt genau zu Hegels Analyse. Ehemaliger Raucher, Tumor rausschneiden, Melodramatik! Außerdem ist es abgeschieden und liegt im Landkreis Oberhavel! Da muss Elyas sein! Friedrich, wo steckst du jetzt?«

»Ich bin erst zu diesem Wochenendhaus zurückgekehrt, aber da war keiner mehr. Dann bin ich wieder in Richtung Berlin gefahren. Jetzt stehe ich hier auf einer Tankstelle vor Potsdam.«

»Dann fahr schnell zu der Heilstätte, wir treffen uns da. Aber sei vorsichtig!«

»Okay, wenn du meinst.«

Jula wollte gerade weitere Anweisungen geben, als ein zweiter Anrufer auf ihrem Handy anklopfte.

Unbekannter Teilnehmer.

»Friedrich, ich muss auflegen. Ich glaube, der Entführer ruft mich gerade an!«

KAPITEL 63

»Geht es Ihnen schon besser?«

Ludwig Köhler war so behutsam und leise in das Krankenzimmer geschlichen, wie Hegel es von ihm kannte. Und das, obwohl er in diesem Teil der Haftanstalt nicht befürchten musste, dass die anderen Inhaftierten etwas davon mitbekommen würden.

»Was führt Sie denn so spät noch zu mir, Ludwig?«

»Ich dachte mir, Sie möchten es sofort wissen.«

»Was wissen?«

»Die restlichen Unterlagen. Sie sind da. Ihr Anwalt hat sie gerade per Kurier zustellen lassen.«

Hegel horchte auf. Die Aufzeichnung von Julas Vergewaltigung war sicherlich aufschlussreich und hochemotional gewesen, doch wirklich interessant würden erst die restlichen Mitschnitte und Dokumente sein.

»Oh, das ist ja wunderbar. Können Sie mir das gleich bringen?«

Köhler senkte den Kopf.

»Darf ich Sie was fragen?«

Die Not in Köhlers Stimme war unverkennbar.

»Wovor haben Sie Angst?«

»Diese ganzen Ereignisse in den letzten zwei Tagen. Diese Frau, Ihr Anwalt, diese streng vertraulichen Unterlagen. Ist irgendwas passiert?«

Hegel winkte den Wärter heran und forderte ihn auf, neben seinem Bett Platz zu nehmen.

»Sie spüren, dass Bewegung in meinen Fall kommt, oder? Und Sie haben Angst, mich zu verlieren. Wissen Sie, dieser Mord ist aus den Medien verschwunden, so wie ich aus der Welt verschwunden bin. Das Jahr, das ich jetzt schon in diesem Gefängnis verbringe, war ohne Zweifel das härteste meines Lebens.«

»Es war aber auch mein bestes!«

Hegel strich Köhler über den Kopf, als sei er sein kleiner Sohn.

»Es könnte sein, dass ich hier rauskomme. Aber wenn, dann behandle ich Sie in meiner Praxis weiter. Ich habe Ihnen viel zu verdanken.«

Köhler riss die Augen auf.

»Sie kommen frei?«

Hegel antwortete nicht gleich. Zunächst sah er Köhler nur an. Erst nach einem Moment des Schweigens sagte er:

»Es geschehen verrückte Dinge da draußen. Und es zeigt sich wieder einmal, dass das Leid des einen Menschen das Glück eines anderen sein kann.«

»Aber ich kann mir eine Therapie bei Ihnen nicht leisten. Nicht da draußen in der echten Welt.«

Hegel lächelte. Auch wenn es auf seinem geschwollenen Gesicht kaum zu erkennen war und ihm überdies Schmerzen bereitete.

»Ich habe es Ihnen doch gestern schon gesagt: Ihre kleinen Gefälligkeiten waren das beste Honorar, das ich jemals bekommen habe. Sie haben sehr viel mehr für mich getan, als Sie sich jemals werden vorstellen können. Ohne Ihre geheimen Zuwendungen würde ich vielleicht schon gar nicht mehr leben. Ich behandle Sie selbstverständlich kostenlos.«

Köhler sah schweigend zu Boden. Schließlich sagte er, ohne den Blick zu heben:

»Diese Unterlagen. Die hängen mit Ihrem eigenen Fall zusammen, oder?«

»Indirekt.«

»Das ist Diplomatenpost, so was habe ich noch nie vorher gesehen.«

»Ich habe da draußen offenbar noch immer ziemlich viel Einfluss.«

»Ich bringe es Ihnen am besten sofort.«

Hegel lächelte.

»Vielen Dank! Und machen Sie sich keine Sorgen.«

»Worüber?«

»Wenn alles so läuft, wie ich hoffe, dann werden wir Ihre nächste Therapiesitzung in meinem Haus abhalten. Da ist es dann auch viel gemütlicher!«

KAPITEL 64

Allein am Atmen des Anrufers erkannte Jula, dass es tatsächlich Elyas' Entführer war.

»Wie ich feststellen musste, haben Sie Ihre gemütliche Unterkunft im Wald wieder verlassen?«

»Wenn Sie mich einsperren wollen, dann müssen Sie sich schon mehr einfallen lassen!«

»Ich habe Ihnen doch eine True-Crime-Story versprochen! Elyas besitzt allerdings eine erstaunlich gute Kondition. Ich dachte, sein Verdursten würde schneller voranschreiten.«

»Verdursten?«

»Habe ich das gar nicht erwähnt? Das war die Todesart, die ich für ihn ausgesucht hatte. Aber das dauert mir jetzt zu lange, und offen gestanden hat sich der Junge auch während seines Aufenthaltes bei mir nicht eben gut benommen. Um Punkt Mitternacht wird er den Preis dafür bezahlen, dass seine große Schwester einfach nicht hören wollte.«

Mitternacht! Hegel hatte recht!

Jula sah zu Paul. Sie hatte den Lautsprecher aktiviert, sodass ihr Ex-Freund mithören konnte.

»Was kann ich tun, damit Sie Ihren Plan fallen lassen?«

»Ich bedaure. Die Zeit der Chancen ist vorbei.«

Jula blickte auf die Uhr. Ihr blieb noch etwas mehr als eine Stunde. Das würde um diese Zeit ausreichen, um die Heilstätte Grabowsee zu erreichen.

»Wenn ich nichts mehr tun kann, warum rufen Sie mich dann an?«

»Das ist eine ausgezeichnete Frage. Schön, dass Sie sie stellen. Also, dann passen Sie jetzt bitte gut auf, denn das hier ist unser letztes Gespräch. Folgendes wird geschehen: Nachdem Elyas tot ist, werden Sie seine Leiche an einem Ort, den ich Ihnen noch mitteilen werde, abholen. Dann werden Sie ihn in Ihre Wohnung bringen und mindestens zwölf Stunden verstreichen lassen, um die exakte Feststellung des Todeszeitpunkts zu erschweren. Danach werden Sie die Polizei anrufen und gestehen, dass Sie Ihren Bruder getötet haben. Er hat eine alte Frau überfallen und sie erschossen. In seiner Not hat er Sie zur Hilfe gerufen. Sie sind über seine Tat in Streit geraten, haben ihn betäubt und verschleppt. Er hat gedroht, den Raubmord Ihnen anzuhängen, die Situation ist außer Kontrolle geraten. Sie mussten den Bastard loswerden. Danach hat Ihr Gewissen Sie eingeholt, wenn auch zu spät. Sie gestehen alles und lassen sich einsperren.«

Jula presste die Lippen aufeinander.

»Von was für einer alten Frau reden Sie?«

»Das ist jetzt nebensächlich.«

Endlich hatte Jula begriffen. Hatte das Motiv des Killers verstanden.

»Dieselbe Geschichte wie bei Hegel. Sie wollen, dass ich mich für einen Mord schuldig bekenne, den ich nicht begangen habe. Das war also die True-Crime-Story mit mir in der Hauptrolle.«

»Habe ich Ihnen zu viel versprochen?« Der Anrufer lachte.

»Was, wenn ich nicht mitspiele?«

»Nun, in diesem Fall müsste ich Hegels kleine Tochter

bedauerlicherweise auch noch töten. Sie haben das Kind ja kennengelernt. Süßes Ding, oder?« Der Ton des Anrufers wurde schärfer: »Elyas können Sie nicht mehr retten, aber Mathilda hätte noch eine Chance. Was meinen Sie, könnten Sie wohl mit der Schuld leben, gleich zwei Menschen auf dem Gewissen zu haben?«

»Sie verdammter …«

Doch noch bevor Jula ihren Satz fortsetzen konnte, hatte der Erpresser das Telefonat auch schon beendet. Und sie hatte keinen Zweifel daran, dass es kein weiteres geben würde.

KAPITEL 65

Sí. Violé a mi hermana.«

Es war ganz still auf der Krankenstation. Von nebenan hörte Hegel zwar gelegentlich das Piepen eines EKG-Gerätes, es klang jedoch viel zu leise durch die Wand, als dass es ihn bei seiner Arbeit hätte stören können. Die Stimme von Moritz Ansorge war klar und deutlich zu hören.

»Yo confieso.«

Zunächst hatte Hegel die vertraulichen Akten zu Julas Vergewaltigung gelesen, deren Beschaffung eine wahre Meisterleistung seines einflussreichen Verteidigers gewesen und mit der Einlösung zahlreicher Gefälligkeiten auf höchster Ebene einhergegangen war. Nachdem Hegel bereits in den schriftlichen Aussagen, soweit er sie mit seinen Spanischkenntnissen verstehen konnte, auf erste Unstimmigkeiten gestoßen war, hatte er sich nun der Videoaufzeichnung der Vernehmung zuwenden können.

»Ja. Ich gestehe. Ich habe meine Schwester vergewaltigt.«

Hegel hatte sich zusätzlich noch eine alte Stimmvergleichsprobe aus dem Internet besorgen lassen. Eine Rede, die Moritz als Klassensprecher anlässlich der Hundertjahrfeier seiner Schule in der Aula gehalten hatte.

Kein Zweifel. Derjenige, der hier diese abscheuliche Tat an seiner Schwester gesteht, ist tatsächlich Moritz Ansorge. Und er ist ganz sicher nicht der Vergewaltiger von der Mailboxaufzeichnung.

»Había tomado drogas.«

Drogen?

Moritz klingt tonlos, schildert die angebliche Tat hingegen verblüffend ausführlich. Wie kann er so widerspruchsfrei Behauptungen aufrechterhalten, die nicht auf Erlebnissen beruhen? Das passt doch alles hinten und vorn nicht zusammen. Das müsste man regelrecht mit ihm trainiert haben, aber dafür spricht er viel zu frei. Und das auch noch in einer Fremdsprache. Keine sich ständig wiederholenden Formulierungen, keine Blicke, die zeigen, dass er auf sein kreatives Denken zugreift. Er baut auch keine Barrieren auf, verschränkt die Arme nicht, stellt sein Wasserglas nicht zwischen sich und den Beamten.

Hegel betätigte die Pausentaste. Er lehnte sich in sein Kissen zurück und schloss die Augen. Die Aussage hatte ihm Rätsel aufgegeben, gleichwohl aber keimte eine Ahnung in ihm auf. Hegel hatte vieles in seiner Karriere erlebt, und der Verdacht, der ihm jetzt kam, wäre nicht einmal das Erstaunlichste gewesen.

Wenn das stimmt, dann wird die arme Jula bald wohl noch sehr viel mehr zu verkraften haben als den Tod ihres kleinen Bruders.

KAPITEL 66

Jula lief hektisch durch ihre Wohnung und packte Handtücher, Wasserflaschen, den Verbandskasten aus ihrem Badezimmerschrank, Kleidungsstücke und Müsliriegel in ihre Sporttasche. Elyas würde vollkommen dehydriert, hungrig und unterkühlt sein, wenn sie ihn gefunden hatte.

»Jula, es ist Zeit für die Polizei!« Paul hatte lange nicht mehr so entschieden geklungen.

»Kann schon sein. Aber was, wenn die mir nicht glauben? Wir haben nur noch bis Mitternacht Zeit. Was, wenn die nur dumme Fragen stellen und am Ende auf die Idee kommen, dass ich selbst irgendwas verbrochen habe?«

»Das ist dein Argentinien-Trauma, ich weiß. Aber das musst du jetzt ausnahmsweise mal vergessen!«

»Pass auf, wir machen es so: Wenn wir Elyas um zwanzig vor zwölf noch nicht da rausgeholt haben, rufen wir die Polizei. Dann haben die noch genug Zeit.«

Jula eilte zur Tür. Als sie sich noch einmal nach Paul umdrehte, sah sie, dass er keine Anstalten machte, sich vom Esstisch zu erheben.

»Was ist los? Wir müssen uns beeilen!«

»Du redest Unsinn! Merkst du das denn nicht? Ich werde mich nicht auf dieses Himmelfahrtskommando einlassen. Und du solltest da auch nicht hinfahren.«

Jula wurde blass.

»Das kann nicht dein Ernst sein?«

»Doch, Jula. Bitte bleib hier! Das ist kein Spiel. Dieser

Kerl ist gefährlich, und er hat vermutlich irgendeinen unbekannten Helfer, der ihn mit Informationen versorgt. Da müssen sich jetzt Profis drum kümmern.«

»Du erwartest ernsthaft von mir, dass ich einfach hier sitzen bleibe und mich auf die Polizei verlasse?«

Endlich erhob sich Julas Ex-Freund.

»Ich habe Angst um dich! Weißt du noch, was du damals zu mir gesagt hast? In der Nacht, in der wir zusammengekommen sind? Deine Worte waren: *Ich bin der Wind, der wild und frei durch die Lande weht. Und du bist das Haus, in dem man Schutz und Geborgenheit findet*. Du brauchst meinen Schutz jetzt – vor dir selbst! Das ist alles eine Nummer zu groß für dich, Julchen.«

Jula ließ sich Pauls Worte einige Sekunden lang durch den Kopf gehen. Und obwohl die Zeit drängte, trat sie noch einmal an ihn heran. Sie zog Paul an beiden Händen zu sich, umarmte ihn und drückte ihm einen sanften Kuss auf den Mund.

»Die Zeit mit dir war schön, Paul. Du warst für mich genau der Gegenpol, den ich gebraucht habe, und ich will das, was zwischen uns war, um nichts in der Welt missen. Mit deiner Hilfe heute hast du auch die Sache mit dem Nachspionieren mehr als wiedergutgemacht; ich bin nicht mehr sauer auf dich. Aber es ist vorbei! Und jetzt muss ich das hier zu Ende bringen. Weil sonst keiner von uns je wieder frei sein wird.«

Paul wurde blass.

»Aber Julchen, ich weiß nicht, was …« Er hauchte mehr, als dass er sprach. »Du meinst …?«

Jula löste sich von Paul und ging wieder auf die Wohnungstür zu.

»Ich bringe das jetzt zu Ende. Und wenn du unbedingt

die Polizei rufen willst, dann tu es. Aber bitte, gib mir eine Dreiviertelstunde Vorsprung, damit ich erst mal allein am Grabowsee ankomme!«

Wie paralysiert sah Paul auf seine Uhr.

»Also gut.« Er nickte Jula zu, als sei es der letzte Gruß, bevor er für immer aus ihrem Leben verschwinden würde. »Aber keine Minute länger!«

KAPITEL 67

Als Elyas im Alter von dreizehn Jahren bei der Übergabe von zwei Gramm Kokain an einen verdeckten Ermittler festgenommen worden war, hatte man ihn in eine Maßnahme für auffällig gewordene Jugendliche geschickt. Es war nicht das erste Mal gewesen, aber noch nie zuvor hatte eine dieser Aktionen zumindest einen kleinen Erfolg bei dem Jungen erzielt. In einem Wildpark hatten die Pädagogen die Jugendlichen in ein Wolfsgehege gebracht und sie darin für eine Weile mit den Tieren allein gelassen.

Das sind Wölfe. Die diskutieren nicht mit dir. Die hören sich nicht deine Ausreden an. Die interessieren sich nicht dafür, wie cool und wichtig du dir vorkommst. Verhalte dich friedlich, dann tun sie es auch. Greife sie an, und deine ganze Coolness wird dir nichts mehr helfen.

Elyas hatte nicht gewusst, dass es noch niemals zu dokumentierten Unfällen zwischen Menschen und Wölfen gekommen war und dass die Tiere im Zweifel eher weglaufen als angreifen würden. Doch dessen hatte es auch nicht bedurft. Allein die Ausstrahlung und Kraft der Wölfe hatten ihm imponiert, und selten zuvor hatte er in seinem Leben ernsthaft gespürt, was es bedeutete, vor einem Lebewesen Ehrfurcht zu haben.

Ich muss offenbar immer erst in Lebensgefahr geraten, bevor ich mal was kapiere. Nur, dass dieser verschissene Typ hier gefährlicher ist als jeder Wolf. Verdammt, die arme Frau! …

Kaum dass Elyas erneut voll Demut auf die Leiche vor seinen Füßen geblickt hatte, öffnete sich auch schon mit lautem Knarren und Quietschen die Tür des Schuppens.

»Es wird jetzt etwas grell werden, vielleicht möchtest du die Augen schließen.«

Elyas war erstaunt. Nach seinem letzten Gespräch mit diesem Kerl hatte er gar nicht mitbekommen, dass dieser den Schuppen verlassen hatte. Noch wichtiger war für den Jungen jedoch die Erkenntnis, dass der Unbekannte nun wieder mit hoher Stimme zu ihm sprach. Aber noch bevor er darüber nachdenken konnte, gingen Lampen an, von deren Existenz der Junge bislang noch gar nichts gewusst hatte. Der Schuppen war jetzt in das trübe Licht mehrerer Vierzig-Watt-Leuchten getaucht. Nur kurz wagte Elyas, die tote Frau bei Licht anzusehen, und schon nach einem Sekundenbruchteil musste er den Blick von ihr abwenden. Dann sah er, dass sein Entführer den zuvor mitgebrachten Hocker in die Mitte des Raumes stellte.

»Warum so viel Mühe? Du hast doch sicher noch eine Kugel in deiner Waffe.«

Der Angesprochene hielt kurz inne und sah den Schüler an. Der Kerl hatte ein verlebtes Gesicht, das so gar nicht zu seiner gepflegten Sprache passen wollte. Er deutete auf die notdürftig versorgte Wunde, die Elyas ihm Stunden zuvor mit der Kiste beigebracht hatte.

»Mit dieser Aktion hast du jede Chance auf einen schnellen Tod verspielt.«

»Das tut mir aber leid. Tut es noch sehr weh?«

»Mein Schmerz wird von der Glückseligkeit betäubt, die ich verspüre, wenn ich weiß, dass du bald nicht mehr unter uns weilen wirst.«

Elyas verschlug es für etwa eine Sekunde die Sprache.

Dann brach er völlig unvermittelt in ein so hysterisches Gelächter aus, dass sein Entführer davon ausgehen musste, dass er unter dem Eindruck der vergangenen Stunden einen Nervenzusammenbruch erlitten hatte.

»Alter, das gibt's ja nicht!« Elyas liefen Tränen die Wange hinunter, während sein Bauch vor Lachen schmerzte. »Diese Piepsstimme klingt ja echt gruselig, wenn man dich nicht sehen kann. Aber, Alter, wenn man dich dabei anguckt, kommt das so was von krass lächerlich rüber! Dafür hat sich alles gelohnt! Jetzt kann ich sterben!«

Elyas nahm keine Notiz davon, wie sich die Gesichtszüge des Mannes verhärteten. Mit seiner normalen Stimme entgegnete dieser:

»Wie schön, dass wir heute Nacht beide unseren Spaß haben!«

Damit sah der Entführer zur Decke empor, überzeugte sich, dass der Hocker exakt unter dem Haken stand, und ging zum Eingang zurück, um das Tau zu holen.

KAPITEL 68

NICHT WEITERFAHREN!
SPERRGEBIET!
LEBENSGEFAHR!

Auch ohne die Schilder wäre Jula die Fahrt zu dem alten Gelände der Heilstätte Grabowsee schon bedrohlich genug erschienen. Der Regen hatte die Schlaglöcher im unbefestigten Lehm unsichtbar gemacht, sodass sie befürchtet hatte, in ihrem Twingo mit einem Achsbruch liegenzubleiben. Direkt neben dem stacheldrahtbewehrten Zaun, der das verlassene Areal vom Wald trennte. Schon die Internetfotos hatten sie auf unheimliche Weise an Tschernobyl erinnert. Das Gelände hatte die Ausmaße eines kleinen Dorfes, mit Dutzenden kasernenartigen Baracken, die im Dunkeln vor ihr lagen.

Früher hatte es ein Restaurant, einen Gästekomplex für die Besucher und sogar eine eigene Kirche für die Patienten am See gegeben. Heute zeugte nur noch ein einsturzgefährdeter Turm des Heizkraftwerkes davon, dass hier irgendwann einmal so etwas wie Wärme vorhanden gewesen sein musste. Die Heilstätten boten eine perfekte Kulisse für Endzeit- und Horrorfilme. Und tatsächlich war dies mittlerweile der Hauptzweck der Anlage, seitdem sich die Pläne eines Investors zerschlagen hatten, aus der ehemaligen Lungenklinik ein Luxusresort vor den Toren Berlins zu machen.

Jula drehte die Heizung höher, wenngleich ihr Frösteln eher von innen kam. Sie hatte ihr Ziel erreicht. Etwa hundert Meter von der offiziellen Einfahrt entfernt sah sie die Rücklichter von Friedrichs Porsche. Er hatte den Motor laufen lassen. Vermutlich war ihm ebenso kalt wie ihr. Jula hielt dicht hinter dem Sportwagen, stellte den Motor ab und stieg gleichzeitig mit Friedrich aus.

»Hallo, Jula!« Friedrich lächelte unsicher, aber wie sollte man sich unter diesen Umständen auch begrüßen?

»Seit wann bist du hier?«

»Seit zehn Minuten etwa. Ich habe mich schon ein bisschen umgeguckt, aber keine Angst, ich bin nirgendwo reingegangen. Der BMW parkt direkt hinter der Einfahrt auf dem Gelände.«

»Okay, und hast du vielleicht schon irgendwas ausmachen können, wo der Typ Elyas gefangen halten könnte?«

Friedrich machte eine vage Bewegung in Richtung einer der einstöckigen Baracken, die man von hier aus mehr erahnen als sehen konnte.

»Dafür bin ich noch nicht lange genug hier. Aber ich habe eine Stelle im Zaun entdeckt, durch die wir durchkönnen.« Er zeigte auf das Loch, das Jula auch schon aufgefallen war. »Dann müssen wir nicht zur Vordertür rein. Falls er da Kameras hat oder so.«

Jula nickte. Der Täter war technisch gut organisiert. Es war nicht auszuschließen, dass er Friedrich ohnehin schon bemerkt hatte und auch deshalb das Gelände nicht verließ. Um abzuwarten. Um sie in eine Falle zu locken.

»Okay, Friedrich. Egal, was passiert. Du bleibst hier bei deinem Auto.«

Jula ging zum Loch im Zaun. Sie musste es kaum auseinanderbiegen, um hindurchschlüpfen zu können.

»Das verdammte Gelände ist riesig! Elyas kann hier überall sein. Du brauchst mich zum Suchen.«

Jula atmete tief ein. Die Luft dort draußen war klar, kalt und roch würzig.

»Nein, ich brauche dich hier bei unserem Fluchtfahrzeug.« Jula griff in ihre Tasche und zog Friedrichs Handy hervor. Sie reichte es ihm. »Du kannst jetzt die Polizei rufen, wenn du willst. Paul hat sie vermutlich auch schon informiert. Sag denen, sie sollen so leise wie möglich kommen. Ohne Sirenengeheul oder Blaulicht. Ich schaue mich schon mal um.«

»Der Typ ist vielleicht bewaffnet!« Friedrichs Stimme zitterte.

Jula sah auf die Uhr. Es blieben nur noch wenige Minuten bis Mitternacht.

»Darauf kann ich jetzt keine Rücksicht mehr nehmen.«

Damit wandte sie sich ab und ließ Friedrich zurück.

KAPITEL 69

Jula schlich über eine durchweichte, ungemähte Wiese zu der ersten Backsteinbaracke, auf die Friedrich gezeigt hatte. Rechts in der Einfahrt erkannte sie tatsächlich den BMW. Direkt unter der einzigen Lichtquelle weit und breit, einer Baustellenlampe, die einen offengelegten Kabelschacht beleuchtete. Offenbar sah das Ordnungsamt noch hin und wieder hier vorbei, wenn vermutlich auch nicht regelmäßig.

Jula konnte nicht sehen, ob jemand in dem Wagen saß, aber sie hatte auch keine Lust, es herauszufinden. Im Schein der Lampe hätte sie direkt auf dem Präsentierteller gestanden.

Jula hörte ein Brummen, wie das eines Insektes, nur tiefer und nicht so dicht an ihrem Ohr. Ob ihre Sinne ihr einen Streich spielten? Ihre Augen hatten sich inzwischen an die Dunkelheit gewöhnt, und Jula bemerkte, dass es noch eine zweite Lichtquelle gab, die ihr zumindest ein wenig Orientierung ermöglichte. Mondlicht drang durch die aufgerissene nächtliche Wolkendecke und verstärkte den gespenstischen Eindruck der Szenerie. Es wunderte sie nicht, dass die Heilstätten ein beliebtes Ziel für Ausflügler und selbst ernannte Geisterjäger waren. Die leer stehenden Flure und Krankenzimmer mit dem abgeplatzten Putz und den altertümlich wirkenden Gegenständen, die überall in den Räumen zu finden waren, boten Fotografen eine unwiderstehliche Kulisse. Doch jetzt, im Herbst, gab es so gut wie kein Besucheraufkommen. Wie, so fragte sich Jula, sollte dieser Kerl dort auch sonst mehrere Tage lang eine Geisel unbemerkt versteckt halten? Sie griff nach ihrem Handy und aktivierte die Aufnahmefunktion.

»Hegel 1-09-33: Falls ich das hier nicht überlebe, mache ich eine letzte Sprachnotiz. Ich stehe jetzt auf der Rückseite der ersten, etwa schweinestallgroßen Baracke. Weder der BMW noch Friedrich sind von hier aus zu sehen. Mir fehlt die Zeit, alles zu untersuchen, von der Dunkelheit mal abgesehen. Hoffentlich kommt die Polizei bald. Allerdings sagt mir mein Verstand, dass der Entführer Elyas nicht irgendwo untergebracht haben dürfte, wo ihn zufällige Besucher oder Abenteurer finden. Er dürfte ihn in einem fensterlosen Raum gefangen halten, vermutlich in einem Keller. Oder irgendwo sonst, wo kein Licht nach außen dringen kann.«

Moment mal … Licht!

Jula beendete die Aufnahme und überlegte.

Gehen wir vom Schlimmsten aus, dann ist Elyas tot. Aber wieso sollte sein Entführer dann noch hier sein? Wenn Elyas aber lebt, dann wird der Kerl sich mit ihm nicht im Dunkeln aufhalten wollen. Okay, es gibt Taschenlampen. Aber es gibt auch dieses Brummen!

Jetzt, da Jula hinter dem Haus stand, war das monotone Geräusch viel deutlicher zu vernehmen. Es drang aus einem kleinen Flachdachbau, kaum höher als sie selbst. Definitiv nicht dazu gedacht, Menschen zu beherbergen. Sondern …

Technik!

»Licht braucht Strom«, flüsterte sie zu sich selbst. »Und Strom einen Generator.«

In geduckter Haltung schlich Jula zu dem Technikschuppen. Im Unterschied zu allen anderen Bauten, die sie bislang hier gesehen hatte, war er noch gut in Schuss. Ganz sicher brummte dieses Ding hier nicht ununterbrochen. Nur dann, wenn es kalt wurde. Nachts.

Und wenn der Killer bei seinem Opfer ist.

Jula lief um den schmucklosen Flachbau herum und legte eine Hand auf das warme Dach.

Dann hörte sie es.

Hätte der Generator nicht für einen Moment wie bei einem Schluckauf ausgesetzt und wäre dann stotternd wieder angesprungen, wäre es ihr ganz sicher entgangen. Vielleicht hätte sie sich nie umgedreht und das Ziegeldach des Schuppens gesehen. Aber genau in dieser kurzen Pause drang es an ihr Ohr. Ein Geräusch, das sie an einen Schrank denken ließ, der über einen Fußboden gezogen wurde. Jula hielt die Luft an und wartete, ob sich die Laute wiederholen würden. Trat dabei näher. Auf die Baracke zu. Tatsächlich vernahm sie sehr bald etwas Ähnliches. Einen Laut, als stürze etwas zu Boden. Jula fixierte den Schuppen, dem sie sich näherte. Dieser, nahezu perfekt abgeschirmt von immergrünen Nadelbäumen, war vom Hauptgelände aus nicht zu sehen.

Da, plötzlich blitzte etwas auf. Eine Reflexion des Mondlichtes, das sich seinen Weg durch die Äste der Bäume gebahnt hatte, deren Laub noch nicht vollständig abgefallen war. Jula sah zu der Stelle, von der das Blitzen gekommen war, und erblickte eine Schraube, mit der eines der Bretter vor die Fenster des Schuppens montiert worden war.

Warum ist die Schraube so blank? Die muss neu sein. Das komplette Gelände ist sich selbst überlassen, aber irgendjemand gibt Geld aus, um die Fenster einer blöden Hütte zu verschrauben?

Julas Puls beschleunigte sich. War sie tatsächlich auf etwas Wichtiges gestoßen? Sie schlich um den Bau herum, bis sie schließlich eine Stelle fand, wo die Bretter unordentlich genug vor die Fenster geschraubt worden waren, sodass man durch einen Spalt hineinspähen konnte. Kurz zögerte Jula. Schon als Kind hatte sie es vermieden, durch Türspione oder Löcher in der Wand zu blicken. Sie hatte sich dabei stets vorgestellt, wie es wohl wäre, wenn sie dabei direkt in das Auge eines Menschen sah, der sie bereits die ganze Zeit beobachtete.

Jula überwand sich, neigte sich zum Fenster vor, atmete noch einmal tief durch und blickte schließlich durch den Schlitz in die Hütte hinein.

Da ist doch irgendwas …?

Sie schlich zur Tür und stellte fest, dass diese nicht verschlossen war. Behutsam schlüpfte sie hinein. Das Erste, was sie in dem kühlen, modrigen Schuppen bemerkte, waren die nackten Glühlampen, die an Kabeln von der Decke herabhingen und sich im Luftzug des Windes bewegten. Und direkt darunter …

O nein …

Jula meinte, das Blut gefriere ihr in den Adern. Denn das fahle, dreckige Licht warf den verzerrten Schattenriss einer zitternden Gestalt vor ihre Füße.

Elyas!

Er stand auf einem Hocker. Wackelig. Seine Füße berührten kaum die Spanholzplatte. Jula wollte zu ihm rennen, doch seine Stimme hielt sie davon ab.

»Nicht!« Elyas röchelte mehr, als dass er sprach, und jeder Muskel seines durchgestreckten Körpers war angespannt. »Falle!«

Fassungslos musste Jula erkennen, dass ihr kleiner Bruder auf den Zehenspitzen auf dem groben, dreibeinigen Hocker stand, während um seinen Hals eine Schlinge befestigt war, die den Jungen erdrosseln würde, sobald ihm jemand den Hocker unter den Füßen wegreißen oder dieser umfallen würde. Doch ob es nun eine Falle war oder nicht, Jula konnte unter keinen Umständen untätig bleiben.

»Beweg dich nicht!« Sie flüsterte, als könne sie ihre Anwesenheit jetzt noch geheim halten.

Elyas hustete trocken.

»Danke für den Tipp!«

»Ich hole dich hier raus!«

In diesem Moment vernahm Jula von draußen das entfernte Geräusch eines Automotors, der gezündet wurde. Das Fahrzeug schien sich zügig vom Gelände zu entfernen.

Haut Friedrich etwa gerade ab? Oder doch der Entführer? Es hilft nichts, ich muss es herausfinden.

Jula trat langsam auf Elyas zu. Sie hatte ihren Bruder schon fast erreicht, als sie aus einem Winkel der Hütte, den sie nicht einsehen konnte, eine Stimme vernahm, die hell, beklemmend – und ihr nur allzu vertraut war:

»Wie schön, dass Sie uns ein wenig Gesellschaft leisten, liebe Frau Ansorge! Aber falls Sie versuchen sollten, ihrem Bruder zu helfen, dann muss ich Sie leider beide sofort erschießen. Wenn Sie etwas weiter nach hinten in den Raum blicken, werden Sie keine Zweifel mehr daran haben, dass ich es ernst meine.« Jula bemerkte die Leiche der Frau, die in einer fast schwarzen Lache aus Blut lag. »Und eine Stunde später töte ich dann auch noch die kleine Mathilda. Aber Letzteres sollte Sie nicht weiter bedrücken. Davon bekommen Sie ja dann gar nichts mehr mit.«

KAPITEL 70

Zeigen Sie sich endlich!«

Jula sah sich um, doch das Gesicht des Killers war nirgendwo zu erkennen. Das Licht der Glühlampen reichte allenfalls, um Schemen auszumachen – direkt neben einer weiteren Tür, die vermutlich zu einem Nebenraum führte.

Oder zu einem zweiten Ausgang.

Der Erpresser stand offenbar im Schatten eines Metallschranks, etwas weiter hinten im Raum.

»Denken Sie immer noch, dass Sie mit mir verhandeln können, Frau Ansorge? Vielleicht fragen Sie einfach mal Professor Hegel, ob ich mit mir handeln lasse. Obwohl, der ist ja leider unabkömmlich.«

Elyas sah Jula so flehentlich an, dass sie instinktiv von ihrem Vorhaben abließ, ihn von seiner Schlinge zu befreien. Stattdessen rief sie:

»Was wollen Sie, Schrödinger?«

Jula drehte sich im Kreis, konnte aber außer ihrem Bruder und der Leiche noch immer niemanden in der Hütte ausmachen.

»Sie haben die Akte meiner Frau gelesen, nicht wahr? Bevor Sie unfreundlicherweise aus dem Haus geflohen sind, in das ich Sie verbracht hatte.«

»Natürlich habe ich das. Da stand aber nichts davon, dass sie einen Mann hatte.«

»Ich hatte ein Jahr Zeit, um meine Spuren zu verwischen und Akten zu manipulieren. Im Übrigen heiße ich nicht

Schrödinger. Jessica und ich haben unsere Namen nach der Heirat behalten.«

»Es tut mir wirklich sehr leid, was Ihrer Frau passiert ist.« Jula behielt ihren Bruder fest im Blick. Noch immer hielt er sich aufrecht, aber schon sehr bald würde er ihre Hilfe benötigen. In diesem Fall würde sie nicht anders können, als zu ihm zu laufen. Auch auf die Gefahr hin, dass sie dann beide ihr Leben verlieren würden. »Aber diese Spirale aus Hass und Rache muss jetzt ein Ende haben, bevor noch Schlimmeres passiert. Sie haben doch alles, was Sie wollten. Hegel ist bei vollem Verstand von der Welt ausgesperrt, seine Partnerin ist tot, und seine Familie ist zerstört. Lassen Sie Elyas bitte in Ruhe, er hat absolut nichts mit Ihrem Schicksal zu tun. Ich nehme den Jungen jetzt einfach mit, wir fahren nach Hause, und Sie können von mir aus abhauen.«

Einen Augenblick lang blieb es still. Dann erklang die Stimme aus dem Schatten erneut:

»Was meinen Sie damit, *ich habe alles, was ich will?* Sobald ich Sie und den Jungen laufen lasse, rennen Sie zur Polizei. Hegels Fall wird neu aufgerollt, sein Anwalt feuert von einem Augenblick auf den nächsten so aus allen Rohren, wie er es eigentlich von Anfang an schon machen wollte, und ehe man sichs versieht, ist dieses Schwein frei und rehabilitiert. Und ich sitze da, wo eigentlich Hegel hingehört.«

Jula sah zu Elyas. Noch immer schien ihm seine Todesangst so viel Kraft zu verleihen, dass er sich auf den Fußspitzen halten konnte.

»Er hat als Therapeut einen Fehler gemacht. Und ja, der hatte schlimme Folgen. Aber wir alle machen Fehler!«

»Hegel nicht! Dieser verdammte, selbstgerechte Klugscheißer gefällt sich doch darin, jeden Menschen mit seinen Analysen vorzuführen und bloßzustellen. Dem geht doch einer ab, wenn er in Ihrer Stimme hören kann, dass Sie Angst haben oder unsicher sind. Und dann nutzt er Ihre Ängste dazu aus, Ihnen seine scheinbar kostbaren Leistungen für Fantasiepreise zu verkaufen. Wissen Sie, was ich diesem Penner für die Therapie meiner Jessica bezahlt habe? Das hat mich fast komplett ruiniert! Und dann erklärt er sie einfach für *nicht suizidgefährdet* und schreibt ihr Pillen auf, mit denen sie sich ins Wachkoma stürzt! Und Sie kommen mir allen Ernstes mit ›*Wir alle machen Fehler*‹?«

Jula bemerkte, dass der Entführer es aufgegeben hatte, betont höflich und gestelzt zu sprechen. Doch immer noch verstellte er seine Stimme.

»Okay, was denken Sie?« Jula sprach fest und selbstsicher. »Wie geht das hier weiter?«

»Sie haben mich heute mit Ihrem unerwarteten Aufkreuzen in Kalinskys Wohnung gezwungen zu improvisieren. Es war nicht geplant, dass Sie den Jungen finden, zumindest nicht lebend. Ich gebe zu, dass ich Sie unterschätzt habe!«

»Ihr Plan war doch gut! Hegel hat bis zuletzt behauptet, seine Frau ermordet zu haben. Warum hatten Sie denn bloß solche Angst davor, dass ich Ihnen auf die Schliche kommen würde? Ich war ja nun wirklich nicht der einzige Journalist, der im Fall Hegel nachgebohrt hat. Und die meisten anderen waren viel renommierter und erfahrener. Aus welchem Grund haben Sie diesen Drohanruf bei mir gemacht?«

»Wegen Ihrer Motivation! Den anderen Journalisten ging es nur darum, irgendeine Story zu verkaufen. Sie dagegen hatten eine Mission! Sie dachten, wenn Sie Hegel rausholen, dann werden Ihre Vergewaltigung und der Selbstmord Ihres Bruders nicht mehr so schlimm für Sie sein. Ja, ich habe Ihren Podcast verfolgt! Ich wollte nicht eine fanatische Frau auf meinen Fersen haben, die nichts mehr zu verlieren hat.«

Jula fragte sich, aus welchem Grund dieser Kerl einerseits so redselig war, sich andererseits aber nicht zu erkennen gab. Auf Zeit zu spielen ergab doch jetzt gar keinen Sinn mehr.

Es sei denn …

»Dann sitzen wir ja im selben Boot!« In Julas Kopf wirbelten die Gedanken durcheinander. »Wie sieht es denn bei Ihnen aus? Hat der Mord an Johanna Konradi das Schicksal Ihrer Frau weniger schlimm für Sie gemacht?«

Warum will er nicht einfach schießen? Es wäre doch leichter für ihn, mir Elyas' Tod durch eine Kugel anzuhängen als durch den Galgen?

»Jessica hat noch lange gelebt, nachdem dieser Dreckskerl ins Gefängnis gewandert ist. Ich habe sie in sein schickes Ferienhaus gebracht, während Hegel schon im Knast saß, und da musste ich ihr dann noch monatelang hilflos beim Sterben zusehen. Ich habe ihr jeden Tag erzählt, wie ich es diesem verdammten Kerl heimgezahlt habe, sie hat ja schließlich alles um sich herum mitbekommen. Aber sie konnte nicht reagieren. Sie konnte mir nicht sagen, wie stolz sie auf mich ist. Und jetzt, Frau Ansorge, werden Sie etwas für mich tun.«

Weshalb verstellt er immer noch seine Stimme, wenn er doch hier und jetzt ohnehin alles zu Ende bringen will?

»Und das wäre?«

»Sie werden jetzt zu Ihrem Bruder gehen und ihn so

kratzen, dass sich danach Spuren von seiner Haut und seinem Blut unter Ihren Fingernägeln befinden.«

Jula blickte zu Elyas und vergewisserte sich, dass sie noch wenigstens dreißig Sekunden hatte, bevor er das Bewusstsein verlieren würde. Dann näherte sie sich ihm.

»Ich vermute, meine Haare und mein Blut haben Sie hier schon überall ausreichend verteilt, oder? Raffiniert, Sie sorgen dafür, dass es mir genauso ergeht wie Hegel. Dass ich für einen Mord verurteilt werde, den ich nie begangen habe. Aber wissen Sie, ich habe die Akte Ihrer Frau gelesen! Nichts darin hat mir den Eindruck vermittelt, dass Ihre Jessica stolz darauf gewesen wäre, was Sie getan haben. Oder darauf, was Sie jetzt gerade tun!«

Jula ging weiter, aber sie trat nicht auf Elyas zu, um ihn zu kratzen. Schritt für Schritt näherte sie sich stattdessen dem Schatten.

»Das können Sie sich sparen!« Nichts im Klang der Stimme des Erpressers deutete darauf hin, dass er auf Julas Näherkommen reagierte. »Tun Sie einfach, was ich sage. Sonst ist Mathilda nicht mein letztes Opfer. Als Nächstes kommt Ihr Vater dran, und so geht es immer weiter. Glauben Sie mir, niemand, der Ihnen nahesteht, wird jemals wieder sicher sein, wenn Sie jetzt nicht tun, was ich sage!«

Jula ließ sich nicht beirren.

»Warum haben Sie Jessica überhaupt in Hegels Haus gebracht?«

Jula drehte sich um. Sie bemerkte, dass Elyas' Beine zu zittern begannen. Sie kannte dieses Zittern von ihrem Training im Sportstudio. Der Muskel war untersäuert und würde nicht mehr lange standhalten können.

»Weil sie da ihre Ruhe hatte. Und es stand ihr auch zu! Immerhin hat der Kerl seine Millionenhütte ja auch von meinem Geld bezahlt. Das Haus auf seine Kosten nutzen zu können war ein Teil meiner Forderungen, damit ich seine Tochter in Ruhe lasse.«

Elyas kann sich höchstens noch ein paar Sekunden lang halten. Ich muss es riskieren …

Dieser Kerl mit der Fistelstimme hatte noch immer nichts von seiner Redseligkeit verloren. Er beschimpfte Jula sogar:

»Sie hätten mir mit Ihrer verdammten Sturheit beinahe alles versaut! Ich hatte den Mord an Johanna so grandios geplant, monatelang, jedes Detail. Jeder andere hätte an meiner Stelle versucht, Hegel so zu belasten, dass selbst der beste Anwalt ihn nicht hätte raushauen können. Ich aber habe es stattdessen einfach so arrangiert, dass er meinen Mord freiwillig auf sich nimmt. Das war genial!«

All das spie er Jula entgegen, während sie sich ihm Schritt für Schritt näherte. Nur etwas sagte er nicht.

Das, was jeder andere an seiner Stelle sagen würde: Halt! Keinen Schritt weiter!

Und dafür konnte es nur einen einzigen Grund geben. Dafür, dass er nicht aus dem Licht trat, seine Waffe entsicherte, sein Gesicht zeigte und endlich aufhörte, seine Stimme zu verstellen.

Weil er es nicht kann!

Jula sprang auf den Schatten zu. Dann gab es kein Halten mehr.

KAPITEL 71

Noch bevor Jula den Kerl erreicht hatte, öffnete sich weiter hinten eine zweite Tür.

Er haut ab!, war ihr erster Gedanke, doch der schlagartig einsetzende Schmerz zwischen ihren Augen brachte sie davon ab.

Es fühlte sich an, als habe er ihr eine Kugel direkt in die Stirn geschossen; gleißendes Licht schien sich von innen aus ihrem Schädel zu drücken, als wollte es sich gemeinsam mit einer glühenden Welle des Schmerzes einen Weg bahnen. Doch selbst unter diesen Qualen, mit scheinbar zerspringendem Kopf, begriff Jula, dass sie mit einer Kugel im Kopf längst tot gewesen wäre. Zudem spürte sie nun weitere Schläge. Unkontrolliert, panisch prasselten diese auf sie ein und trieben ihr Tränen in die Augen.

Der kämpft wie ein Mädchen, dachte sie noch und wurde wütend dabei.

Der Zorn half ihr, den Schmerz hinauszuschreien, und es war eben dieser Schrei, der dem Spuk ein Ende bereitete.

»Jula?«, hörte sie den Angreifer keuchen.

Was zum Teufel?

Sie blinzelte, rieb sich die Augen, sank zu Boden und hielt sich den Kopf. Die Gestalt vor ihr passte zu der Stimme, die sie gerade vernommen hatte. Nur dass das alles gar keinen Sinn ergab.

»Friedrich? Aber du bist doch gerade weggefahren?«

»Was? Warum sollte ich?« Der Junge keuchte. »Sorry für die Schläge, ich dachte du bist der Killer.«

Jula kroch durch den Schmutz von Friedrich weg und streckte abwehrend die Hand aus.

»Lass mich in Ruhe!«, kreischte sie. »Was spielst du hier für ein Spiel?«

Ist Friedrich der Entführer? Das ist doch komplett unlogisch.

»Spiel? Weggefahren? Bist du durchgedreht? Ich bin dir gefolgt und wollte dir durch die Hintertür zu Hilfe kommen, nachdem du so lange in dem verdammten Schuppen warst.«

»Das ist doch Blödsinn! Dann müsstest du dem Killer ja direkt in die Arme gelaufen sein.«

Und dann vernahm Jula das Knirschen von trockenem Holz, das splitterte.

Oh, mein Gott!

Jula rappelte sich auf und stolperte zurück in die Mitte des Schuppens. Elyas war mit seinen Kräften endgültig am Ende und hatte beim Versuch, sich noch irgendwie zu halten, den Hocker umgestoßen. Mit dem Krach berstenden Gebälks fiel er in die Schlinge, die sich sofort um seinen Hals zusammenzog und die Blutzufuhr ins Gehirn abklemmte, sodass er innerhalb von Sekunden sterben würde. Jula stürzte auf den Jungen zu, konnte ihn aber nicht halten.

»Hilfe!« Jula schrie, während Elyas immer weniger zuckte und sich in ihren Armen von Sekunde zu Sekunde lebloser anfühlte.

Wie ein Sandsack baumelte er von der Decke, und ebenso schwer fühlte er sich auch an. Flehend blickte Jula auf Friedrich, der wie in Schockstarre angewurzelt neben der Tür stehen geblieben war.

Dort, wo sie die Stimme vermutet hatte, wo aber niemals ein Killer gewesen war.

Und genau aus diesem Grund stand auch niemand in Kalinskys Badezimmer, obwohl ich deutliches Röcheln gehört habe …

Julas Arme wurden kraftloser, als ihr Blick auf die Denon-Box fiel. Auf einen Lautsprecher mit Sende- und Empfangsfunktion, durch den dieser Kerl vermutlich über die Freisprechanlage seines Autos mit ihr gesprochen hatte, nachdem er die Hütte kurz nach ihrem Eintreten verlassen hatte und weggefahren war. Vermutlich hatte er dieses Ab lenkungsmanöver schon vorbereitet, nachdem Jula bei ihren Recherchen unerwartete Fortschritte gemacht hatte.

Nur seine Stimme war hier, während er längst über alle Berge ist. Verdammt clever …

»Hilf mir!« Jula war sich jetzt endlich sicher, dass Friedrich die Wahrheit gesagt hatte.

Deshalb hatte der Kerl also Zeit schinden wollen. Weil er niemals hätte schießen können! Jula verfluchte sich, schrie ihren Schmerz und ihren Zorn in die Baracke hinaus. Denn eines wurde ihr schmerzhaft bewusst: Wenn Elyas starb, dann nur weil sie zu lange gezögert hatte.

»Friedrich!«, brüllte Jula mit allerletzter Kraft, und endlich löste sich der Junge aus seiner Katatonie.

Er rannte zu ihr, packte Elyas' Füße, und gemeinsam befreiten sie seinen Kopf aus der Schlinge.

Doch es war schon zu spät.

Als sein lebloser Körper auf dem nackten Betonboden im Staub lag und Jula nach Elyas' Puls fühlte, spürte sie nichts anderes mehr als die Stille des Todes, gegen die selbst der anschwellende Lärm der Polizeifahrzeuge machtlos war.

KAPITEL 72

Jula presste beide Hände gegen ihre Schläfen. Am liebsten hätte sie eine Schlaftablette genommen, um sich von ihrem Schmerz zu erlösen. Vom seelischen ebenso wie vom körperlichen. Doch sie wusste, dass sie jetzt selbst mit Diazepam keine Ruhe finden würde.

»Entschuldigen Sie bitte, aber mir ist immer noch nicht klar, was Sie um diese Uhrzeit hier draußen zu suchen hatten.« Die Beamtin, die irgendwie ein zu altes Gesicht für ihre modisch gefärbten Haare hatte, bemühte sich, beruhigend zu klingen.

Vermutlich sehe ich auch alt aus, wenn ich jeden Tag mit so einem Mist konfrontiert werde, dachte sich Jula, während sie ihre Beine unter den Tisch des Polizeiwagens streckte.

Das Auto stand noch immer in der Zufahrt der Heilstätte Grabowsee, der Erkennungsdienst war gerade eingetroffen.

»Ich bin Podcasterin. Ich recherchiere im Fall Matthias Hegel.«

»Sie meinen *Auris?* Der Frauenmörder, der früher für die Polizei gearbeitet hat?«

Jula winkte ab.

»Ihm wurde der Mord nur angehängt.«

»Von dem Mann, der Ihren Halbbruder entführt hat?«

»Ja. Mit mir hatte er etwas Ähnliches vor.«

»Jetzt mal ganz langsam. Wie hängt das zusammen?«

»Also, wissen Sie, das ist eine komplizierte Geschichte.«

Jula schilderte der Polizistin mit klaren, verständlichen Worten, wie sie über die anonyme E-Mail Kalinskys auf das Wochenendhaus von Hegel und damit auf das Krankenzimmer gestoßen war, in dem die Frau des Täters gelegen haben musste.

»Es war also ein Racheakt?«

»Ja. Haben Sie denn schon die Fahndung nach dem Täter eingeleitet?«

»Wir sind dran.« Die Polizistin klang beiläufig. Vermutlich war es nicht üblich, Zeugen über den Verlauf der Ermittlungen zu informieren. »Und der Mann von Jessica Schrödinger wollte Sie also davon abhalten, im Fall Hegel zu recherchieren?«

»Das ist äußerst zurückhaltend formuliert!«

»Also gut, Ihr Halbbruder war das Druckmittel, das verstehe ich langsam. Aber wer ist diese tote Frau, und wie hat der Verdächtige es die ganze Zeit über geschafft, Hegel im Gefängnis zu halten?«

»Ich kenne die Frau nicht. Und das mit Hegel lief über Drohungen gegen Mathilda Konradi, seine Tochter.«

Verdammt, Mathilda! Ich weiß, was dieser Irre jetzt vorhat!

Jula sprang auf und versuchte sich an der Frau vorbei aus dem Einsatzfahrzeug zu drängen.

»Hey, wo wollen Sie hin?« Die Beamtin versperrte Jula den Weg und drückte sie auf die Sitzbank des Polizeibusses zurück.

»Hegel hat seine Familie zerstört. Und jetzt, wo er nichts mehr zu verlieren hat, wird er sich auf den Weg zu Hegels Tochter machen!«

Wieso war ihr der Gedanke nicht schon früher gekommen? Jula schlug mit der Faust auf den Tisch. Verdammt, sie hatte wahrlich andere Dinge im Kopf gehabt. Nach allem, was sie gerade verloren hatte.

»Okay, okay. Gesetzt den Fall, das stimmt«, hörte sie die Polizistin sagen. »Sie können nichts weiter ausrichten. Bleiben Sie bitte einfach hier.«

»Um was zu tun? Abwarten?« Julas Unterlippe zitterte. Sie konnte nicht länger dagegen ankämpfen. Zu viel war passiert, sie hatte keine Kraft mehr, um ihren Weinkrampf zu unterdrücken.

»Wir werden sofort einen Wagen zu Hegels Tochter schicken.«

Die schluchzende Jula war kaum noch in der Lage, die Worte der Polizistin zu verstehen. Und das Schluchzen ging in ein hemmungsloses Weinen über, als die Schiebetür des Kastenwagens von außen aufgezogen wurde und ein junger Mann davorstand, dessen Anblick Jula noch nie zuvor so glücklich gemacht hatte.

»Hey, Sister!« Der Junge wehrte die Hand eines Polizisten ab, der ihm beim Einsteigen helfen wollte.

Jula sah den Verband an der Stelle, an der zuvor die Schlinge in Elyas' Hals eingeschnitten hatte. Und so als sei nichts Bedeutenderes vorgefallen, sagte er:

»Es war ja wohl hoffentlich nicht Friedrich, der mich da drinnen gerade wiederbelebt hat. Ich meine, dann will ich schon lieber von dir geknutscht werden als von diesem Spacko!«

KAPITEL 73

Engelchen, flieg!«

Mathilda spürte den festen Druck, mit dem die Eltern ihre Hände von beiden Seiten umfassten, während sie dabei scheinbar in die Lüfte abhob. Ihre Mama hielt die linke, ihr Papa die rechte. Sie liefen über eine Blumenwiese, es war Sommer, und überall spielten Kinder. Hunde tollten über den Rasen, und es roch verführerisch nach Zuckerwatte und gebrannten Mandeln.

»Ich will Karussell fahren! Und Pony reiten!« Mathilda fühlte sich geborgen, nichts auf der Welt schien diesen Augenblick zerstören zu können.

Klick!

Oft stritten sich ihre Eltern, und Mama sagte häufig böse Dinge über Papa. Vor allem, wenn er nicht dabei war. Papa hatte einmal vergessen, die Fotos von der Wand zu nehmen, die zu einem Fall gehört hatten, bei dem er der Polizei geholfen hatte. Es waren schlimme Dinge auf den Bildern zu sehen gewesen, viel Blut und tote Menschen. Mathilda hatte geweint, und ihre Mama hatte danach gesagt, dass sie ihren Papa so bald nicht wieder besuchen dürfte.

Klick! – Klick!

Aber jetzt, in diesem wundervollen Moment auf der Wiese, war das alles egal. Mama war jetzt nicht im Himmel, von wo sie niemals antwortete, wenn Mathilda sie etwas fragte. Und Papa war nicht im Gefängnis, wo die bösen

Männer ihn ärgerten. Mathilda konnte die Wärme spüren, die von den Händen ihrer Eltern ausging, während diese ihre Kleine wieder und wieder in die Luft fliegen ließen. So lange, bis das Kind tatsächlich abhob, sich wie ein Vogel in die Wolken aufschwang und vom Himmel aus zusah, wie Mama und Papa einander in die Arme nahmen und versprachen, sich wieder lieb zu haben.

Klick!

Der vierte Stein hatte Mathilda schließlich aufgeweckt.

»Mama?« Das kleine Mädchen rieb sich die Augen, und schon im nächsten Moment erkannte sie, dass es sich bei ihrem Ausflug mit Mama und Papa wieder einmal nur um einen Traum gehandelt hatte.

Mathilda lag auf ihrem Bett, die Daunendecke bis zum Hals über den Körper gezogen und ihre Lieblingsstofftiere um sich versammelt.

Klick!

Erst jetzt erkannte die Zehnjährige, dass offenbar irgendjemand etwas von draußen gegen die Scheibe ihres Zimmerfensters warf. Sie richtete sich auf und schaltete die Nachttischlampe ein. Das schwache Licht erhellte ihr Barbiehaus, das inmitten des Raumes auf einem Tisch aufgebaut und mit allerlei Dekoartikeln eingerichtet war. Um den Tisch herum standen kleine Stühle, auf denen Puppen und Kuscheltiere saßen. An den Wänden hingen Bilder, die Mathilda selbst gemalt hatte, und die Poster ihrer Lieblingsstars, deren YouTube-Kanäle sie eifrig verfolgte.

Im Raum gab es nur ein einziges Foto, das direkt neben dem Kind auf dem Nachttisch stand. Es zeigte Mathilda mit ihren Eltern. In der Zeit, in der die beiden einander noch lieb gehabt hatten.

Klick!

Mathilda stieg vorsichtig aus dem Bett und ging zum Fenster. Vor lauter Neugier, wer da draußen so beharrlich versuchte, ihre Aufmerksamkeit zu erregen, vergaß sie völlig, dass die Situation durchaus auch etwas Gruseliges an sich hatte. Zielstrebig trat sie an das Fenster und sah hinaus in den Garten. Doch den Mann, der unter ihrem Fenster stand und heftig gestikulierte, konnte sie in der Dunkelheit vom ersten Stock aus kaum erkennen. Sie öffnete das Fenster und streckte ihren Kopf hinaus.

»Hallo?« Mathilda sprach leise, schließlich war es mitten in der Nacht.

»Ich bin's.«

»Hey, dich habe ich ja lange nicht mehr gesehen.«

Der Mann trat noch näher an das Haus heran.

»Dein Papa hat mich angerufen. Er braucht deine Hilfe.«

»Mitten in der Nacht?« Mathilda gähnte.

»Ja, dringend. Kannst du schnell mitkommen? Er wartet auf dich.«

Die Kleine drehte sich um und sah zur Tür des Kinderzimmers. Sie konnte kein Licht unter dem Spalt erkennen.

»Oma und Opa schlafen aber noch. Ich darf sie nicht wecken. Nur wenn es wichtig ist.«

»Nein, wecke sie auf keinen Fall!«

»Was will Papa denn?«

»Das ist geheim. Deswegen darfst du auch deine Großeltern nicht wecken. Er darf morgen aus dem Gefängnis raus, aber nur wenn du jetzt zu ihm kommst.«

Mathilda war gerade erst aus ihren Träumen gerissen worden, und die seltsame Situation verlangte ihr einiges ab. Dennoch war sie mit ihren zehn Jahren auch kein Kleinkind mehr, dem man einfach alles erzählen konnte.

»Ich weiß nicht. Das klingt komisch.«

»Es gibt da wohl einen Gentest, mit dem man seine Unschuld beweisen kann. Aber dafür brauchen die eine Vergleichsprobe. Und als seine Tochter kommst nur du dafür infrage.«

Mathilda dachte nach. Opa sah gern amerikanische Krimiserien, in denen von DNA und Gentests die Rede war. Sie setzte sich dann oft zu ihm, auch wenn sie kaum verstand, worum es eigentlich ging. Immerhin, irgendeinen wichtigen Grund musste es ja dafür geben, dass der Freund ihres Papas mitten in der Nacht zu ihr gefahren war.

»Dann komme ich, wenn es hell geworden ist.«

»Süße, es muss sofort sein. Dein Papa hat extra mich geschickt, damit du sicher zu ihm kommst.«

Das Kind dachte nach. Damals, als alles noch in Ordnung gewesen war, hatte sie ihn öfter gesehen. Er war der lustige Mann gewesen, der Schokolade mitgebracht und *Hoppe, hoppe Reiter* mit ihr gespielt hatte. Sogar dann noch, wenn ihre Eltern ihn schon aufgefordert hatten, damit aufzuhören, damit Mathilda nicht schwindelig wurde. Und ihr Papa hatte auch erzählt, was er beruflich machte.

»Du bist Beschützer!«

Mathilda konnte bis in den ersten Stock hinauf hören, wie der Mann aufatmete.

»Ganz genau. Also, was ist, kommst du schnell? Dein Papa erwartet dich sehnsüchtig.«

Mathilda sah zu dem Stuhl hinüber, auf dem sie abends ihre Kleider abgelegt hatte.

»Ich muss mich aber noch anziehen.«

»Aber schnell! Es geht um jede Minute.«

Mathilda bemerkte, wie der Mann sich umsah, doch auf der Straße und in den umliegenden Gärten war es überall ruhig.

»Also gut. Aber du musst versprechen, dass Oma und Opa nicht böse sind, wenn ich einfach allein rausgehe.«

»Du gehst ja nicht allein. Du hast deinen Beschützer bei dir. Dein Papa wird ihnen das morgen erklären, wenn er wieder frei ist.«

Noch einmal dachte Mathilda nach. Dann sah sie zu dem Foto auf ihrem Nachttisch und nickte.

»Okay, ich komme raus!«

KAPITEL 74

Jula sah nur von Weitem den toten Körper, der auf der Straße lag. Eigentlich war es ihr gar nicht gestattet, überhaupt am Tatort zu sein, doch die Polizistin hatte zugestimmt, Julas Befragung während der Fahrt zu Hegels Haus fortzusetzen. Wenn auch unter der Bedingung, dass sie nicht ausstieg.

Natürlich waren sie zu spät gekommen.

Es dauerte gut vierzig Minuten von der Heilstätte zu Mathildas Großeltern, und dieser Irre hatte seinen Vorsprung genutzt. Als die ersten Beamten endlich eingetroffen waren, hatte der Tod bereits zugeschlagen. Die uniformierten Polizisten hatten alle Mühe damit, Presse und Nachbarn hinter dem Flatterband zurückzuhalten; sensationsgierige Gaffer gab es überall, selbst in den angeblich *besseren Kreisen*.

Julas Handy läutete.

»Was ist passiert? Was ist mit Mathilda?«

Man hatte Hegel unverzüglich über die tödlichen Schüsse vor dem Haus seiner Tochter informiert und ihm Zugang zu einem Telefon ermöglicht.

»Ich, ich weiß nicht genau. Die lassen mich nicht an den Tatort ran.«

»Aber Sie sind vor Ort?«

»Ja.«

Jula sah zu dem pittoresken Häuschen hinüber, in dessen Vorgarten eine Leiche lag.

»Ich habe Ihnen tausendmal gesagt, dass Sie sich raushal ten sollen! Ich habe gesagt, Sie machen alles nur noch schlimmer!« Hegel wimmerte wie ein Tier, das in eine Falle geraten war, aus der es sich nicht befreien konnte.

»Es tut mir aufrichtig leid, Herr Hegel.«

Jula fiel beim besten Willen nicht ein, was sie sonst sagen konnte. Und das, obwohl es ihr Beruf war, stets die passenden Worte zu finden

»Wo sind Sie denn genau?«

»Im Polizeiwagen. Vor dem Grundstück.«

»Bewacht?«

»Nein, ich glaube nicht.«

»Okay, dann gehen Sie raus.«

»Das darf ich nicht.«

Ein bitterböses Lachen erklang in Julas Ohr.

»Finden Sie nicht auch, dass es jetzt ein bisschen spät dafür ist, sich noch an Verbote zu halten? Gehen Sie raus. Ich möchte, dass Sie mit Ihren eigenen Augen sehen, was Ihre Neugierde angerichtet hat!«

Jula wurde blass. Und ironischerweise war es schließlich wiederum ihre Neugier, derentwegen sie der Aufforderung folgte. Behutsam öffnete sie die Schiebetür, darauf bedacht, nicht aufzufallen. Sie trat in die kalte Nachtluft und drängelte sich durch eine Gruppe diskutierender Nachbarn bis zur Absperrung vor.

»Hey, zurück!«

Jula ignorierte den Ruf des Polizisten. Sie tat so, als wolle sie nach rechts ausweichen, duckte sich ab, spürte den Schmerz in ihrem Rücken und atmete tief durch. Wie ein Basketballer hatte sie ein Manöver angetäuscht, um dann nach links auszuweichen und, so schnell sie nur konnte, auf ihr Ziel zuzulaufen.

»Hey!«, brüllte der Beamte noch einmal.

Kameras klickten, Stimmen wurden lauter, das Bild klarer.

Die Beine. Der Körper. Das Blut.

»Mathilda!« Jula schrie, doch diesmal ohne zu weinen.

Sie hatte keine Tränen mehr. Nicht in dieser Nacht. Ihr starrer Blick haftete auf dem unnatürlich verkrümmten Körper, und sie schrie noch einmal den Vornamen von Hegels Tochter, als kräftige Hände sie nach hinten rissen.

»Mathilda!«

Doch das kleine Mädchen konnte sie nicht hören. Natürlich nicht. Mathilda befand sich an einem anderen Ort.

Auf dem Sofa im Wohnzimmer ihrer Großeltern, dreißig Meter entfernt von dem Mann, der erschossen auf dem Rasen lag und dessen Gesicht Jula nur einmal persönlich gesehen hatte. Doch das reichte ihr vollkommen aus, um den Toten zu identifizieren.

soyus820

»Peer Kalinsky! Der Geist, der aus dem Nichts sprechen konnte. Bis jetzt.«

KAPITEL 75

Und mit Mathilda ist wirklich alles in Ordnung?«

Hegel hatte aufgrund der besonderen Umstände noch mitten in der Nacht Besuch von seinem Verteidiger empfangen dürfen. Rastlos mit den Füßen wippend, saß er Varbelow im Besprechungszimmer gegenüber.

»Ja, sie hat keinen Kratzer abbekommen. Und offenbar hat sie auch nicht alles, was da passiert ist, so ganz genau verstanden. Die Kleine schläft jetzt, ihre Großeltern sind bei ihr.«

Hegel atmete durch.

»Dann ist es also endlich vorbei?«

»Definitiv, der wahre Mörder Ihrer Frau ist enttarnt! Es war tatsächlich Peer Kalinsky. Wie sehr man sich doch in einem Menschen täuschen kann ...«

»Offenbar sind nicht alle Freunde so treu und aufrichtig, wie man es sich wünschen würde.«

Varbelow rang sich ein leichtes Schmunzeln ab; er hatte den Wink verstanden.

»Es war eine gute Idee von Ihnen, diesen Heiko zu engagieren. Ich habe die ganze Zeit über telefonisch mit ihm in Kontakt gestanden, er war sehr professionell.«

Natürlich hatte Hegel sich nicht völlig tatenlos in sein Schicksal ergeben. Mit Heiko hatte er einen privaten Bodyguard beauftragt, der Mathilda so gut wie möglich bewachte, ohne dass das Kind etwas davon mitbekam. Vor allem seitdem Jula aktiv geworden war. Als Kalinsky Mathilda mitten in der Nacht hatte entführen wollen, war Heiko in letzter Sekunde eingeschritten. Kalinsky war bewaffnet gewesen, sodass Heikos tödlicher Schuss als Nothilfe eingestuft werden würde. Zumal er lizensierter Personenschützer mit Waffenschein war.

»Dann ist der Albtraum also vorbei?«

Varbelow nickte.

»Gott sei Dank. Ich kann Ihnen sagen, einen Fall wie Ihren hatte ich noch nie!«

»Was denken Sie, wann komme ich hier raus?«

»Also, wenn die Staatsanwaltschaft zustimmt, dann kann das schon in vierundzwanzig Stunden erledigt sein.«

»So schnell geht das?«

»Ja, das geht so schnell. Nach dem neuen Beschleunigungsgrundsatz läuft das ruckzuck.«

»Und bis wann habe ich meinen Freispruch?«

»Maximal in einem halben Jahr. Aber wenn wir einen guten Richter bekommen, kriege ich das auch deutlich schneller hin. Sie sind ja nicht irgendwer, und die Medien werden sich sehr für den Fall interessieren!«

Hegel schloss die Augen. Zum ersten Mal, seit er sich selbst verletzt hatte, um Mick und seinen Schergen zu entkommen, schmerzten seine Wunden nicht mehr. Das Serotonin in seinem Blut ließ ihn sich fühlen, als schwebe er auf einer Wolke.

»Peer hat immer zu mir gesagt, dass ich nichts für die Sache mit seiner Jessica konnte. Und in Wirklichkeit hat er minutiös diesen perfiden Racheplan geschmiedet. Er hat diese ganzen anonymen Anrufe bei mir gemacht, und ich konnte seine Stimme nicht erkennen. Wie hat er das nur angestellt?«

Varbelow zuckte mit den Schultern.

»Er war Ihr bester Freund. Ich schätze, das ist wie in der Liebe. Manchmal ist man für die Wahrheit blind!«

Hegel nickte nachdenklich.

»Oder taub!«

»Jetzt ärgern Sie sich mal nicht. Ich werde Sie wieder vollständig rehabilitieren, und dann können Sie Ihr altes Leben zurückhaben.«

»Und wie geht es Frau Ansorge? Am Ende war sie dann ja doch noch meine Retterin.«

Varbelow unterdrückte ein Schmunzeln.

»Wir haben sie wohl beide unterschätzt. Frau Ansorge ist aber momentan für niemanden zu erreichen. Sie kümmert sich jetzt wohl erst mal um ihre eigenen Probleme.«

KAPITEL 76

ZWEI TAGE SPÄTER

Ist es schon Zeit für die Schule?«

Jula versuchte ihre Mutter anzulächeln, doch es gelang ihr nicht. Zu groß waren ihre Schuldgefühle. Erst am Tag nach Elyas' Befreiung hatte sie endlich den Brief gelesen, den Paul ihr gegeben hatte.

»Noch nicht, Mama«, sagte sie. »Einen Augenblick können wir hier noch zusammensitzen, bevor du in den Unterricht musst!«

Der Pfleger hatte Jula instruiert, ihrer Mutter nicht zu widersprechen. Ganz egal, wie unsinnig ihre Äußerungen auch sein würden. Die Welt, in der sie lebte, bestand aus einer bunten Mischung der Eindrücke, die sie in ihrem Leben zusammengetragen hatte. Sie darüber zu belehren, dass es Unsinn war, was sie sagte, wäre nicht nur müßig, sondern auch belastend für die Patientin gewesen.

Gleich am Morgen hatte Jula sich von Paul die Adresse des Heimes geben lassen, in dem ihre Mutter seit einem halben Jahr untergebracht war. Noch auf dem Weg dorthin hatte sie sich gefragt, ob ihr Zorn nach dem Streit wegen Moritz sie selbst dann überwältigen würde, wenn sie einer gebrochenen, ins Vergessen abgedrifteten Frau gegenüberstand. Doch bereits in dem Moment, als sie die Tür zum Zimmer ihrer Mutter öffnete, wusste Jula, dass aller Groll verflogen war.

»Sind Sie meine Lehrerin? Ich weiß nicht, ob ich meine Hausaufgaben gemacht habe.«

Julas Mutter war sichtlich gealtert. Lediglich ihre blauen Augen erinnerten noch an die Frau, die sie einst gewesen war. Und wenn diese jetzt auch müde und leer wirkten, so glomm doch immer wieder für einen kurzen Moment ein Funkeln in ihnen auf, in dem Jula das Wesen ihrer Mutter zu erahnen glaubte. Sie fühlte, wie eine Träne über ihre Wange rollte, und wunderte sich, dass ihre Augen nicht längst leer geweint waren. Der Brief, den ihre Mutter ihr geschrieben hatte, war kaum mehr zu entziffern, so viele Tränen hatte sie mittlerweile darauf vergossen.

Liebe Jula,
wenn Du das hier liest, dann ist es vielleicht schon zu spät. Falls das noch nicht der Fall sein sollte, würde ich mich sehr freuen, Dich noch einmal zu sehen, bevor es nicht mehr möglich sein wird.
Trotz Deines enormen Dranges, Deinen Bruder zu rehabilitieren, habe ich Dir immer dazu geraten, Deine Nachforschungen einzustellen. Auch habe ich Dich für Deinen Podcast kritisiert, in dem Du unser Familiendrama publik gemacht hast. Dass ich nach unserem Bruch noch weiter Kontakt zu Paul gehalten habe, hat zudem Eure Beziehung belastet. Jula, ich weiß, dass ich mich Dir gegenüber nicht so verhalten habe, wie ein Kind es sich von seiner Mutter wünscht. Dafür bitte ich Dich um Verzeihung!
Ich schreibe Dir diese Zeilen für den Fall, dass es mir nicht mehr möglich sein sollte, Dir das Folgende persönlich zu erzählen: Liebste Jula, ich bin an Demenz

erkrankt! Und mit jedem Tag, der vergeht, spüre ich mehr und mehr, wie das Vergessen Besitz von mir ergreift. Menschen, die ich nicht kenne, berichten mir, dass sie seit Wochen mit mir arbeiten. Pfleger, Schwestern und Ärzte in der Klinik, in der ich jetzt lebe. Vertraute Menschen erkenne ich noch immer, doch neue Eindrücke scheine ich nicht mehr abspeichern zu können. Immer wieder bemerke ich das selbst, und es ist eine Qual für mich, meinen eigenen Verfall beobachten zu müssen. Erst wenn ich selbst nicht mehr bemerke, dass ich dement bin, habe ich die gnädige Schwelle überschritten. Dann beginnt für mich das selige Dahindämmern, und selbst dass ich zu einer Last für andere werde, kann ich dann nicht mehr bemerken.
Wie gern hätte ich Dir das alles selbst gesagt. Mach Paul bitte keine Vorhaltungen. Er wusste schon früh Bescheid, doch er hatte strenge Anweisung von mir, Dir nichts zu erzählen. Ich wollte nicht, dass Du aus Mitleid oder schlechtem Gewissen zu mir kommst, sondern aus freien Stücken. Wie auch immer die Dinge verlaufen werden – wenigstens mit diesen letzten Zeilen möchte ich Dich wissen lassen, dass alles, was auch immer ich getan habe, aus Liebe zu Dir geschehen ist. Selbst dann, wenn es Dir wie das Gegenteil vorgekommen sein mag.
Aus meiner kleinen Jula ist eine wundervolle, starke Frau geworden, und ich bin glücklich, das noch miterlebt zu haben. Und wo immer ich auch sein werde, glaube bitte immer daran, dass ich Dir zuhören werde, wenn Du zu mir sprichst!
In ewiger Liebe, Deine Mama.

»Du hast deine Hausaufgaben gut gemacht.« Jula strich ihrer Mutter durchs Haar. Es war spröde, doch es roch nach dem Rosenshampoo, das sie schon früher immer verwendet hatte. Der vertraute Duft, so hoffte Jula, gefiel ihrer Mutter. »Du bist eine gute Schülerin, und auch wenn ich dich manchmal tadeln musste, bist du mir von allen Kindern trotzdem das liebste.«

Jula neigte sich vor und küsste ihre Mutter sanft auf die Stirn. War es Zufall, dass diese danach einen klaren Moment zu haben schien? Jedenfalls sagte sie mit fester Stimme:

»Wie schön, dass du gekommen bist!«

»Mama, erkennst du mich?«

Die Mutter sah sie an, als habe sie die Frage nicht verstanden. Erst als ein Eichhörnchen von einem Baum geklettert kam und in Windeseile auf einem anderen wieder verschwand, antwortete sie:

»Es ist kalt da draußen. Zieh dir was Warmes an!«

Jula unterdrückte eine Träne und nahm ihre Mutter in die Arme. Mit der ganzen Wärme ihrer Stimme hauchte sie:

»Das werde ich, Mama. Glaube mir, das werde ich.«

KAPITEL 77

DREI WOCHEN SPÄTER

Jula strahlte über das ganze Gesicht, während sie im Autoradio ihren alten Sender 101.5 laufen ließ. Aber nicht weil Paul sich bei einer Meldung versprochen oder sein Co-Moderator Rudy Constantin mal wieder einen seiner originellen Scherze gemacht hatte. Sie lächelte, weil der Sender noch immer rund um die Uhr dazu beitrug, Julas Bekanntheitsgrad weiter und weiter zu steigern. Sicher, schon kurz nach Kalinskys Tod hatten Reporter aller großen Medien Julas Telefon zum Glühen gebracht und in Scharen ihr Haus belagert. Die Meldung von der überraschenden Wendung im Fall Hegel hatte, wie nicht anders zu erwarten, für großes Aufsehen gesorgt. Doch mithilfe von 101.5 hatte noch jemand anderer dazu beigetragen, dass die Abonnentenzahlen von Julas Podcast regelrecht explodiert waren: Hadrian!

Jula hatte in der Aufregung der Ereignisse um Elyas' Entführung ganz vergessen, dass sie dem Hacker den Zugang zum Senderserver verschafft hatte. Sie war davon ausgegangen, dass Hadrian diese für eine Erpressung nutzen oder anderweitig Geld herausschlagen wollte. Doch das Computergenie hatte sich lediglich einen Scherz erlaubt und einen Best-of-Zusammenschnitt von Julas Podcastfolgen zur besten Sendezeit in Dauerschleife gesendet. Und das so, dass die Programmverantwortlichen dies noch nicht einmal hätten stoppen können, wenn sie den gesamten Sender vom Stromnetz getrennt hätten. Susanne Fabig, ihre frühere Chefin, hatte zwar eine Mitwirkung Julas an dem Hackerangriff vermutet, ihr dies jedoch niemals direkt vorgeworfen. Es war nicht zu beweisen, und wenn Jula tatsächlich über derlei Möglichkeiten verfügte, so hielt Fabig es auch für geschickter, sie nicht zu provozieren.

Jula schaltete das Radio ab und wählte über die Freisprechanlage eine Nummer, während sie einparkte.

»Ich bin schon da«, sagte sie, als Hegel sich nach nur einem Klingeln meldete. »Die Stadtautobahn war komplett frei. Soll ich einfach vor dem Haus auf Sie warten?«

»Das wäre sehr nett, ich brauche noch ein paar Minuten.«

Hegel hatte mit Mathildas Großeltern verabredet, seiner Tochter einen Besuch abzustatten. Bis zur Wiederaufnahme seines Prozesses war er zwar auf freiem Fuß, das Sorgerecht für seine Tochter lag aber einstweilen noch bei den Konradis. Die beiden hatten dem Besuch nur widerwillig zugestimmt, da Hegel noch nicht offiziell freigesprochen und Mathilda seinetwegen in Lebensgefahr geraten war. So hatte Hegel kurzerhand Jula gebeten, ihn als Überraschungsgast zu begleiten. Dass er in ihrer Begleitung auftauchen würde, sollte die ansonsten vermutlich frostige Stimmung etwas heben.

Jula stieg aus ihrem Wagen und ging zum Anwesen der Konradis. Mathilda spielte im Vorgarten, ihre Großmutter harkte Laub vom Rasen.

»Julia!« Mathilda erstrahlte über das ganze Gesicht, als sie die vermeintliche neue Lehrerin erblickte, die, wie sie mittlerweile wusste, *ihren Papa gerettet hatte*.

»Nur Jula, das i darfst du behalten!«

Mathilda riss das Gartentor auf und stürmte in Julas Arme. Diese hob die Kleine hoch und drehte sich mit ihr zweimal um die eigene Achse.

»Was machen Sie denn hier?« Die Großmutter klang reserviert.

»Frau Konradi!« Jula setzte das Kind ab und wandte sich der Frau zu. »Ich hoffe, es macht Ihnen nichts aus, dass ich auch da bin. Herr Hegel kommt gleich.«

»Wie wunderbar.« Margrit Konradi verzog keine Miene. »Dann kommen Sie doch bitte mal rein. Und du geh noch mal auf dein Zimmer, Mathilda. Ich rufe dich, wenn es Kuchen gibt.«

Die offenkundig unterkühlte Stimmung der alten Frau übertrug sich schlagartig auf Jula.

Wen wundert's? Erst wird ihre Tochter ermordet, dann wird der Vater ihrer Enkelin dafür verurteilt, und jetzt muss sie akzeptieren, dass ihre Tochter Johanna nur sterben musste, weil sie eine Schachfigur in Kalinskys Racheplan war. Noch dazu wird sie Mathilda aus ihrer Obhut entlassen müssen, zumal an Hegel, der diese Katastrophe mit seiner falschen Diagnose überhaupt erst ausgelöst hat.

Als die beiden Frauen ins Wohnzimmer getreten waren, bemerkte Jula, dass keinerlei Vorbereitungen für einen Besuch getroffen worden waren. Es war keine Kaffeetafel gedeckt, und nicht einmal Tassen oder Gläser standen bereit.

»Das ist alles nicht leicht für Sie, oder?«

»Für wen ist es das schon?«

Jula sah sich suchend um.

»Wo ist denn Ihr Mann?«

»Bodo ist mit seinen Freunden beim Kegeln. Es ist besser, wenn er nicht hier ist.«

Noch immer hatte Konradi nicht ein einziges Mal gelächelt, und allmählich wurde Jula unbehaglich zumute.

»Ihr Mann ist nicht gut auf Hegel zu sprechen, oder?«

»Nein, und nicht nur er.« Margrit Konradi blickte Jula durchdringend an. »Frau Ansorge, es ist sehr freundlich von Ihnen, dass Sie auch hergekommen sind. Aber ich denke, Sie sollten jetzt lieber wieder gehen.«

Bei dem eisigen Ton der alten Frau überlief Jula eine Gänsehaut.

»Herr Hegel hat mir schon angekündigt, dass Sie wütend auf ihn sein könnten, aber ich kann Ihnen versichern, dass dieser Peer Kalinsky ein unberechenbarer Irrer war. Mathildas Vater hat alles in seiner Macht Stehende getan, um …«

Jula brach ab. Fassungslos sah sie, wie Margrit Konradi in die Tasche ihrer Strickjacke griff und einen verchromten Revolver mit kurzem Lauf herauszog.

»Was … was wird denn das jetzt?«, stotterte Jula.

Konradi antwortete nicht. Sie sah Jula nur weiterhin fest in die Augen, und das, was diese darin zu erkennen glaubte, verhieß nichts Gutes. Jula holte Luft, um etwas zu sagen, als ein Geräusch die Stille durchschnitt, das sie erschauern ließ.

Zzzzzzzzrrrrrrrr!!!

Wo hatte sie dieses trockene Schnarren zum letzten Mal gehört?

Der erste Drohanruf! Der mit der verzerrten Stimme! Das war die kaputte Klingel im Hintergrund!

»Sie waren das?« Jula riss die Augen auf. »Sie haben mich davor gewarnt, Hegel aus dem Gefängnis zu holen?«

»Sie wollten ja nicht auf mich hören.« Margrit Konradi umklammerte die Waffe so entschieden, dass Jula keinen

Zweifel daran hatte, dass sie damit umzugehen wusste. »Er ist der Teufel, ein eiskalter, gewissenloser Dämon!« *Zzzzzzzzrrrrrrr!!!*

Konradi wollte zur Tür gehen, als Jula sich ihr mutig entgegenstellte.

»Bitte, was immer Sie vorhaben – tun Sie es nicht!«

»Sie dummes Ding haben keine Ahnung, was Sie angerichtet haben! Und jetzt gehen Sie mir aus dem Weg!«

Jula meinte zu erkennen, dass Konradi nicht vorhatte, auch ihr etwas anzutun. So fasste sie der Frau beherzt an die Schultern.

»Wenn Sie jetzt etwas Unüberlegtes tun, dann werden nicht nur Sie das bereuen. Denken Sie doch auch an Mathilda!«

Konradi lachte heiser auf.

»Unüberlegt? Liebe Frau Ansorge, das hier überlege ich mir schon seit Sie damit begonnen haben, sich für die Freilassung dieses Schweins einzusetzen.«

»Papa!!!« Mathildas Ruf ließ die beiden Frauen aufschrecken.

Offenbar war das Kind nach dem zweiten Klingeln nach unten gelaufen und hatte seinem Vater die Haustür geöffnet.

»Bitte, Frau Konradi, ich beschwöre Sie ...«

Weiter kam Jula nicht, denn in diesem Moment trat Hegel ein. Sofort schirmte er Mathilda so ab, dass sie die bewaffnete Großmutter nicht sehen konnte.

»Schatz, geh doch noch mal kurz hoch, ich muss hier was mit Oma besprechen, okay?« Er drückte Mathilda von sich weg, die aufgeregt nach oben lief, wo sie sich ohnehin noch für ihren Papa hatte umziehen wollen. »Das nenne ich mal eine Begrüßung!«

Jula blickte stumm zwischen Hegel und Margrit Konradi hin und her. Beide wirkten auf eine unheimliche Weise abgeklärt.

»Ich war mir so sicher, dass du sie alle täuschen wirst, Matthias.« Die alte Frau hob den Revolver und richtete ihn auf Hegel, der nicht einmal mit der Wimper zuckte. »Das Gericht, deinen Anwalt, die Medien – alle haben nach deiner Pfeife getanzt. Nur ich nicht!«

»Sie sollten …«, begann Jula.

Hegel unterbrach sie.

»Liebe Jula, vielen Dank, dass Sie hergekommen sind. Aber nun wird es das Beste sein, wenn Sie Frau Konradi und mich allein lassen. Haben Sie vielen Dank für Ihre Bemühungen, aber jetzt sollten Sie endgültig aus dieser Sache aussteigen.«

»Ja, gehen Sie!« Margrit wandte den Blick nicht von Hegel ab, der weit genug von ihr entfernt stand, dass er nicht nach der Waffe greifen konnte.

»Ich werde Sie hier unter keinen Umständen allein lassen!« Entschlossen stellte sich Jula zwischen Hegel und die alte Frau.

»Meine Tochter hatte Angst vor dir. Sie hat mir alles erzählt.« Margrit sah an Jula vorbei direkt Hegel an. Ihre Stimme war ruhig, und ihre Hand zitterte nicht. »Männer, die sie im Zeugenschutz betreut hatte, sind umgekommen. Irgendjemand musste sie verraten haben. Sie hatte dich im Verdacht, deswegen hat sie dich beobachtet. Sie hat herausgefunden, dass du Informationen über die Aufenthaltsorte von Verbrechern an die Organisationen verkauft hast, gegen die sie aussagen sollten. Sie hat dich damit konfrontiert. Siehst du, ich weiß alles! Du hast ihr deswegen gedroht. Es waren üble Leute, mit denen du Geschäfte gemacht hast. Sie hatte Angst um ihr Leben.«

»Stimmt das?« Jula drehte sich zu Hegel um.

»Dafür hast du keine Beweise, Margrit.«

»Ja, das stimmt. Trotzdem, du hast sie ermordet, und ich weiß es! Und dabei hast du dir diesen Plan ausgedacht. Du begehst einen stümperhaften Mord, viel zu plump und fehlerhaft für ein Genie wie dich. Du gestehst sofort alles, damit die Staatsanwaltschaft keine weitergehenden Ermittlungen anstellt. Dann lässt du dich ein paar Monate einsperren und inszenierst schließlich mit deinem Kumpel Kalinsky, der dringend Geld braucht, diesen aberwitzigen Plan, dir zum Freispruch zu verhelfen.«

Hegel schmunzelte.

»Und mein Freund Peer war mir so treu ergeben, dass er sich für meine Freilassung hat töten lassen? Oder dass er sich selbst als Mörder zur Verfügung gestellt hätte? So ein Blödsinn! Und wieso hätte ich es riskieren sollen, dass er versucht, Mathilda etwas anzutun?«

»Was weiß ich? Kalinsky war ja wohl pleite, wie man hört. Vielleicht sollte er ja nie als Täter enttarnt werden, sondern nur Zeugen und Beweise beschaffen, dass du es nicht gewesen sein kannst. Oder er hatte vor, nach dieser Sache mit deiner Belohnung irgendwo in Südamerika unterzutauchen. Und der Besuch bei Mathilda? Vielleicht ist er durchgedreht, dieser Typ war ja schon immer unberechenbar. Oder das hat auch zur Inszenierung gehört, und du hast ihn mit diesem Bodyguard in eine Falle gelockt, um ihn als Zeugen loszuwerden.«

»Das ist doch alles kompletter Wahnsinn!« Jula unterbrach die beiden so laut, dass es durch das ganze Haus hallte. »Was reden Sie denn da? Was soll denn das für ein Plan gewesen sein?«

»Einer, für den er eine Marionette gebraucht hat.« Margrit Konradi sah Jula beinahe mitleidig an. »Eine junge, erfolgshungrige Journalistin mit eigenem Trauma, die so verzweifelt nach Heilung für ihre Probleme sucht, dass sie dafür sogar eine komplexe Mordverschwörung aufdeckt, die es nie gegeben hat. Haben Sie sich nie gefragt, warum dieser Kalinsky Sie auf ein entlastendes Video hinweisen sollte, wenn er doch in Wahrheit die ganze Zeit über wollte, dass Matthias im Gefängnis versauert?«

Jula erschauderte. Sie sah wieder zu Hegel.

»Können Sie mir das erklären?«

»Offenbar war Peer nicht mehr so ganz zurechnungsfähig. Leider können wir ihn das ja jetzt nicht mehr selbst fragen ...«

Jula wurde blass.

»Hat Frau Konradi recht?« Ihre Stimme wurde brüchig. »Haben Sie mich die ganze Zeit nur benutzt? Sind Sie wirklich der Mörder von Johanna?«

»Wenn ich Sie hätte benutzen wollen, warum habe ich Ihnen dann hundertmal geraten, meinen Fall ruhen zu lassen?«

»Die paradoxe Intervention!« Mathildas Großmutter lachte verbittert auf. »Frau Ansorge, Sie gehören eindeutig zu den Menschen, die immer genau das Gegenteil von dem tun wollen, wozu man ihnen rät.« Sie zeigte auf Hegel, der regungslos die ungeheuerlichen Anschuldigungen über sich ergehen ließ. »Dieser Mann ist einfach viel zu clever für Sie, er hat Sie benutzt wie ein Werkzeug. Das muss man dir lassen, Matthias. Du hast es tatsächlich als Erster geschafft, dich mit einem Geständnis von einem Mord zu befreien. Genial!«

Jetzt trat Hegel einen Schritt auf Konradi zu, jedoch langsam und ohne nach dem Revolver zu greifen.

»Du konntest mich noch nie leiden, Margrit. Du wünschst dir so sehr, dass ich der Mörder deiner Tochter bin, dass du sogar bereit bist, Theorien zu entwickeln, die so irre sind, dass sich kein Richter der Welt dafür interessieren wird.«

»Genau deshalb bin ich jetzt dein Richter!« Sie spannte den Hahn ihrer Waffe.

»Ich bin nur hergekommen, um meine Tochter zu sehen. Die ich übrigens sofort nach meinem Freispruch zu mir holen werde. Und jetzt nimm die Waffe runter und mach Frau Ansorge einen Kaffee. Sie hat in den vergangenen Tagen genug Drama erlebt, da braucht sie deine Telenovela hier nicht auch noch.«

Damit drehte sich Hegel um und wollte schon zur Tür hinausgehen, als Margrit ihm nachrief:

»Ich werde nicht zulassen, dass Mathilda bei dem Mörder ihrer Mutter aufwächst!«

Damit schloss sie ihr linkes Auge, zielte auf Hegels Kopf und – drückte nicht ab.

»Verdammt!« Sie brach in Tränen aus, während sie den Revolver senkte. »Ich kann es einfach nicht, ich …«

Hegel drehte sich wieder zu den Frauen um. Jula stieß einen erleichterten Seufzer aus.

»Sie haben das ganz richtig gemacht, Frau Konradi. Geben Sie mir einfach die Waffe, es wird alles gut werden. Wir sind alle noch sehr aufgeregt von den Ereignissen.«

Hegel zeigte noch immer keine Gemütsbewegung.

»Wenn du aufhörst, solche Geschichten über mich zu erzählen, Margrit, dann vergesse ich diese Szene hier vielleicht. Mathilda soll ihre Oma nicht im Gefängnis besuchen müssen.«

Jula strich der alten Frau über die Schulter und griff dabei vorsichtig nach dem Revolver, dessen Hahn noch immer gespannt war.

»Papa?«

Mathilda war so überraschend durch die Hintertür des Wohnzimmers getreten, dass ihre Großmutter sich ruckartig zu dem Kind umdrehte. Dabei verhakte sich Julas Daumen am Abzug des Revolvers, und noch ehe sie sichs versah, ertönte auch schon ein ohrenbetäubender Knall, der Geruch von verbranntem Schwarzpulver erfüllte den Raum, die Schreie von Jula und Mathilda gellten durchs Wohnzimmer. Und noch bevor sie begriffen hatten, was soeben geschehen war, schrie Matthias Hegel auf, fasste sich an die Brust, bemerkte das Loch darin, lehnte sich gegen die Wand und glitt zu Boden.

KAPITEL 78

Der Patient hat eine Schussverletzung. Er ist stabil und bei Bewusstsein, aber hoher Blutverlust. Alles für eine Transfusion vorbereiten!« Der Funkspruch des Rettungsarztes ging im Heulen der Sirene fast unter.

»Stimmt das?« Jula hatte sich Hegels Ohr genähert und flüsterte. Hegel hatte darauf bestanden, dass sie den Krankentransport begleitete.

»Glauben Sie Margrit nicht alles, was sie sagt. Sie ist außer sich vor Hass und gibt mir die Schuld am Tod ihrer Tochter. Dass ich frei bin, kann sie einfach nicht ertragen.«

Der Sanitäter, der auf der anderen Seite der Krankenliege saß, bat ihn zu schweigen, doch Hegel winkte brüsk ab.

»Dann verstehe ich aber etwas nicht: Wie kann es sein, dass Sie die kaputte Türklingel nicht erkannt haben, als ich Ihnen den ersten Anruf vorgespielt habe?« Jula war hochkonzentriert. »Wie war das noch gleich? *Läuten Sie einfach an jeder Haustür in Deutschland, und schon haben Sie eine Liste mit Verdächtigen.*«

Hegel schüttelte den Kopf.

»Die Klingel von Margrit war noch nicht kaputt, als ich ins Gefängnis gegangen bin. Das ist eine Standardklingel, die ab den Fünfzigern in jedes zweite Haus eingebaut wurde. Ich konnte das gar nicht erkennen.«

Jula versuchte verzweifelt, irgendetwas aus Stimme oder Mimik von Hegel zu entnehmen, doch bald wurde ihr klar, dass er sich von ihr ganz sicher nicht würde in die Karten blicken lassen. Nicht einmal jetzt, nachdem eine Kugel nur wenige Zentimeter an seinem Herzen vorbeigegangen war.

»Aber warum haben Sie nicht erkannt, dass es die Mutter Ihrer Partnerin war, die da gesprochen hat?«

Hegel hustete trocken.

»Weil sie einen Stimmenverzerrer benutzt hat, das wissen Sie doch.«

Der Krankenwagen raste mit Blaulicht auf das Krankenhaus zu. Bald würden sie die Notaufnahme erreicht haben, und danach konnte es lange dauern, bis Jula wieder Gelegenheit bekommen würde, Hegel zur Rede zu stellen.

»Das reicht mir nicht! Sie sind einer der besten Phonetiker Deutschlands, vermutlich sogar weltweit. Sie konnten Ihre eigene Schwiegermutter doch vermutlich schon an ihrer Wortwahl, Atmung oder ihrem Sprechrhythmus erkennen. Außerdem, der erste Anruf, den ich bekommen habe, war technisch verzerrt. Bei allen weiteren hat der Anrufer einfach nur mit hoher Stimme gesprochen. Als ich Kalinsky von dem ersten Drohanruf erzählt habe, sind ihm fast die Augen rausgefallen. Der wusste davon nichts! Und Sie wollen mir erzählen, Sie hätten nicht gehört, dass es sich um zwei völlig verschiedene Sprecher gehandelt hat?«

»Ich habe ...«

»... Sie haben niemals einen Zweifel daran gelassen, dass alle Anrufe, die ich bekommen habe, von ein und derselben Person kamen. Und das, obwohl Sie an einem Husten hören können, was die Person am Vortag zu Mittag gegessen hat. Sie wussten, dass der erste Anruf von Konradi kam, aber das hat Sie vermutlich einfach nicht weiter interessiert, weil Sie von einer alten Frau keine Bedrohung erwartet haben. Sie haben mich ganz bewusst angelogen! Und nach allem, was heute passiert ist, kann es dafür nur einen Grund geben!«

Zum ersten Mal glaubte Jula in Hegels Blick so etwas wie Anerkennung wahrzunehmen. Er griff nach ihrer Hand und erwiderte:

»Wie hätte ich das denn alles aus dem Gefängnis heraus steuern sollen?«

»Was weiß ich? Vielleicht haben Sie Ihren Wärter manipuliert? Der könnte Ihnen doch ein Handy reingeschmuggelt haben, oder etwa nicht? Kalinsky hat die ganze Zeit über immer genau gewusst, wo ich war und was ich herausgefunden hatte. Und der Einzige, der immer aktuell über meinen Ermittlungsstand Bescheid wusste, waren Sie! Außerdem hatte niemand außer Ihnen ein größeres Interesse daran, dass ich erfolgreich bin! Sie müssen die ganze Zeit über mit Kalinsky in telefonischem Kontakt gestanden haben!«

Hegel schloss für einen Moment die Augen.

»Was immer Sie heute gehört haben und was immer Sie daraus schlussfolgern, Sie können nichts davon beweisen.«

»Das ist kein Spiel!« Jula stampfte auf. »Dieser Kalinsky war ein grober Klotz ohne besondere Bildung oder Manieren. Wie sollte der so geschliffen und elegant sprechen können? Und aus Oberhavel stammte er auch nicht! Abgesehen davon, dass Sie ihn hätten erkennen müssen! Waren das am Telefon etwa die ganze Zeit über Sie selbst? Haben Sie mich mit dieser Fistelstimme angerufen und dann Ihre eigenen Drohanrufe für mich analysiert?«

»Jetzt wird es aber langsam lächerlich!«

»Kalinsky hatte ja sogar seine Denon-Box im Bad installiert, als ich da aufgetaucht bin. Warum hatte er das vorbereitet?«

»Sagen Sie es mir!«

»Ich hatte Ihren Anwalt kurz davor informiert, dass ich zu ihm fahren würde. Varbelow muss Ihnen das gesteckt haben, so konnten Sie Kalinsky vorwarnen. Das hatten Sie gar nicht vorgesehen, oder? Dass die dumme kleine Podcasterin aus einem Schornstein im Hintergrund und einem Kinderaufsatz eine Verbindung zu Ihrem Wochenendhaus schlussfolgern würde. Da mussten Sie schnell improvisieren. Schließlich haben Sie mir nie einen Hinweis zu diesem Haus zugespielt! Diese Inszenierung mit dem Krankenzimmer und der Akte sollte eigentlich erst die Polizei finden, wenn alles vorbei gewesen wäre, stimmt's?«

»Sie sollten sich mal selbst zuhören, Frau Ansorge. Welcher Richter würde denn so etwas glauben? Außerdem, warum sollte ich Kalinsky davor warnen, dass Sie bei ihm klingeln wollen? Er war Security-Experte. Der ist schon mit ganz anderen fertiggeworden.«

»Kalinsky war die ganze Zeit über Ihr Werkzeug außerhalb des Gefängnisses! Sie allein haben diesen ganzen Irrsinn geplant, und er hat auf Ihre Anweisungen hin alles durchgeführt, was erforderlich war, damit Ihr Plan aufgeht. Er hat Elyas entführt und mich in das Ferienhaus verschleppt. In dieses super instand gehaltene Waldhaus! Sie wussten, dass Sie nicht lange im Gefängnis bleiben würden! War die vorgetäuschte versuchte Entführung von Mathilda etwa eine Falle, die Sie Kalinsky gestellt haben? Damit dieser Bodyguard ihn erschießt und Sie Ihren Komplizen los sind? Ich meine, Ihr Anwalt hat doch von diesem Plan garantiert nichts gewusst. Den haben Sie genauso reingelegt wie mich, oder?«

»Sie sollten von True-Crime auf Märchen umschulen!«

»Finden Sie das alles etwa witzig? Elyas hat Todesängste

ausgestanden, und eine unschuldige Frau ist gestorben. Sie hieß Rosemarie Bauer, eine pensionierte Lehrerin. Sie hatte zwei Kinder und drei Enkel. Ist sie jetzt tot, weil Sie sich ein *cleveres Spielchen* ausgedacht haben, um wieder freizukommen? Ich war auf der Beerdigung dieser Frau, verdammt!«

Hegel schloss noch einmal kurz die Augen und atmete tief durch. Ganz ruhig erwiderte er:

»Ja, diese arme Rentnerin ist meinetwegen gestorben, das ist mir bewusst. Weil ich Kalinskys Frau falsch behandelt habe. Und weil ich nicht bemerkt habe, wie sehr er mich deswegen gehasst hat. Und auch Sie sind meinetwegen durch die Hölle gegangen, genauso wie Ihr Bruder. Aber jetzt ist es vorbei! Blicken Sie nach vorn: Sie haben fast zwei Millionen neue Abonnenten für Ihren Podcast, und Ihr Bruder ist dank dieser Geschichte auf YouTube mit seinen Rapvideos erfolgreich. Was geschehen ist, ist geschehen. Jula, bitte glauben Sie mir, es ist besser für uns beide, wenn wir Freunde bleiben.«

»Ach, ja?«

Der Krankenwagen passierte die Schranke zur Auffahrt, die zur Notaufnahme führte. Den beiden blieben nur noch wenige Sekunden.

»Ich wollte Ihnen das eigentlich unter anderen Umständen geben.« Hegel griff mit schmerzverzerrtem Gesicht in seine Hosentasche und zog einen gefalteten Zettel hervor. »Hier habe ich ein Geschenk für Sie, und ich darf sagen, dass es sich um etwas Bedeutsames handelt.«

Jula entfaltete den Zettel und erkannte, dass Hegel lediglich eine Reihe von Zahlen darauf notiert hatte.

»Ist das eine Telefonnummer?«

Hegel nickte.

»Eigentlich darf ich sie nicht herausgeben. Sie ist streng geheim. Aber Sie haben sehr viel für mich getan, ich stehe tief in Ihrer Schuld.« Er tastete nach ihrer Hand. »Wenn Sie diese Nummer angerufen haben, werden Sie sich nie wieder für meinen Fall interessieren. Und so haben wir am Ende beide gewonnen. Belassen wir es doch einfach dabei.«

Und noch ehe Jula darauf antworten konnte, wurde auch schon die Tür des Rettungswagens aufgerissen und Hegel in den Operationssaal gebracht.

KAPITEL 79

EINE WOCHE SPÄTER

Habe ich das richtig verstanden?«, begann der Staatsanwalt seine Zusammenfassung, nachdem er Jula jetzt bestimmt eine Stunde lang konzentriert zugehört hatte. »Sie verlangen von mir, dass ich alle Beweise, die Sie selbst für die Unschuld Hegels gesammelt haben, wieder vergesse?« Er lehnte sich in seinem schweren Ledersessel zurück und musterte sie mit einer Mischung aus Anerkennung und Skepsis.

Schon durch die Art seiner Fragestellung war Jula klar, dass sie keine Chance hatte. Staatsanwalt Carl vom Stein mochte ihr zwar glauben, immerhin hatte er Hegel damals ja selbst hinter Gitter gebracht. Doch dank ihrer investigativen Arbeit waren ihm nun die Hände gebunden.

»Die Beweislage, für die Sie selbst gesorgt haben, ist überwältigend. Es spricht wirklich alles dafür, dass Matthias Hegel das Opfer einer Verschwörung geworden ist. Und selbst wenn ich das alles mal vergesse und meinem Bauchgefühl folge, das mir sagt, dass hier nach wie vor etwas faul ist – die Entscheidung fällt das Gericht. Nach Aktenlage werde ich gar keine andere Möglichkeit haben, als Freispruch zu fordern. Oder haben Sie etwas anderes in der Hand als ein Gespräch mit dem schwer verletzten und daher im Zweifel nicht voll zurechnungsfähigen Hegel, in dem er, soweit ich das verstanden habe, noch nicht mal irgendwas gestanden hat?«

»Nein.«

Jula hatte keine andere Reaktion erwartet. Dennoch hatte sie dem Blitzen in den Augen des Staatsanwaltes zu entnehmen geglaubt, dass dieser ihre Geschichte nicht für vollkommen verrückt hielt. Immerhin musste auch er früher oft mit Hegel zusammengearbeitet haben und dessen Genialität nur allzu gut kennen.

»Dann müssen wir es anders versuchen.«

»Was versuchen?«

»Ihn zurück ins Gefängnis zu bringen.«

Vom Stein neigte sich vor, wobei das Leder seines Sessels knarzte. Also doch! Jula hatte sich nicht geirrt. Dem Staatsanwalt schien es ganz und gar nicht zu schmecken, Hegel einfach so laufen lassen zu müssen.

»Wie wollen wir das anstellen?«

Jula fuhr sich nervös durch die Haare und schluckte. Immerhin stand sie im Begriff, etwas wegzugeben, nach dem sie jahrelang verzweifelt gesucht hatte.

»Was wäre, wenn Sie beweisen könnten, dass Matthias Hegel streng geschützte Informationen aus dem Zeugenschutzprogramm veruntreut hat?«

Der Staatsanwalt legte den Kopf schräg und kniff die Augen leicht zusammen.

»Nun ja, wenn sich das beweisen ließe, dann könnte ich ihn anklagen und vermutlich sogar in Untersuchungshaft bekommen. Bei so gravierenden Vorwürfen und angesichts der Tatsache, dass Professor Hegel vermögend ist, bestünde zumindest Fluchtgefahr, vielleicht sogar Verdunklungsgefahr. Reden Sie weiter.«

Jula griff in ihre Handtasche und zog einen mit Blut beschmierten Zettel hervor, den sie in eine verschlossene Plastiktüte gelegt hatte.

»Das hier hat mir Matthias Hegel persönlich ausgehändigt. Es ist seine Handschrift, es sind seine Fingerabdrücke darauf, und als Zugabe sogar noch sein Blut. War ein harter Tag für ihn.« Sie legte den Zettel auf den Tisch.

»Eine Telefonnummer?« Carl vom Stein betrachtete das Schriftstück mit erwartungsvoller Miene.

»Ich habe die Nummer angerufen. Und ich habe das Telefonat aufgezeichnet.« Jula zog ihr Handy hervor. »Es beweist eindeutig, dass Professor Hegel Zugriff zu staatlich geschützten Informationen hat und diese Tatsache missbraucht, indem er streng geheimes Wissen Unbefugten zugänglich macht.«

»Haben Sie davon denn schon jemandem erzählt?«

»Nur Ihnen. Und glauben Sie mir, es ist mir nicht leichtgefallen!«

»Warum?«

Jula räusperte sich, und ihre Stimme wurde brüchig.

»Das werden Sie gleich verstehen. Also, soll ich die Aufnahme abspielen?«

»Bitte, nur zu!«

Jula legte ihr Handy auf den Tisch, rief eine Datei auf und betätigte die Abspieltaste. Zunächst erklang ein Freizeichen. Jula schloss die Augen, während sich ihr Körper anspannte.

»*Hallo?*« Die männliche Stimme klang weit entfernt und verrauscht.

»*Hier ist Jula Ansorge. Mit wem spreche ich?*«

Es raschelte kurz am anderen Ende der Leitung, und für einen Moment blieb es still. Doch bald fand der Angerufene wieder Worte. Mit belegter Stimme, zitternd und mit einem dennoch unverwechselbaren Timbre sagte er:

»*Woher hast du diese Nummer?*«

»Bist du …? Nein, das kann nicht sein! Das ist vollkommen unmöglich!«

Es schnürte Jula die Kehle zusammen. Genauso wie in ihrem Wohnzimmer, als sie dieses ungeheuerliche Telefonat geführt hatte, das nun als simple Audiodatei den muffigen Raum im Landgericht Moabit erfüllte. Doch das alles zählte jetzt nicht. In diesem Moment existierte für Jula nur noch die wohlvertraute Stimme am anderen Ende der Leitung:

»Moritz? Bist du das?«

Abermals hatte Jula das Gefühl, als sei sie aus einem furchtbaren Albtraum erwacht. Aus einer Schreckensvision, der zu entkommen ihr als völlig unmöglich erschienen war. Aus einer Angst, in die sie aber ein weiteres Mal zurückstürzte, als ihr Bruder panisch rief:

»Großer Gott, Jula! Vergiss dieses Gespräch! Ruf mich nie wieder an! Ich bin tot!«

Neugierig, wie es mit Jula und Hegel weitergeht? Sachdienliche Hinweise finden Sie unter: www.vincent-kliesch.de

DANKSAGUNG

Auris war zweifellos das aufwendigste Buchprojekt meiner bisherigen Autorenlaufbahn. Zwischen dem ersten Meeting und dem fertigen Roman lagen am Ende über drei Jahre und insgesamt fünf Fassungen. Während dieser Zeit habe ich mich immer auf die Menschen verlassen können, mit denen ich eng und vertraut zusammengearbeitet habe und ohne die *Auris* niemals entstanden wäre. Diesen Wegbegleitern möchte ich nun danken:

Mein erster Dank geht natürlich an Sebastian Fitzek!

Wie oft mögen Menschen auf Dachterrassenpartys wohl schon zueinander gesagt haben: »Lass uns mal was zusammen machen ...«? Dass unseren Worten dann tatsächlich das Mammutprojekt *Auris* folgte, liegt vermutlich daran, dass Sebastian genau im richtigen Augenblick den Einfall hatte, einen forensischen Phonetiker zur Hauptfigur einer Thrillerserie zu machen. Und daran, dass er davon überzeugt war, ich sei genau der richtige Autor für diese Serie. Und natürlich hat er nicht einfach nur eine Idee in den Raum geworfen und mich dann machen lassen. Von der ersten bis zur letzten Seite begleitete er die Entstehung des Buches in enger Zusammenarbeit mit mir und dem gesamten Team. In stundenlangen Besprechungen und Brainstormings hat er jedes Wort gelesen, erörtert, die Story mitentwickelt, Änderungen vorgeschlagen und *Auris* so lange mit wachem Supervisor-Blick im Auge behalten, bis wir schließlich überzeugt waren, das Beste aus der Geschichte herausgeholt zu haben. Und er hatte stets eine riesige Schale mit Süßigkeiten auf seinem Konferenztisch. Mit vielen köstlichen Süßigkeiten. Die immer wieder aufgefüllt wurden. Was erforderlich war. (Im Ernst, ich habe keine Ahnung, wie ich am Ende immer noch durch seine Tür gepasst habe!)

Lieber Sebastian, es ist ein Privileg, mit dir arbeiten zu dürfen. Auf viele weitere »Klitzeks«!

(Es ist übrigens ziemlich cool für einen Thrillerautor, wenn er bei Schwierigkeiten mit der Story einfach Sebastian Fitzek anrufen und ihn fragen kann, ob er eine rettende Idee hat. Und irgendwann, lieber Sebastian, werden wir auch noch diesen Außenminister in die Story einbauen …)

Der nächste Dank geht an das Team von Droemer!

Vom ersten Moment an habe ich mich bei meinem neuen Verlag mit seinen vielen wunderbaren, liebenswerten Mitarbeitern wie zu Hause gefühlt. Meine Verlegerin Doris Janhsen, meine Lektorin Carolin Graehl und das gesamte Team von Marketing, Vertrieb, Vertretern, Herstellung und Presse haben alles daran gesetzt, *Auris* den optimalen Start zu ermöglichen.

Vielen Dank, liebe Droemeraner, ihr seid spitze!

Ziemlich zu Beginn des ganzen Projektes hatte ich das bislang zeitintensivste Gespräch meines Lebens, obwohl es gerade mal eine Stunde gedauert hat. Ich bin dafür nämlich von Berlin Schlachtensee nach München-Schwabing gereist. Etwas, das man nur tut, wenn man entweder SEHR verliebt ist oder wenn jemand wirklich ganz Besonderer zu diesem Gespräch einlädt. Jemand wie Roman Hocke, der neben vielen anderen Größen des Literaturbetriebs bereits Michael Ende, Utta Danella, Heinz G. Konsalik und natürlich Sebastian Fitzek als Agent vertreten hat und vertritt. Und der wenige Tage nach diesem Gespräch auch mein Literaturagent war!

Roman Hocke, Markus Michalek und das ganze Team der Literaturagentur »AVA International« haben sich vom ersten Tag an mit allen Kräften dafür eingesetzt, die Idee *Auris* Realität werden zu lassen. Mit vollem Vertrauen, dass ich an der Seite von Sebastian Fitzek würde bestehen können, und mit einem großartigen Gespür für das Verhandeln und Vermitteln zwischen den zahlreichen Beteiligten haben Roman Hocke und sein Team den Rahmen für etwas geschaffen, das uns hoffentlich auch in Zukunft noch viele spannende Stunden bescheren wird.

Danke, liebes AVA-Team, für das Vertrauen und für das immer offene Ohr!

Sebastian hatte *Auris* ursprünglich für ein Audioplay vorgesehen. Bald ergab sich dann, dass ich die Geschichte als Roman schreiben würde, während ein zweites, unabhängiges Team sich des Hörspiels annahm. Auch hier war die Zusammenarbeit zwischen den Partnern eng, vertraut und produktiv. Ein riesengroßes Dankeschön geht daher an Steffen Wilhelm, Michael Treutler und das gesamte Autoren-, Produktions- und Sprecherteam des Hörspiels. Auf Sebastians Idee und meinem Thriller basierend, ist es ein eigenständiges Werk geworden, das niemand verpassen sollte, dem der Roman gefallen hat!

Und, Leute, wie cool ist das denn bitte? Ich habe jetzt ein Management! Und es handelt sich dabei nicht um einen nur bedingt seriös wirkenden Herrn mit Toupet und schlecht sitzendem Anzug, der ständig ein Neunzigerjahre-Headset im Ohr trägt – falls mal einer anruft. Manuela

Raschke hält zwischen Agentur, Verlag und Buchhandel die Fäden zusammen und managt mit ihrem Team von »Raschke Entertainment« eigentlich alles!

Vielen Dank, Manu, Angelina und Co.!

Nachdem ich *Auris* nach drei Jahren und fünf Fassungen schließlich fertiggestellt hatte, war ich natürlich nicht mehr in der Lage, den Text noch unbefangen zu lesen. Deswegen gibt es Redakteure, die sich mit geschultem Blick an einen Roman setzen und alles rausfischen, was dem Autor trotz aller Sorgfalt durch die Lappen gegangen ist. Wenn eine Figur am Anfang komplett anders beschrieben wird als am Ende oder wenn Informationen fehlen, von denen der Autor dachte, er hätte sie gegeben. Wenn Abläufe unlogisch sind oder die Sprache schief sitzt – dann immer kommt der Redakteur angeflogen und rettet den Text. Ich muss gestehen, es gab so einige Schnitzer, die mir am Ende selbst nicht mehr aufgefallen wären …

Boris Heczko hat mit wachem Auge und wohlwollender Hartnäckigkeit so manchen logischen Patzer aus dem Buch gefischt und dazu beigetragen, dass ich nicht als kompletter Trottel dastehe.

Vielen Dank für das wache Auge, Herr Heczko!

Trotz des wirklich beeindruckenden Teams, das hinter *Auris* steht, wollte ich nicht auf die Hilfe eines Menschen verzichten, der mir bereits bei meinen früheren Thrillern zur Seite gestanden hat.

Jana Schleske, die schon an meinen Boesherz-Thrillern maßgeblichen Berateranteil hatte, war mir auch dieses Mal wieder mit ihrem Scharfsinn und ihrer beeindruckenden Klugheit behilflich. (Sorry, Jana! Ich weiß, ist peinlich, aber da musst du jetzt durch!) Was sie noch alles aus dem Text rausgefischt hat, ist bemerkenswert. Falsche Kommas, Redundanzen oder Fehler in Fremdsprachen, die sie gefühlt alle studiert hat – auf Jana ist Verlass! Und nur der Vollständigkeit halber wusste sie dann zudem, was der Name »Jula« neben dem aramäischen »von Gott geliebt« noch so alles bedeutet: Im Nordischen »Weihnachten«, im Lateinischen »Enkel der Venus« und im Russischen »Brummkreisel«. Im Ernst: Brummkreisel!

Jana, wer dich hat, der braucht kein Internet mehr. Vielen Dank!

Wer meine früheren Bücher kennt, dem wird aufgefallen sein, dass es neue Autorenfotos von mir gibt!

Thomas Duffé kam extra aus Hamburg angereist, um mich mit wunderbar spannungsvollen, aussagekräftigen Fotos in Szene zu setzen. Mit professionellem Blick und großer Kreativität hat er mich während eines sehr entspannten, lustigen Shootings hin und her geschoben, um mich buchstäblich gut aussehen zu lassen.

Danke, lieber Thomas!

Wie immer geht mein letzter Dank jetzt aber an Sie, die Sie dieses Buch gelesen haben!

Tausend Autoren, Agenten, Verleger und Redakteure können sich so viel Mühe mit einem Buch geben, wie sie wollen – wenn es am Ende niemand lesen möchte, dann war alles für die Katz. Dass ich diesen wunderbaren Beruf ausüben kann, mit so fantastischen Menschen zusammenarbeiten darf und mich dabei voll auf das konzentrieren kann, was mir die größte Freude bereitet, verdanke ich Ihnen, liebe Leser. Ein zusätzlicher Dank geht auch an die

Fans meiner bisherigen fünf Thriller, die vier Jahre geduldig gewartet haben, bis es wieder etwas Neues von mir gab. Vielen Dank allen meinen treuen Stammlesern – und ein herzliches Willkommen allen, die mit *Auris* zum ersten Mal ein Buch von mir in Händen hielten! Ich hoffe, Sie bleiben mir und meinen Thrillern treu.

Ihr und Euer
Vincent Kliesch

Berlin, Mai 2019